红雪浪漫

李太学 著

新疆生产建设兵团出版社

图书在版编目(CIP)数据

红云浪漫 / 李太学著. -- 五家渠：新疆生产建设兵团出版社，2020.5(2024.4重印)
ISBN 978-7-5574-1300-2

Ⅰ.①红… Ⅱ.①李… Ⅲ.①长篇小说-中国-当代 Ⅳ.①I247.5

中国版本图书馆CIP数据核字(2019)第249124号

责任编辑：昝卫江
责任校对：李　晶
封面设计：军　军

红云浪漫

出版发行	新疆生产建设兵团出版社
地　　址	新疆五家渠市迎宾路619号
邮　　编	831300
电　　话	0994—5677185
发　　行	0994—5677116
传　　真	0994—5677519
印　　刷	永清县晔盛亚胶印有限公司
开　　本	787×1092毫米　16开本
印　　张	14.5
字　　数	180千字
版　　次	2020年5月第1版
印　　次	2024年4月第2次印刷
书　　号	ISBN 978-7-5574-1300-2
定　　价	68.80元

序一

八一建军节前夕,新疆同事李太学来看我,并送来了一本他自己创作的长篇小说《红云浪漫》书稿,并请我为该书作序,我实感难当,这是作者高看于我。我虽然没过多了解李太学的经历,但他的"大漠人"的笔名却深深地吸引了我,使我对这本书爱不释手,一口气读了下去。我不由想起几年前,在《西北石油报》上看过介绍"大漠人"的文章《穿过浩瀚荒漠,历练精彩人生》。李太学热爱大漠,热爱地质,热爱石油,在茫茫的戈壁大漠中,为祖国的石油地质事业辛勤工作了四十年,无憾无悔奉献了四十年,业余创作了四十年。他是西北石油人的骄傲,也是我们地质系统的骄傲。

当我看了李太学的简历,使我眼睛一亮。他是新疆地质局云九队的职工,年轻时参加新疆东疆铁矿会战,和我同在地矿局工作。新疆铁矿会战发生在一九七六年,为了国家的钢铁生产,为了实现四个现代化的目标,地矿部抽调了全国地质精英,汇集在祖国大西北,开展铁矿大会战,我从地矿部带职来到新疆地矿局工作,组织并参与了新疆铁矿会战。方圆几千平方公里茫茫戈壁荒滩,上万名职工热情参与,几千台钻机轰鸣,其场面之热烈、条件之艰苦都是现在人们难于言表的。李太学创作出了长篇小说《红云浪漫》,是第一个用文学形式,再现了当年东疆铁矿会战的情景,再现了当年地质职工献身国家吃苦耐劳的精神面貌,再现了当年地质青年人的爱情生活,《红云浪漫》小说值得肯定。

李太学,阅历丰富,他曾经是一位军人,年轻时献身国防,退伍后来到祖国的大西北,参加新疆铁矿会战、塔里木石油会战,成为一个油田优秀企业家、石油机械工程师、油田作家。退休后不忘初心,坚持创作,不断学习。创作出反映20世纪七八十年代军旅生活和石油地质生活的长篇小说《红云浪漫》,精神值得赞赏。

小说,从部队生活的一个侧面描写了70年代末期军人的军旅生涯。塑造了军人吕杰从部队通讯员、文书、班长的成长过程。描写了主人翁和他的战友们热爱人民,处处为人民服务的高尚品质。春风化作雨,润物细无声。吕杰在三年的部队经历中,学会了很多军事知识,掌握了多种专业技能,增长了才干。在和当地人民群众接触过程中,和当地的姑娘产生了纯真的爱情。我虽然没有军人的经历,但我崇尚军人，崇尚军人的职业。军人是国家的柱石，是人民政权的捍卫者，是祖国钢铁长城的象征。一个人，当一次兵骄傲一辈子，不当兵后悔一辈子。军人身上具有吃苦、耐劳、担当精神；具有勇敢、奉献、牺牲精神；具有刻苦学习、积极向上精神。铁打的江山流水的兵，人生之路是漫长的，军人生活只是人生之路的一部分，每个军人或早或晚都要脱下军装奔向社会。吕杰脱下军装精彩转身，一心建设边疆，扎根边疆，从此人生和事业开始了一个新的飞跃。在新疆茫茫戈壁滩中，吕杰和他的战友们一起学习，一起找矿，一起军训，一起演出，一起经受生死考验……

一部与历史相关的好的作品，应该能够把特定年代的政治、经济、社会、文化等元素与个人命运紧密而又平衡地结合起来，让读者充分了解那个时代人的精神面貌和社会问题。《红云浪漫》这本小说做到了这一点。

这是一本石油地质人用青春和热血乃至一生追求所创作的小说。书中的主人翁，有一种永远难于忘记的生动故事，有一种石油地质工人英雄气概和豪情。他们曾经的热情澎湃、曾经的意气风发、曾经的执着追求和无尽的回忆、崇高信念和各异命运，在小说中淋漓尽致地表现出来。山河锤炼，风雨洗礼。当读过《红云浪漫》这本小说，回过头来审视过去的历史时，发现石油地质人在历史的画卷中书写了精彩的篇章。

小说源于生活，高于生活。《红云浪漫》这本小说，是作者根据多年生活阅历和文学积累呕心沥血所作，作品诞生于大漠，服务于大漠。书中人物很接地气，人物形象栩栩如生，活灵活现。书中故事引人入胜，处处传递着社会的正能量，是一部很好的文学作品，也是一部极好的人生教材，希望中石化系统和地矿部系统的热心读者大家一起共勉。

陈元普
二〇一八年八月十日于北京

陈元普，地质矿产部地矿司司长，20世纪80年代曾任新疆地质矿产局副局长。2019年1月去世。

序二

应朋友之约，让我为李太学的书写点感想，真是难为了我。虽然我在石油石化系统工作了三十多年，对石油事业有点了解。但是，一是我和李太学并不认识，怕说不明白他对石油事业及其作品的深厚感情，二是凭我这点石油知识和文学知识，根本没有资格对一位在石油战线奉献一生并做出贡献的前辈的作品做任何指点或评论！经过反复思考，最后还是答应写几句，权当学习请教，或者是同行里的卖弄吧。我想，可能是因为我是石油系统的人，也在这行干了三十多年，并且还有点文学爱好兴趣，李太学才真诚地邀请我写序！于是熬到深夜两点，一口气读完了李太学的小说《红云浪漫》。

李太学十八岁高中毕业参军，在部队就爱好写作，后来当上了新闻报道员、连队文书。在部队期间就发表了各类通讯报道文章，年纪轻轻就小有名气。退伍后到国家地矿部工作，参加了新疆铁矿会战，这一干就是十年。后来又响应国家的召唤进军新疆塔里木参加石油大会战，直到退休。无论在地矿部，还是在石油系统工作，李太学一直都在大西北边陲新疆，一直在基层担任干部，关键是他一直没有放下自己的爱好——写作。无论在工作期间或是退休以后，一直都笔耕不辍，在报纸杂志上发表各类文章，并把这一爱好作为热爱石油地质事业、享受生活、回报社会、拥抱世界的奉献。这何止是简单的文学爱好，这也是对党、对国家、对社会、对事业的忠诚报答，也是对地矿人和石油人生的精心品味，更是地矿人和石油人为使国家摆脱资源贫困奋斗的足迹。

李太学部队转业时年龄不大，也没有太多的地矿和石油方面的知识，只是知道国家当时的能源问题很紧张，又听说我国是一个贫油国家，以前靠洋油过日子，没有任何要求，按国家指令到祖国最需要的地方去——那时候的天涯海角——大西北新疆，值得我辈崇拜敬仰。

李太学常年在大漠戈壁工作。他热爱石油地质事业、热爱戈壁、热爱边疆、热爱文学、热爱生活、热爱创作。退休了没有像大多数老人一样打牌闲聊浪费时间，而是利用自己不断学习积累的文学知识，尤其是对祖国基础工业的热爱和在新疆

红云浪漫

大漠工作的经历和感情,回忆、收集、创作并发表了多部作品。长篇小说《红云浪漫》就是其中之一,读后令人十分感动。这个作品不仅仅是一本小说,更是一个个奋斗在地质矿产和石油战线前辈,为了祖国早日甩掉钢铁和石油资源贫困帽子,践行大庆精神、铁人精神,奋战在石油工业战线的真实写照。

未来很长时间内,钢铁和石油还会发挥它巨大的作用,还是我们人类离不开的基础原材料。石油和钢铁给我们的生活带来突飞猛进的变化,将永远留在人类社会发展的历史长河中。李太学的作品也将久久激励那些过去、现在、将来都在石油和地质矿产部门奋战的人们,把这样的精神一代一代传承下去。

春天不停地耕种,秋天就会有不断的收获。李太学已经收获累累硕果,但还永远没有结束,愿未来的秋天更美、更高、更灿烂,硕果更加殷实,压弯枝头,五彩斑斓……

> 红云烂漫染征衣
> 祖国建设日日新
> 早日甩掉贫油帽
> 勿忘一代大漠人。
>
> 高志文
> 2019.5.20

高志文
二〇一九年五月一日 于兰州

高志文,中国石化集团甘肃石化党委书记。

目 录

新兵蛋子 …………………………………001
抢救女职工 ………………………………002
美女造访 …………………………………005
班长的恋爱信 ……………………………007
登山比赛 …………………………………008
大个子班长 ………………………………010
电影小风波 ………………………………014
两篇新闻稿 ………………………………016
脱颖而出 …………………………………019
帮学对子 …………………………………021
共同的理想 ………………………………028
初露萌芽 …………………………………031
雷锋的战友 ………………………………034
打油诗 ……………………………………038
李清照第二 ………………………………042
香香的到来 ………………………………045
报恩之爱 …………………………………047
十字路口 …………………………………051
真情表白 …………………………………054
来到汽车修理连 …………………………062
退伍复员去新疆 …………………………065
初识战友 …………………………………066
放下背包就出发 …………………………073
欢迎新战友 ………………………………076

两个两万五 …………………… 081
阿霞姐妹 ……………………… 087
初露头角 ……………………… 094
师傅不要乱来 ………………… 098
谁是第三者 …………………… 101
不屈不挠 ……………………… 104
紧急行动 ……………………… 110
打靶场的甜蜜 ………………… 114
浪漫生活 ……………………… 123
帐篷藏娇 ……………………… 130
文艺演出齐上阵 ……………… 139
什么亚克西 …………………… 143
艰难旅途 ……………………… 150
野人沟遇险 …………………… 159
演出队蒸发啦 ………………… 165
自力更生寻找生机 …………… 167
电波连北京 …………………… 176
坚守承诺 ……………………… 177
军机出动 ……………………… 180
真情流露 ……………………… 182
新的任务 ……………………… 184
再战骆驼峰 …………………… 187
难忘的时刻 …………………… 193
梦想成真 ……………………… 197
打起背包又出发 ……………… 205
旧地重游 ……………………… 212

后　　记 …………………… 217

新兵蛋子

  清晨一大早,吕杰走出了招待所的大门,站在招待所门口遥望前方,晨雾弥漫整个山沟,只看见对面山头白蒙蒙的一片。吕杰忽然感到鼻孔内有点粘连,嘴上似乎有什么东西,于是忙从口袋里掏出小镜子一照,嘴上哈出的气结了一层霜,看上去像一个白胡子老头。吕杰"呵"的一声笑了,这里的天气真冷啊!

  吕杰是昨天晚上换防到这里的,还不知道辽东山区的寒冷气候,今天算是领教了。

  "吕杰,请到办公室来。"通讯员传达了连长的指示。

  吕杰来到连长的办公室,另一位战士已在那里等候。连长指了指对面坐着的一位军官介绍说:"这是你们的新首长,马上跟首长到新部队报到。"

  "是!"吕杰立正向首长敬个军礼。

  就这样,吕杰和另一个战士背上背包,跟随首长排成一列纵队向山坡下走去。

  首长是一位职业军人,常年的军旅生活养成了良好的军姿习惯,他走路姿势端正,步伐不紧不慢,边走边讲解部队沿途的情况,说到高兴处,别人没笑自己倒先笑起来。

那是一座城市,但又不像一座城市,说它是座城市吧,怎么看也不像,一条街道直通通的一眼便望到了头。说它不是座城市吧,它的确是座山城,因为它的地名就叫小市,一个县级城市。

山城坐落在辽东四面环山的狭长山谷地带,从长白山流下来的河水顺山脚奔涌而过。山城四周是崇山峻岭,春夏两季,群山郁郁葱葱;秋天,满山枫叶连成一片,满山一片映山红;冬天,银装素裹,一片北国风光。

大街上,两层以上的建筑寥寥无几,三层百货大楼,两层邮电大楼,便是这里的高大建筑,高高耸起的电影院算是最热闹繁华的地方。

这里城镇居民不多。城镇南北两端,只有两个公社,几个生产大队。大街上稀稀拉拉的行人中,多有军人身影。

这里自古以来就是军事重镇。传说一千多年前,唐太宗李世民率军东征在这里驻扎过,附近山上当年驻军的城堡遗址还依稀可见。

四周的山谷里驻扎着许多不同番号的部队,不知内情的人,谁也说不上部队有多少。但是,经常可以看到公路上军车、坦克车开进开出,军车拖着大炮开来开去,火车站里经常见到上下火车的军人。

吕杰就在附近的部队服役,年关过后,他已经入伍第二年个头啦。按常理讲,应该算是个老兵了,可吕杰仍然是个新兵蛋子。部队称新兵为新兵蛋子,表示在部队资历浅素质低,处在学习阶段。

吕杰入伍的第二年,中央军委决定停止征兵一年,没有老兵退伍,也没有新兵补充,部队没有新老更替,所以吕杰仍然是个新兵,跟随在首长身前身后。

抢救女职工

夜深人静,大山默默地沉睡了,大自然一片安静。

吕杰和首长同住在一个宿舍里。宿舍分内外间,首长在内间,吕杰在外间。灯

抢救女职工

光下,吕杰正在聚精会神地阅读《毛泽东选集》,写着自己学习的心得体会。

"我们这个队伍完全是为着解放人民的,是彻底的为人民的利益工作的,张思德就是我们这个队伍中的一员。"

领袖的话讲得多么深刻,吕杰完全沉浸在文章的深意之中。

"救命呀,救命呀!"外边传来一阵忽高忽低的呼救声。

深更半夜哪儿来的喊声,首长和吕杰都很纳闷。

"小吕,外边有声音,我们出去看看!"首长喊起吕杰,一起往外快步走去。

偌大一片营房,黑乎乎的,只有少数几个战士留守。深更半夜的传来呼叫声,这里到底发生了什么事啊。

"首长,是不是鬼的声音?鬼在敲门吧。"吕杰不由自主地说。

"什么鬼敲门,小小年纪还迷信,世界上根本就没有鬼。"首长批评了吕杰。

"真的,会有的。前几天我们大个子班长还撞见过鬼呢!"吕杰打了个冷战,回忆起那天班长撞见鬼的情形。

"司务长不好了,咱们停尸房的死人复活了,正在敲门呢。"大个子班长吓得脸色蜡黄,边跑边喊。

"哪有的事。"司务长不相信大个子班长的话。

大个子班长在留守期间负责喂猪,而煮猪食的房子和停尸房在一起。当大个子班长盛好猪食挑着担子往外走时,突然看到停尸房的房门在晃动,门锁咣当在响。大个子班长平时就胆小,一看到这里以为鬼在敲门,吓得扭头就跑,脚一下踩住挡门的木桩,肩上的担子滑落下来。大个子班长丢掉担子,一口气跑到司务长办公室。

大个子班长撞见鬼的事惊动了班里的其他战士,他们一起跑过来。

"走,看看去。"班里的其他战士说。司务长带领大家来到停尸房,停尸房门上的门锁仍在晃动,发出咣当咣当的响声。班长指着门说,"看,我没骗你们吧。"

大家还是不相信,存放的尸体怎么还能复活呢!大胆的战士拿来钥匙打开了房门上的锁,声音顿时没有了。打开存放尸体的柜子,药水中尸体个个都在,一切都还是原模原样。大家又关上门,锁上锁子,敲门声又响了起来。

"那是风吹门的自然现象,根本不是什么鬼敲门。"经验丰富的首长不信这个迷信。

外面的"救命"声音仍不断地传来,仔细听听声音是从山坡上传来的。

山坡上有一个化工厂,离部队营房很近,只有一二百米,首长判断一定是工厂出事了。

"快走。"一面说一面带领吕杰向化工厂跑去。

穿过马路,跑到厂里一看,果真是化工厂里的职工出了事。值夜班的青年女工,工作时一不小心掉在碱水池里,热水烫伤了姑娘的腿和脚。水池子很深,受伤的女工爬不上来,身边又没有其他职工救护,急得没办法才呼叫起来。

首长第一个冲过去,站在池子边上,伸手拉出了被烫伤的姑娘,姑娘疼得不停地喊叫,腿脚烫得不轻。

"赶快送医院。"首长下达了命令。

部队医院离这里不远,走小路一千多米。

"小吕你去打电话,让部队派救护车来。"

打电话要救护车,先要跑回部队办公室,拨通军卫生所的电话,通知值班司机发动车辆赶到这里,这样把病人送到医院最快也要一个多小时。

"首长,等救护车来时间太慢了,还不如我们一面打电话,一面走路送她去医院,看哪个时间来得快些。"

首长同意吕杰的建议,背起姑娘就走。

"首长,还是我来背吧,我年轻力壮,跑得快,你去打电话吧。"

吕杰从首长手上接过姑娘,背在身上顺着山间道路,向部队医院赶去。姑娘趴在吕杰的身上,不时地发出"哼哼"的呻吟声。

"坚持一下,再坚持一下,一会到医院就会好些。"吕杰一面安慰着姑娘,一面加快脚步。

山间道路上一团黑影在移动,吕杰背着受伤的姑娘跑起来。他心中只有一个念头,快快送到医院,减轻姑娘烫伤的痛苦。

长白山区天气寒冷,夜晚的气温降到零下20多度,此时吕杰还是热得汗流浃背,一粒粒汗珠从脸上滚落下来。

救护车还没赶到,那被烧伤的姑娘已经躺在了医院的病床上,接受着医生的治疗。

美女造访

长白山区天黑得早,下午五点钟已是很晚了。晚饭后,吕杰匆匆忙忙来到司务长的宿舍。

"报告!"听到一声"进来"后,吕杰推开了司务长宿舍的门,把一份文件送给司务长。

刚进门,吕杰就发现司务长宿舍坐着两位陌生的姑娘,正注视着自己。吕杰有点不好意思,把文件交给司务长就走。

司务长指着两位姑娘对吕杰说:"来认识一下,这是小张,这是小孟,是化工厂新分来的职工。"随着司务长的介绍,吕杰这才抬头看了一眼对面的两位姑娘。

两位姑娘看起来年纪不大,二十来岁,和自己的年龄差不多。一个圆胖脸,眼睛小些,头发扎成两个短辫;一个瓜子脸,长着一双水灵灵的大眼睛,一对又粗又长的乌黑大辫子甩在身后。

吕杰在部队服役,很少接触地方上的女孩,更不用说年轻貌美的姑娘了,他不敢正眼相看,呆呆地站在那里。

司务长又指了指吕杰对姑娘说:"他叫吕杰,是我们部队的通讯员,今后你们有啥事可找他联系。"

坐在对面姓张的姑娘大大方方地站起来和吕杰握手,并说:"小吕,今天认识你很高兴。"另一位姑娘接过来说:"小吕,其实我们早就知道你了。"

吕杰心里很纳闷:"这怎么可能呢!你们刚刚分来,我们又是第一次见面,你们怎么能知道我呢。"没等吕杰回过神来,扎着大辫子的姑娘又笑着解释道:"昨天我们厂里开会,厂长讲了你和首长抢救我厂女职工的先进事迹,号召我们向你学习呢!"

"原来是这样。向我学习,学习什么?再说,那天救人的事是首长做的。"吕杰神情紧张,面对着两位姑娘一时不知说啥好了。平时吕杰开会发言讲得头头是道不紧不慢,今天倒是没词了,不知从哪里冒出一句前不着村后不着店的话:"你好,你们吃过饭没有?"两位姑娘没有回答,只是抿嘴发笑。吕杰不知自己讲错了什么,随后又补充了一句,"化工厂晚上不是有夜班饭吗!"听了这句补充,小张和小孟笑得更厉害了,吕杰闹了个满脸通红,从耳根红到脖颈。

司务长见状,急忙插话为吕杰解围:"小吕,问吃饭也不讲个时间,现在又吃的啥时间的饭呢,赶快忙你的去吧!"

吕杰有点发怵,听了司务长的话就像战犯得到一纸特赦令,抬腿就走,他迅速离开了司务长的宿舍回到队部。好半天,小张和小孟的笑声还响在耳边。

吕杰每天骑自行车去小市邮局领取报纸、杂志和信件,回来后将报纸分成一份一份,送到首长办公室和各班排,然后送到化工厂。

走进厂部办公室,像是事前约好了似的,又见到了那两位姑娘。吕杰把报纸信件递过去。

"谢谢小吕。"接到报纸后,小张总不忘道声谢谢。时间一长,小张和小孟也主动到部队来取报刊,这样一来二往,大家都熟悉了,吕杰再没有初次见面时的拘束了。

小张和小孟家住小市,父母都在城里工作。她们二人是高中时的同班同学,在学校就是形影不离无话不谈的好朋友。如今高中毕业,又一同分配到化工厂。小张在财务室,小孟在化验室,都是厂里的重要工作岗位。

小张年长些,今年二十二岁,长得又高又胖,一笑起来眼睛眯成一条线,很像电影《鲜花盛开的村庄》里的那位朝鲜族姑娘。她生性泼辣,办事认真利落,很受厂领导的重视。

小孟比小张小两岁,今年二十岁,中等个子,长得眉清目秀,脸蛋白里透红,两条大辫子甩在身后,一双会说话的大眼睛让人一见就记一辈子。小孟对人和气,待人热情,很受大家的喜爱。

班长的恋爱信

"班长,你的信……"

"哪来的信,我们看看。"几个战友一股脑儿向吕杰围了过来,争相目睹今天的信件,班长拿上自己的信悄悄离开了。

以前部队都讲"新兵信多,老兵病多",现在情形颠倒过来了,那就是"老兵信多,新兵话多啦"。

班长拿着信来到烧火间,看看这里安静没有战友干扰,拆开信封掏出信纸,一页页专心地看起来。

班长的未婚妻文化真好,信写了厚厚一沓子。

班长的背后,一位战士悄悄地走过来,站在班长背后,小战士默默地瞧着,虽然看不清班长信中的文字和内容是什么,但是也耐着性子,没有打扰班长的情绪。

班长一页一页翻看,脸上露出了笑容。班长一页一页地看着,战士一页一页地数着,班长未婚妻的信整整写了七页半。小战士趁班长没注意,伸手把信从后面一把抢了过来。

"快来看,班长媳妇写的情书,一共写了七页半。"说着就往外跑。

班长扭过头来,一步追上去骂道:"新兵蛋子,你懂个啥,看我怎么收拾你。"一把夺回自己的信。后来,大家知道了这件事,都叫班长七页半。班长的信成了大家的新闻,但信的内容大家却不知道。

"班长你的信。"吕杰又把一封信郑重地递到班长手里。

这是一封特殊的信,也是一封平常的信,只是信的通信地址和收信人的姓名是用红色钢笔书写的。

用红笔书写，一般人是不懂这个常识的。但吕杰知道，按常识红色钢笔书写的信应是一封断交信。难道班长的未婚妻又像前两个一样出了变故，婚姻大事又黄了。吕杰不敢往下想，但愿班长不会再有那样的事情发生。

等班长把信看完，吕杰靠近班长关切地说："班长，你的信中都写些什么，有好事吗？"

"没有什么。只是女朋友说，很想我，给我定做双皮鞋等我回去穿，然后结婚。"显然班长没有理会用红笔书写信的含义，文书对此也没有给班长挑明。

来来往往，时间又过去了几个月，班长的婚事讯息像湖水一样平静。

登山比赛

清晨，东方一片霞光，初升的太阳还隐藏在群山之中。

"嘟、嘟、嘟"出操的哨音响了起来，战士们一骨碌从床上爬起来，穿好衣服，扎好武装带，来到操场集合。

首长早早地站在操场上，战士们排三列横队集合完毕。

"立正！"值班排长跑步来到首长面前敬个礼。

"报告首长，部队集合完毕，应到人数五十人，实到人数五十人，请指示！"

"稍息！"

"同志们，今天早上的军事科目是爬山比赛。左面的山头海拔高度500米，要求30分钟爬到山头。比赛以班为单位，看哪个班最先爬上山头，到达大石头处举起小红旗示意。"首长做了登山比赛的安排，并就登山比赛的意义做了简短的动员。

"这里自古以来就是兵家必争之地，山头上那堆大石头就是一千五百年前，唐太宗李世民率军东征驻扎时留下的遗址。"首长先讲一段历史典故鼓励战士们的士气，"我们登山就是进行战士的体能训练，历练战士健康的体质，培养战士坚强的意志，做好反侵略战争准备，保卫祖国。同志们，有信心没有？"

"有！"

登山比赛

"现在以班为单位散开,登山比赛开始!"值班员下达了登山比赛的命令。

"通讯员,掐好时间做好记录。"吕杰看了一下表,记下开始登山的时间。"一班、二班、炊事班……向后转,跑步走。"各班的战士跟着班长开始向山坡运动。

攀登这个山头有两条路可走。一条是大路,大道较平坦,但要绕道而行,距山顶1000多米;另一条是羊肠小道,山势陡峭,有的地段一次只能一人通过,登山距离却只有600米,平常无人问津。小道比大道几乎近一半,大家都选择走这条小道,准备迎接艰难的挑战。

从操场到山边小道,要通过化工厂区和一片苹果园,穿过苹果园就来到山口小道,抢得登山先机。

炊事班班长人高马大,身强力壮,带领全班像猛虎下山一样穿过苹果园,第一个到达山间小路。

化工厂的姑娘们,听说部队搞登山演习,觉得好奇,纷纷跑出来观看。

首长站在指挥地点,接过吕杰递上来的望远镜观看各班的登山进度。一会儿工夫一班赶了上来,接近了山间小道,一会儿二班也上来了。

道路狭窄弯弯曲曲,一次只能一人爬着通过,有的地方,需要手攀树枝才能上去,前面的战友拉着后面的战友,后面的战友再拉后面的战友前行,谁也不掉队。

登山训练是一个军事科目,目的是结合登山比赛,训练战士吃苦耐劳的精神和强健的体魄。大个子班长第一个越过山口,敏捷地沿小路往上爬,并及时地招呼后面的战友。"这里危险注意安全",而后再拉上一把,班里的其他战士也紧跟其后,没有一人掉队。

渐渐地班与班之间拉开了距离,有的战士喘着气不时地在小道上停留,后边的战士有的超到前面,第一梯队变成第二梯队,第二梯队变成第一梯队。

看,大个子班长第一个爬到了山头,站在了大石头旁,举起手中的小红旗。首长看了一下表:"炊事班25分钟30秒。"

化工厂的姑娘看呆了,用手指了指那些解放军战士,"那战士身体真棒,跑得真快!"姑娘们赞叹着。

"身体真棒你就嫁给他,给他做老婆呗。"好事的女工出了好主意。

"好哇,你去问问他家里有没有老婆。如果没有,我就嫁给他做老婆。"化工厂的姑娘们叽叽喳喳嬉笑着。

35分钟后,全连各班都顺利到达山头,在大石头上举起红旗。

比赛结果,炊事班第一名,用时25分钟30秒,比首长要求的时间提前5分钟。

一班27分钟50秒,排行第二;二班第三,用时28分钟;女兵班排在最后,30分钟到达山顶。

登山比赛结束后,值班排长带领部队从大路返回。太阳渐渐地露出山头升了起来,照在战士的脸上,战士们唱着歌曲走下山来。

"日落西山红霞飞,战士打靶把营归把营归,胸前的红花映彩霞,愉快的歌声满天飞……歌声飞到北京去,毛主席听了心欢喜,夸咱们歌儿唱得好,夸咱们枪法数第一、一、二、三、四!"

"同志们,今天的登山比赛,大家表现得很好很勇敢,达到了锻炼身体、增强体质、准备打仗的目的,今后要发扬光大。这次爬山活动,炊事班表现最为突出,全班团结一致,互相帮助,吃苦耐劳,特记口头嘉奖一次,大家要向炊事班学习,登山比赛到此结束。"操场上,首长作了登山比赛的讲评。

大个子班长

吕杰刚从邮局回到部队,放下挎包气还没有喘一口,就听到一声大喊。

"小吕,我也要参加学雷锋小组和你们一块活动。"吕杰抬头一瞧,是炊事班长,因人高马大嗓门粗,所以大家都叫他大个子班长。

大个子班长把一份要求加入学习雷锋小组的申请书放在吕杰的面前,一脸诚挚地等着吕杰回答。

"班长,谢谢你对我们学雷锋小组工作的支持。不过嘛,你每天工作那么忙,负责全连的伙食和炊事班的工作,哪还能有时间顾得过来,还是由我们年轻战士进行

大个子班长

吧。"吕杰委婉谢绝了班长加入学雷锋小组的请求。

"别看我的工作忙,可我的义务和你们是一样的。我完全可以腾出时间和你们一块活动。"大个子班长对此很有信心,脸上急出了汗水。

看着大个子班长的迫切样子,吕杰也动了心。大个子班长是个老兵,又是共产党员、连队的骨干,有他的加入和支持,连队学雷锋小组的活动一定会进行得更好。

但是,炊事班的工作是连队最重要的工作,关系到全连的生活保障,如大个子班长工作分了心,后勤工作上不去,首长怪罪下来咋办!吕杰又犹豫起来。

"班长你就不要参加了,有时间给我们学雷锋小组指导一下就行了,我们都是你的小兵。"

"那怎么能行呢,连队的工作,老兵新兵都一样,老兵还要向新兵学习呢!"大个子班长软磨硬缠。

"要不学雷锋小组的活动你们在外我在内,这样总可以吧。"

吕杰看大个子班长有一股坚持到底的态度便动了心:"那好吧,我立即请示首长,批准你参加学雷锋小组的活动。"

吕杰每天上午到县城取报刊,下午分发,然后再送到班排。大个子班长,每天上午干完炊事班的工作,下午准时到化工厂送报刊。

跨过马路,走上山坡,来到化工厂,人还没到粗大的嗓音便到了。

"小张、小孟,我给你们送报刊来了。"二位姑娘见状,一下愣住了。往常送报刊都是吕杰来,偶尔也有学雷锋小组的其他战士来,今天怎么突然班长来送,他不会是调出炊事班吧!

"班长,怎敢劳你的大驾,亲自跑来给我们送报刊。"二位姑娘说出了心中疑惑。

"你们还不知道吧,我也参加了学雷锋小组,今后和你们一起活动,送报刊这也是我分内的事,怎么不欢迎吗!"大个子班长说着做了个鬼脸。

"欢迎,欢迎!"

大个子班长每天去化工厂一趟,亲手将报刊送到小张和小孟手中,成了化工厂的常客,天长日久渐渐地熟悉起来。

大个子班长又一次来到化工厂办公室,小张刚巧不在,整个办公室只有小孟一人。班长放下报纸没有立即起身的意思,坐下来和小孟聊天。

"小孟姑娘,你人真好,长得漂亮,我们部队的同志都夸奖你呢!"班长首先把小孟奉承了几句。

"是吗,我倒没觉得自己哪点和别的姑娘不一样,班长你不是在逗我玩吧?"小孟反问道。

"哪能呢,我是打心眼里喜欢你,真心的爱你,你难道没看出来吗!"班长一脸认真的样子。

小孟一听,像是丈二的和尚摸不着头脑,不知是怎么回事。自己和班长认识一年多了,这几个月来班长天天来厂里送报刊,自己可从来没有正眼看过班长一眼,更没有想过相爱这回事。

大个子班长见小孟没吭声,以为小孟动了心,只是姑娘家爱面子不好明说,班长这才更大胆地表露起来。

"小孟,我爱你,我愿娶你为妻,一辈子给你幸福。"

小孟这下明白了大个子班长来厂里,时不时接触自己的真实用意,大出自己的所料,真是有心栽花花不开,无心栽柳柳成荫,看样子今天自己不说明白是不行了。

"班长,谢谢你对我这份情意,但是你的爱情我是不能接受的。"小孟委婉拒绝了班长的求爱要求。

"小孟姑娘,你为什么不能接受,难道我不优秀吗!"班长原以为自己对此事很有把握,根本不相信小孟刚才说的话。

"班长,你不要多想,真的不为什么,因为我已经有了男朋友。"小孟给班长解释着。

"什么,你有了男朋友,我怎么没听说过。"看样子事前班长已多方面打听过小孟,对小孟说的话半信半疑,一下子急了起来。

"那你什么时间订的婚,男朋友是干啥工作的?"班长像是派出所查户口的警察一个问题接着一个问题地询问小孟。

大个子班长

"说起来那可是一个好日子。我们是今年七月七日订的婚,他和你们一样也是军人,在北京部队服役。不然的话,明天我把他的照片拿来给你看看。"小孟笑着编造出自己的一段爱情故事。

大个子班长似信非信,沉默了好大一阵子,脸色也突然变了。

班长是一九六八年入伍的老兵,家住在吉林省四平市。父亲是市里一个局级干部,因在剿匪中和土匪打过交道,被定为有历史问题,差一点把他从部队退了回去。

因父亲的变故,班长原来在家谈了几年的对象,怕受牵连,一声"拜拜"来信告吹了。

大个子班长回去探亲,通过朋友介绍和一位在皮鞋厂工作的女工定了亲,两个还照了订婚照,商量着明年回去探亲结婚。

一场变故又突然袭来,他父亲因历史问题又被重新揪了出来。和他信誓旦旦的姑娘用红笔写来一封信,断绝了恋爱关系,一点都没有商量。

大个子班长已入伍五年,前前后后经历了三次退婚风波,现在父亲问题终于解决了,可班长还是光棍一条。

"小孟,现在我父亲已经平反,市里重新安排工作,你跟我走,我一定让父亲好好给你安排工作,让你在大城市幸幸福福生活一辈子,你再好好想想。"班长还是不死心,恳请小孟再考虑考虑,还有没有交朋友的余地。

"谢谢班长的美意,我确实有男朋友了,说不定年底就结婚,到时候我请你吃喜糖,喝喜酒!""班长,祝你早日找到心上人,建立一个幸福美满的家庭。"小孟没忘记祝福班长一番。

大个子班长的求爱遭到小孟的婉言拒绝,心中闷闷不乐,脸上没有了往日的欢笑,学雷锋活动也借故不参加了,为化工厂投送报刊的任务又回到吕杰的手中。

年底大个子班长复员回到四平市,还来信问候部队的变化,也少不了打听小孟个人的消息。

电影小风波

"小吕,今天晚上有电影,你到军俱乐部去一趟,把电影票取来分发下去!"首长下达指示。

中午时分,吕杰返回队部。

"报告首长,电影票如何分配?"吕杰请示首长。

"炊事班战士每人一张,剩余的几张送到化工厂,搞好军民关系。"

吕杰按照首长的指示,把电影票送到战士手中,拿着另外几张电影票走上了山坡,来到厂长办公室。

"小张、小孟,今天部队首长邀请你们看电影。"吕杰传达了首长的指示。

"谢谢部队首长。"小张和小孟很高兴,她们从来没有到军俱乐部去过,连做梦都想到部队去看看,听说那里风景秀美戒备森严。

"电影几点开始? 我们早做准备。"两个姑娘着急地问。

"时间来得及,到时候我通知你们。"吕杰告诉二位姑娘。

队部离军部大约有五公里路程。按照一般行军速度,步行要走一个多小时,还要翻过一个小山包。炊事班的战士在司务长的带领下,排成一路纵队,带着两位姑娘向军部走去。

军部大门戒备森严,卫兵站立两旁,进出大门的人员和车辆一律下车登记,并查看身份证件。

几位军人的证件看过后,哨兵来到小张和小孟的跟前,"请出示证件。"

大家一下子愣住了。

当时首长只讲了为了搞好军民关系,邀请她们看场电影,没有想到地方人员是不能进部队的。

能进入部队的女同志,一是军人的未婚妻,二是军人家属,其他人员不能进入,大家为了难。

电影小风波

司务长指着大个子的姑娘说:"她叫小张,这是我的爱人。"哨兵立即登记在笔记本上。

站在一旁的小孟,用手拉了拉吕杰的胳膊小声讲,"小吕,说话呀!"见吕杰迟疑,随即自我介绍:"我是吕杰的女朋友。"随即也在登记簿上签上了名字。

"进去吧。"站岗的哨兵为她们放行。

大家高高兴兴地进入俱乐部,找座位坐下。这个电影院上下两层,一次能容纳两千多人。

屁股刚落座,连队拉歌比赛开始了。

"毛主席的战士最听党的话,哪里需要哪里去,哪里艰苦哪安家。祖国要我守边卡,扛起枪杆我就走,打起背包就出发。"这边歌声一停,那边歌声又起。

"革命军人个个要牢记,三大纪律八项注意,第一一切行动听指挥,步调一致才能得胜利。"

七连来一个,八连回一个,歌声不断。

小张、小孟第一次来到部队,第一次在部队俱乐部看电影,一切感觉是那么新鲜。

电影放映的是《智取威虎山》,杨子荣装扮成土匪,只身闯入威虎山,然后来个里应外合消灭顽匪坐山雕。

"你看那个杨子荣长得像谁?"小张拉了拉小孟的手指着电影幕布,像发现了美洲新大陆似的。

这个演员的长相好像在哪里见过,长着一双大眼睛,脸型多么英俊,二位姑娘嘀咕着。

突然,小孟拉着小张的手,指了指坐在不远处吕杰,"像谁,远在天边,近在眼前,那不是吗。"两个姑娘互相看了一眼,会心地笑了,电影还在放映中。

两篇新闻稿

今天是吕杰上岗。他穿上绿军装,扎好武装带,手握冲锋枪,站在山顶上的哨位上。这个哨位就在边防线附近,一条大江横在面前,江的对面就是另一国的土地。这不是一条普通的河,而是一条英雄的河流。大江对岸灯火通明的地方,便是那个多灾多难的朝鲜,当年美帝国主义侵略朝鲜,中国人民志愿军曾在那里打击过美国侵略者,流过血拼过命。

顺江而下有一座彩虹似的钢架铁桥,这是一座英雄的桥梁,一座友谊的桥梁,是当年朝鲜战争打不垮炸不烂的钢铁运输线。成千上万的志愿军战士、千万吨的军事物资都是通过这里源源不断运往朝鲜前线,支援抗美援朝保家卫国的战士,最终打败美帝国主义及其走狗,将他们赶回三八线以南,赢来了朝鲜半岛几十年的和平与安定。

吕杰想到这里,面对眼前的那片土地热血沸腾肃然起敬。当年革命前辈都是好样的,是人民的功臣,是国家的功臣。他也要向前辈们一样,当兵就当一个好兵,做国家的卫士,保卫好祖国的每一寸土地,消灭一切敢于来犯之敌。

换岗的时间到了,吕杰从岗位上下来,走入营区,迎面碰上多日不见的牟医生。

"牟医生你好!什么时间回来的?"吕杰急忙上前热情地打招呼。

"昨天晚上回来的。"牟医生回答说。

"昨天晚上接站时,我们怎么没见着。"吕杰接着问。

"昨天晚上回来时,在火车上遇见一个病人,为了抢救病人,耽误了一些时间,所以没赶上部队接站的班车。"

"在火车上抢救病人,病人病情严重吗?"吕杰询问牟医生。

"病人病得不轻,如果抢救不及时会有生命危险呢!"牟医生回答说。

"牟医生,你讲一讲当时在火车上抢救病人的情形吧!"吕杰对牟医生讲的事产生了兴趣。

两篇新闻稿

"没有什么好讲的,治病救人这些都是我们医生应该做的。"牟医生谦虚地回答。

"牟医生你就讲讲吧,你的事迹对我的工作很重要,对部队宣传工作也很重要。"吕杰纠缠着牟医生不放。

"好吧!"牟医生见推辞不了,就答应了吕杰的要求。

"昨天下午,我乘火车从医院赶回部队,当列车行驶到下堡车站时,突然列车上传来了播音员的声音:'旅客朋友,哪位同志是医生,请到八号车厢来,八号车厢里有一位紧急病人,病情严重急需救治。'当我听到广播后,医生的责任感让我立即起身向八号车厢赶去。"

"八号车厢中间的座位上围着几个人,病人口吐白沫昏迷不醒,一位旅客抱住病人,期待医生的到来。我是个医生,又是在医学院学习的学员,救治病人是我的责任。我立即挤到跟前,向列车员出示了我的军医证件,然后接过病人,对病人进行检查,发现病人患的是癫痫症,应当立即抢救。我急忙用针灸对病人进行救治然后服药,几分钟后病人的病情渐渐得到缓解,慢慢苏醒过来,周围的旅客和列车服务人员这才放下心来,称赞我的医术高明。"

"列车继续向前行驶,一个多小时后火车到达停车站,但病人身体虚弱不能单独回家,需要有人护送。这个病人正好和我同路,我才决定亲自护送病人回家,因此没有赶上部队接站的班车,最后走着赶回了部队。"牟医生详细介绍着昨天救治病人后的情形。

"牟医生,你讲得真好,事情做得也更精彩,真不愧为部队培养的好军医。"吕杰做完记录后赞不绝口。

"小吕,我做这点事情算不得什么,这件事情和我们班长、师兄做的好事来比差得还远呢!"牟医生不知是谦虚还是更想赞美自己的战友。

"你们班长和师兄都做了什么好人好事,也给我介绍下行吗?"吕杰缠着牟医生将故事继续讲下去。

"我们班长姓马,和我一起在院校进修学习。在医院实习时,马班长一天接生了三个新生婴儿,当接生第四个婴儿时,婴儿出生后口中羊水过多,不能呼吸,一时没有哭声,要尽快吸出婴儿口中的羊水,才能保住婴儿的生命。但当马医生要拿消毒后的吸管时,让他大吃一惊的是,消毒的吸管用完了,让护士再去拿时间已来不及,婴儿小脸憋得通红。怎么办?时间就是生命,马医生毫不犹豫立即俯下身来,口对口吸出了婴儿口中的羊水。'哇'的一声婴儿哭出声来,小生命保住了。

牟医生讲完了马班长的故事后对吕刚问:"你说这个故事动人不动人?"

"动人,非常动人!"又是部队军医对人民的一片真情。吕杰用笔迅速记下这生动的一幕。

"那后来呢?"吕杰还不满足。

"在我们院校,人民军队一片真情为人民的好人好事多着呢。"牟医生又介绍了师兄的几件好人好事。

吕杰被牟军医讲的故事感动了,这是多么好的新闻素材啊。几天时间过去,随着对事件的深入采访,一篇反映人民军队爱人民的稿件形成了。又熬了几个晚上,这篇人民军队爱人民的新闻特写发送出去。

吕杰像一个打了胜仗的士兵全身轻松心情高兴,倒在床上伸伸腿进入梦乡。

"嘟、嘟、嘟……"一阵紧急集合哨音响了起来,打破了夜间的宁静,高炮部队接到战斗命令。

"同志们,刚才接到上级命令,一架敌机侵入我国领空,向我上空飞来,上级要求我们务必抓住战机,坚决打掉它,让它有来无回,有信心没有?"

"有!"操场上响起一片战士们的呼喊声。

"现在我命令,全团高炮五分钟之内进入阵地,做好一切战斗准备,随时投入战斗。"部队首长下达了作战命令。

部队立即散开,各分队快速奔向自己的战斗位置。一时间高射炮脱去了外衣,一箱箱炮弹送到炮位,战士们各就各位,操作着自己的按钮和手柄,炮弹上膛炮管伸向夜空,指向敌机飞来的方向。

战士们手握按钮,屏住呼吸全神贯注地注视着蓝天。时间一分一秒过去了,几个小时后,还没有见到敌机的影子。难道说狡猾的敌机发现我军的防御意图取消了冒险的侵略计划?就在我们有的战士认为敌机今天不来时,突然,监控的雷达发现了目标,下达了射击的命令,一时间,天空中探照灯通亮,英勇的炮兵及时瞄准目标,第一时间按动按钮,炮弹呼啸着射向天空,射向了目标。霎时间天空中出现一团火光,敌机中弹坠落。这场战斗从开始到结束,仅仅用了三分钟,三分钟的时间击落一架敌机,这样的效率使得整个部队沸腾起来了。

吕杰作为后勤兵没能参加这次战斗,没能亲手操作高炮按动按钮,没有亲手搬运炮弹,但部队的战友十三年战备如一日,苦练精兵,常年战备不懈的日日夜夜,他都铭记心中。战友们接到命令准时进入战斗状态,三分钟打下敌机的经过他铭刻在心,他抑制不住激动的心情,连夜采访写出"战备十三年,战斗三分钟打下一架敌机"的新闻报道,第一时间寄往军队报社。

吕杰的"一片真情为人民"和"战备十三年,战斗三分钟打下一架敌机"的新闻报道刊登在地方和部队报刊上。

吕杰的新闻稿件刊登上报成了部队的新闻,他成了部队的小名人,并升任连队文书兼职通讯报道员,部队推荐上大学。

脱颖而出

"快来看,快来看,小吕被推荐上大学了!小吕被推荐上大学了!"通讯员一面奔跑一面报喜。

连队的战士听到了,吕杰听到了,大家急忙围上来观看。

吕杰上大学是他自己的骄傲,也是连队的骄傲。他接过大学录取通知书,看着录取通知书上那烫金的大字,一行泪水落了下来。这泪水是高兴的泪水,更是激动的泪水。

上大学,上名牌大学,是吕杰的梦想,为了这一天,他刻苦学习,熬去了多少灯油,吃过了多少苦头,为了这一天他过关斩将,最后终于成功了。

拿到录取通知书,他想起了部队的首长和他的谈话,"小吕,为了部队长期建设的需要,部队决定推荐你参加大学考试,成绩合格到大学深造学习,将来更好地为部队服务。"首长的话既是对自己提出了希望,又是对自己的要求。

"谢谢首长的培养,我一定圆满完成学习任务!"吕杰真心感谢首长的关怀。

"先不要感谢,也先不要高兴,部队推荐只是第一关,要进入大学殿堂,当一名军人大学生,你要过关斩将,一路竞争才能实现啊!"稍停,首长拍着吕杰的肩头意味深长地说:"我送你三句话,你要牢牢记住。机会送给你,把握在自己,部队需要你。"

过关斩将上大学,难道说比《三国演义》里的关云长过五关斩六将还难吗?吕杰有点不信这个邪。

"这次大学学习,比当年关云长过五关斩六将一点也不轻松。当年关云长过五关淘汰了六个对手,现在就部队这一关就要淘汰十二个对手呢,强中自有强中手,小吕你千万不要大意啊!"首长再次嘱咐着。

原来,到中国人民大学新闻系学习,被部队推荐只是万里长征的第一步,而后还要经过部队的筛选淘汰,最后参加国家统一考试,成绩合格才能进入大学学习。

首长的话,言外之意已经很明白了,连队推荐机遇已经给了你是第一步;淘汰其他对手胜出是第二步;最后接受国家的挑选是第三步,然后就是自己的事了。

吕杰这才感到自己身上的担子重压力大,怕考不好辜负了首长的期望。但是,吕杰又很有信心,他一点也不怀疑自己的基础能力,一点也不怀疑自己的写作水平。自己在学校读高中时,就是班上的尖子生,几门主要功课考试都在95分以上,高考模拟考试成绩都在500分以上。写作更是自己的专长,自己的文学作品,曾在报纸杂志上刊登过,要不是部队招兵在高考之前,说不定自己早已圆了大学梦了。

上大学是自己的梦想,上名牌大学更是自己多年的追求。中国人民大学,是全国一所重点大学,很多名人、名记者、名嘴都出自这所大学,当时很多高才生都追求名牌学校,在读书时一些高才生流传着这样打油诗:"北京清华我志愿,别的大学我不干,谁要让我上师范,丈人还能活一天。"可见全国名牌大学在吕杰他们心中的位置。

今天,自己的梦想就要实现了,首长这样关心培养自己,部队的学习条件这样优越,自己就是掉几斤肉豁出命来也要拼一次,成就自己的大学梦想。

吕杰安排好自己的时间,除了正常工作以外,一有时间,便把自己关在文化室里。篮球场上生龙活虎的吕杰不见了,游戏室里听不到吕杰的声音,吕杰把所有的时间全都花在文化室里,复习高中课程。

功夫不负有心人,三个多月过后,吕杰以坚实的基础、流畅的文笔淘汰了后勤部其他十二位对手,取得了参加高考的资格,成了一名军人大学生。他手拿着大学推荐通知书不知怎么办才好。这是个好消息,他想把这个消息写信告诉自己的亲人,让亲人一块儿分享。

吕杰想起了自己的父母,他想把这个消息告诉他们,是二老含辛茹苦拉扯自己成人,省吃俭用供自己读书。

他想把这个消息告诉自己母校的老师,是老师给了自己坚实的基础知识,又是老师在高考前寄来了高考复习资料,来信指导鼓励自己。

这个消息更应该告诉自己的同学,让他们也有这样的理想和抱负,考名牌大学,走成功之路。

但他更应该感谢部队的首长,这推荐上大学的一切,都体现了首长父辈的关怀和支持,首长就像一双如来佛的大手,托着自己一路前行。上大学是自己的骄傲,是部队的骄傲,更是首长的骄傲。

不能写信,信走得太慢,要打电话,用电话告诉自己的亲人和朋友。吕杰拿着那份推荐通知书想了很多很多,想得很远很远,想着走进了北京,走进了大学。

帮学对子

日子过得真快,春节一过就是吕杰入伍第三个年头了。前几天部队提升他为文书,享受班长待遇,并被推荐上大学,这下吕杰可以算得上一个真正的老兵了。

晚饭后,吕杰根据首长的指示,一个人坐在办公室里赶写学雷锋事迹报告会的体会材料,准备出席军后勤部学习雷锋先进分子表彰会。

吕杰低头思考着,从哪里下笔好呢。吕杰是部队学习雷锋小组的组长和发起人,带领其他战士以雷锋同志为榜样,做了不少好人好事,不论是自己义务帮助五保户老人给五保老人寄钱的事,还是和首长一起从碱锅里救人,一口气背着女工到医院,还是几年如一日义务为化工厂当投递员,哪一段事迹讲起来都是生动的。

嗨,那都是过去的事了,他犹豫起来。

吕杰做的好人好事确实太多了,今天写起来反觉得无从下手。他心想,无论如何一定把这个材料写好,不能辜负了首长多年的培养和期望。他拿起笔来,按照自己的思路挑出重点,笔尖在信纸上唰唰地移动着,一刻工夫便写出三页,室外的光线渐渐地暗了下来,外部的世界发生的一切悄无声息。

部队办公室坐北朝南的三进屋,进门是库房,左边是会议室,穿过会议室,便是吕杰的宿舍。门前的柏油路依山而上,从部队的门口直通到化工厂门口,路高屋低,在公路上能把室内的一切看得清清楚楚。

小张和小孟走在马路上,透过窗户看到屋内的一切,吕杰一个人伏案写作,小张拉拉小孟的衣角,在小孟耳边耳语了几句,"先不要惊动他,我们悄悄地过去,给他一个惊喜!"小孟会意点点头。

小张和小孟一前一后踮着脚尖,蹑手蹑脚穿过了二道门,通过会议室进入吕杰的宿舍,屏住呼吸轻轻地站在文书的身后,看吕杰写的什么,全神贯注的吕杰全然没有发觉。

不知是姑娘身上的青春气息,还是二位姑娘轻微的呼吸声,也不知是吕杰第六感官起了作用,吕杰只觉得身后异常,猛一回头看去大吃一惊。

两位美女贴身站在身后,距离只有分寸之间,两位美女含情脉脉地看着自己,吕杰一惊,一颗心"嗵、嗵、嗵"跳个不停。

吕杰站起来急忙让座,"二位姑娘请坐,进来也不打个招呼,我也有个思想准备,好好接待一下。"一面又责怪起来。

帮学对子

"都是一家人接待什么,常来常往又不是外人。"

"不是外人打声招呼也行嘛,看,把哥们吓得脸都红了。"

"打声招呼还能给你惊喜嘛。还是个军人呢,就这么个胆量。"美女反将了吕杰一军。

小孟站在一旁悄悄地微笑。

吕杰假装生气的样子说:"军人也是血肉之躯,军人也有胆小的时候,我可是有过先天性心脏病,受到惊吓就会犯病的。"说着做了个犯病的样子,哼了起来。

小张可不吃吕杰那一套,"小吕装什么装,军人个个身体健康,有心脏病还能当军人。就是有病我们给你治,反正都是部队掏钱买单,这里离部队医院也不远。"小张笑着说。

"病治不好找不上媳妇你们要负责,要给我做媳妇,做饭洗衣伺候我一辈子。"吕杰板着脸一本正经地说。

站在一旁的小孟嘴快,"小吕,那还不好办,小张姐姐又高又胖,要力气有力气,要热情有热情,伺候你最合适!"小孟出了个好主意。

小张指了指小孟说:"你这个丫头鬼得很,难道我看不出你的心思吗,自己想嫁给吕杰做媳妇,又来戏弄别人,看我做了吕杰的媳妇你后悔不后悔!"小张把矛头转向了小孟。

"你做,你做,我才不后悔呢,你做了吕杰的媳妇,我给你们送份礼。"两个丫头嬉闹起来。

听着姑娘的戏斗,吕杰忙劝道:"二位美女不要再推了,要不你们两个都做我的媳妇好吧,谁也不要后悔了。"吕杰的办法简单干脆利落不偏不倚。

小张半玩笑半认真地说:"小吕,你做梦娶媳妇——净想好事。你找两个媳妇难道就不怕犯错误,犯重婚罪吗!"小张警告吕杰。

"人在花丛中,饿死也风流。为了两个美女犯个错误也值得。"吕杰说得轻松,把两个姑娘逗得哈哈大笑起来。

小孟挥动着雪白的小拳头,嘴里不停地骂道:"小吕真坏,小吕真坏!"拳头雨点般落在吕杰身上,不轻不重舒服极了。

吕杰扭过头,这才发现小孟今天的变化。小孟除了穿着得体眉清目秀外,还少了两条又黑又长乌黑发亮的大辫子,变成了两条齐耳的短辫,再加上得体的衣裳,已不是过去幼稚的少女,而是一个成熟的大姑娘了。看起来更加靓丽,更加出众,他的目光停在了小孟的脸上,俩人目光撞到了一起。

美丽的姑娘一下脸红了起来。

"不认识吗,哪有这样偷看人的。"小孟有意责怪起来,但是心里却有丝丝甜蜜的感觉。

"人就在跟前,还需要偷看吗。再说你不看我,怎么知道我在偷看你呢!"吕杰可不吃小孟那一套。

"是你先看我的,小吕你真坏。"小孟对吕杰不依不饶。

"小孟,对不起,是我先看你的。你长得那么漂亮,水灵、白净、苗条,一掐一股水,气死林黛玉。那么漂亮的脸蛋不是让人看的吗!"吕杰做了个鬼脸。

"这话还差不多,我爱听,敢作敢为像个解放军战士。难道我长得就是那样漂亮吗,我自己怎么没感觉出来。"小孟开心地笑了。

"情人眼里出西施,我看漂亮就行了,至于别人吗,我可管不着,这就是我看你的秘密。"吕杰也高兴了。

"好吧,要看你就好好地看,我让你看个够。"小孟把脸正对着吕杰,满面春风的她笑了。

小张、小孟和吕杰嬉闹了好一阵子,没有离开的意思。吕杰有点沉不住气了。

"二位姑娘,如果没有其他的事情我就不奉陪了,我还要赶写学雷锋事迹材料呢,明天首长要审核。"吕杰说明了送客的理由。

"小吕同志,不要着急,我们也正是在为学雷锋的事情向部队取经的。"姑娘说起来部队探访原因。

"向部队取经要找首长才行,厂里派人来就可以了,你们二人不要再凑热闹了。"

帮学对子

"我们就是厂里派来向部队学习取经的,怎么叫凑热闹呢!"小孟插话。

"小吕你还不知道吧,小张已提升为我们的副厂长了,副厂长作代表取经还不够格吗!"小孟又说。

"够格够格。"

听了小孟的介绍,吕杰觉得刚才的话讲得有些不妥,怠慢了张副厂长,影响了军民关系,连忙纠正说:"张副厂长,真对不起,刚才的话不算数,算我胡说八道,我是和你们开玩笑呢。"

对于刚才的话,小张并不在意。反而安慰吕杰:"小吕你是个优秀军人、大帅哥,这辈子做你的媳妇是她的福气,我还不一定有这个福分呢。"小张说的情真意切。

"小张姐姐,谢谢你的夸奖,等我在部队有了进步或转业有了工作,我一定向你求婚娶你做媳妇,满足你的愿望给你这个福分。"

"那好,咱们一言为定,到时候你可不要反悔啊!"小张认真起来。

小孟坐在一旁,只是抿嘴笑,两眼盯着吕杰闪现出一种火热的光芒,小张和吕杰在戏笑中未曾发觉。

张副厂长说出了厂里的计划:"部队学雷锋活动开展得好,小吕的新闻报道写得好,我们想请你做老师给我们讲一讲学雷锋的故事和写新闻报道的知识。"

"不行,不行,我水平还差得远呢!"吕杰谦虚地说。

"你的文章报纸上刊登过,我们拜读过,写的又生动又感人,真是太好了,你可不要保守,教教我们吧。"姑娘的态度诚恳。

吕杰没办法,见推辞不掉,只好答应下来。并说还向她们学习,"小孟的字写得好简直像书法,你们也要指导我们才对。"吕杰提出了自己的要求。

"好,在新闻写作上我们拜你为师,在书法练习上,你拜小孟为师,我们互相学习、互相帮助、共同提高。"

"君子一言!"

"驷马难追!"

小张、小孟和吕杰伸出手指勾在一起"拉钩上吊,一百年不变,谁要变了谁就是小狗。"三个人像小孩过家家一样。

小张和小孟完成了任务,高高兴兴手挽着手离开了部队办公室,向山坡上的厂部走去。走着走着,小张突然对小孟说:"小孟你在这里等我一下,我忘记件事情。"说完,转身又折了回去,只身跑到吕杰身边,贴着吕杰的耳边说了一句:"小吕,我爱你。"说着在吕杰脸上"啪"地亲了一口,扭身就走。

看着两位姑娘远去的身影,吕杰忽然心灵一动,一篇诗歌在脑子里油然而生。

美丽的姑娘过窗前

当你走过我的窗前,
我不由得隔窗相看,
俊俏的身材水灵的双眼,
身后拖着乌黑的发辫;
当你走过我的窗前,
我不由得推窗相看,
双目相对火花四溅,
初恋的甜蜜留在心间;
一天又一天,一年又一年,
天天窗前过,年年来相见,
恕不怨我默默无语,
心中的爱终有一天能实现。

吕杰拿出钢笔和笔记本,唰唰几笔记录下来,整理好稿件寄往报社编辑部。

第一周是新闻课。吕杰向首长请了假,带着事先准备好的材料来到化工厂,二位姑娘早已等候多时。

帮学对子

"现在开始讲课,今天讲课的内容是新闻稿件的类型,说起新闻稿件的类型大致可以分成四大类:第一类是通讯,我们又可以分为人物通讯和事物通讯,这个类型就像我们在初中高中写的作文一样叫记叙文,把几个分散的记叙文用一根主线连接起来,就是长篇通讯。"吕杰根据自己的体会深入浅出地讲解着。

小张和小孟听得很认真,并详细记在笔记本上,生怕漏掉一字一句。

"第二个类型是消息。消息的要求是时间紧,错过了时间,消息的新闻价值就没有了,新闻就成了旧闻。"

这一堂新闻课讲解,小张和小孟觉得很新鲜,在学校读书时,老师这方面讲得很少,今天算是开了个眼界。

吕杰喝口水,稍做停顿后,开始讲第三种新闻题材。"第三种类型叫言论。言论的题材很重要,很多国家的政策、方针和纲领性文件精神都是通过言论发表的。这种格式在初中读书时也见过,叫一事一议或叫说明文。"

"最后一种格式是文学作品,它包括散文、诗歌、小说,等等,是高层次写作的题材,它把写作提高到一个新的高度。"

不知不觉中吕杰讲了一个多小时,姑娘的笔记本上记了满满几页。

"今天讲的内容就是这些,下一课给你们讲讲新闻写作的技巧。不过我有一个小小的要求,在下次上课前,每人写一篇800字左右的记叙文,要求时间、地点、人物必须明了,真人真事。"

"小吕的课讲得精彩,语言精练逻辑性强,我们怎么感谢你呢!"

"都是些雕虫小技有什么可感谢的,下周我不是请你们当老师吗?"

"在你面前我们可是小巫见大巫了,要不,改天我们请你看场电影,请你吃个冰棒。"

"好,恭敬不如从命。"

共同的理想

第二周小张和小孟来到了部队,在连队会议室,小孟向吕杰作书法指导,小孟一抬头看见会议室四周墙壁挂着不少条幅,不是毛主席语录,就是毛主席诗词,清一色的隶书字体。

小孟介绍说:"字写得好坏,主要是对某种字体的临摹、学习、练习,长期练习熟能生巧,从中掌握书法的技巧。我写的是硬笔仿宋字体,你们墙上是隶书字体,写得很好。"小孟的指导,吕杰一字一句记在心里。

"其实,往深处讲我也不懂,主要是在家跟爸爸学的,你如果有兴趣的话,我让我爸给你指导一下,你每天都可以见到他的。"

吕杰想起来了,小孟的家就在小市,她爸爸就在市邮电局工作,是市里有名的大才子,能写一手好字,吕杰高兴地接受了。

"叮、叮、叮"桌子上的电话铃声响了,吕杰急忙拿起听筒,重复着"好、好"。

"小张,厂长通知你立即回厂,有重要事情研究。"

"你们先学习,我去去就来。"小张说完离开了部队营房,一路小跑回到化工厂。

吕杰和小孟暂停了刚才的学习内容,俩人转移到了其他话题。

"小吕,我们已经认识两年多了,还不知道你的家乡在哪里,那里什么样子,快给我讲讲。"小孟像变了一个人活跃起来,提出一连串的要求。

"家乡有什么好讲的,一马平川的穷地方。"吕杰不以为意。

"一马平川好吗?我长这么大还没有出过小市,离开过这山沟沟,更没有去过平原,平原是啥样你快讲讲吧。"小孟不依不饶。

提起家乡,吕杰陷入回忆之中。

黄河南岸有一片大平原,叫豫东平原,一马平川的大平原见不到一个土包,一到夏季,金黄色的麦子像一片海洋,微风一吹,掀起了一层层麦的波浪。

他又讲起了自己的家庭。他们兄妹五人,哥哥是老大,一九五八年参军入伍,

共同的理想

是个战斗英雄,现转业到地矿部工作,其他两个哥哥都是农村干部。

他又想起自己的童年,他从小读书,读完小学读中学,高中毕业后参军入伍,后边事就不用讲了。

小孟第一次听了吕杰的身世,了解了吕杰的家庭情况。"小吕,你上学的时间和我差不多,年龄和我也差不多,按时间推算比我早一届,如果我们的家乡在一起,说不定我们还是校友呢!"

"我们都是初中老三届。我是六七届毕业生,然后上的高中。你是哪一届的?"吕杰问小孟。

"我是六八届初中毕业生,然后上的高中,比你晚一届。"

"不错,不错,应该是校友。按年龄来讲,我比你大。我应该是师兄,小孟你是师妹。"

"对,你是师兄,我是师妹。"小孟愉快地答道。

"我们在学校读书时,同学们都有理想和追求,你有过理想吗?"小孟又提出新的问题。

"有啊,只有想不到,没有做不到。没有理想和追求,一生碌碌无为,人生还有什么意义。"吕杰讲出了一番大道理。

"实事求是地讲,你的理想和追求是什么,能如实告诉我吗?"小孟追问道。

"师妹,真想知道吗?"吕杰反问了小孟一句。

小孟对着吕杰点了点头,露出渴望的笑容。

"在学校时,我学习成绩优秀,在求学的道路上虽然家境贫寒,求学的校门却一直在开绿灯,我的第一个理想就是高中毕业上大学,当一个知识分子、当科学家。"吕杰叙述着当年的理想,好像又回到当年的学校生活。

"我的第二个理想就是参军入伍,当一个出色的军人,部队的人才。"吕杰继续叙述在梦想之中。

"你的理想实现了吗?"小孟插了一句。

吕杰摇摇头:"从严格意义来讲,我的目标还没有实现。第一,大学停办我只读到高中毕业,大学校门都没有沾边,更别说当那个科学家了,第一个理想没能实现。第二,我虽然参了军,实现了参军的理想,但进步不大。我只能算一个普通军人,还不能算一个出色的军人,不算部队的人才。"吕杰显然还不满足自己取得的进步。

小孟可不这样看吕杰:"你在我的眼里就是一个出色的军人,是部队的人才。"小孟讲话很肯定。

"你知道什么样的军人才是优秀军人、部队的人才吗?"吕杰将了小孟一军。

"我说不清楚,你讲讲看!"小孟露出恳求的目光。

"优秀的军人要具备几个条件。一个优秀军人拿起枪杆能打仗,当神枪手消灭敌人;拿起笔杆子能写文章宣传党的方针政策。一个优秀军人,战争时期能打仗指挥千军万马;和平年代能像雷锋一样把自己的有限生命投入到无限为人民服务之中去,当人民的好儿子……"吕杰一口气讲了很多。

"你对自己要求太苛刻了。不过你在我的眼中就是一位优秀军人,我的偶像,那么你的第三个理想呢。"小孟继续追问。

"这第三个理想吧,是个人秘密,暂时还不能对你公开。"吕杰故意卖了个关子。

"我们都是几年的好朋友了,难道还有什么个人秘密不能言谈,你就讲讲,说不定我还能帮你实现呢。"不管小孟如何追问,吕杰就是抿嘴微笑闭口不答。

"师妹,说了半天,你还没有讲一讲你的理想和目标呢,这样对我是不平等的。"吕杰反守为攻,把皮球踢向小孟这边。

"师兄,我的理想你也想知道吗?"小孟倒是大方。

"是的,我想知道。"吕杰也很诚恳。

"好吧,那我就给你讲讲我的理想。"小孟做好了准备。

"师兄,我的理想有两个。第一嘛,和你一样准备高中毕业考大学,当知识分子,走出山沟。这不,大学停办高中毕业分到化工厂,这个理想实现不了。"

"第二理想嘛,也是个人秘密,不能讲给你听。"小孟讲完后停了下来。

"都说姑娘心眼多,我都有三个理想和目标,你应有更多的理想和目标才对,怎么只有两个理想呢,你的心眼都长到哪里去了!"吕杰探测着小孟的内心的虚实。

小孟看出了吕杰对自己的疑虑,郑重其事地说:"小吕,其实我和你的理想是一致的,虽然我只有两个理想,但和你的三个理想是同出一辙,是殊途同归,二等于三。"

"你个鬼丫头,这是什么逻辑。在数学规则上,一加一等于二,二加零也等于二,二就是二,哪能等于三。快把你的第二个理想说出来,不然我就不收你这个学生了。"

小孟被迫无奈,只得披露一点自己的秘密,"我的第二个理想和你的理想是有联系的,你的理想实现了,我的理想也就实现了。"说着脸上泛起一片红晕。

吕杰一拍脑袋忽然明白了,男女有别,姑娘应该有个人的秘密不便对男士讲。

"啊,原来如此。"吕杰拍了一下小孟的手又说,"既然你的理想和我有关系,证明我们两个有缘分,让我们一起努力,互相帮助,为实现咱们的共同理想而努力奋斗吧!"

初露萌芽

吕杰来到化工厂,开始和小张、小孟第二次交流。因前天有约,两位姑娘都准备了自己的文章,双手递给了吕杰。

吕杰逐个阅读,第一篇是小张的文章,名字叫《我们的贾师傅》,是一篇人物通讯,按照通讯的要求,时间、地点、人物、事实的顺序一字排开。

这篇文章写得通顺,叙述详细,吕杰点评了一下小张的文章,小张脸上露出了笑容。

吕杰再拿起小孟的文章翻开题目一看,大吃一惊。题目新颖,内容生动,像一个专业通讯员所作。

吕杰把两篇作品放在桌上,打开自己的笔记本开始讲解。

"通讯的写法有三点基本要求,要求时间地点人物、真人真事,事件叙述要生动,语言运用要感人,文章的开头要精练,可以用金字塔的写法开头,一层一层地展开,直到事情的结束。小张的写法就是采用这种金字塔的手法,基本像学校里记叙文的写法,基本功扎实,值得表扬。"

"关于另一篇嘛。"吕杰停顿一下卖了个关子,没有立即往下说。小孟着急了。

小孟是有名的才女,高中时班里的文科尖子,全校出了名的文科状元,见吕杰在她的文章上打顿心里着急。

小孟写的文章也是人物通讯,题目叫《救人之后》。内容就是吕杰和首长从碱锅里救化工厂女工榛子之后发生的一些事情,思路很有新意。"文章写法新颖,描写生动,语言精练,是一篇成功之作,可圈可点,望继续保持。文章润色后可以寄出发表。"听到表扬,小孟笑了,小脸笑得那么灿烂。

"我写的文章离老师差远了,我就是按照老师的通讯手法模仿来的。"小孟说出了事情原委。

吕杰明白了,我说怎么和我的写法有点相似,原来课还没有上两次,技巧都学走了。小孟是个聪明的姑娘,文章写得好,字也写得好,人长得漂亮,才貌双全,"真是李清照再世。"吕杰打心眼里佩服。

"李清照是谁呀?"小张问道。

"李清照就是李清照,这个人物下回再讲。"

结合实际讲解新闻写作,收到了较好的效果,两位姑娘满意了。

"谢谢你,晚上请你和学雷锋小组的同志看电影。"说着把四张电影票塞在吕杰手里,小孟挑出一张给吕杰,"这张票是老师的。"

晚饭后吕杰和学雷锋小组的战友徒步向小市走去,部队离小市不远,走大路大约有五公里,走小路不到四公里,几个年轻人快步如飞,不到一个小时就赶到电影院门口。

"东方欲晓莫道君行早。"小张、小孟早已等在那里,伸手递给每人一根冰棒。"这怎么能行呢,让你们花钱,我们部队有纪律,解放军不拿群众一针一线。"

"我们是群众嘛,我们是你的学生。学生请老师吃个冰棒也犯纪律,再说这是冰棒不是针线。"小张和小孟自有她们的说法,大家只好接住。

初露萌芽

"有情后补,下次我们请你俩。"

大家相约进入电影院,找好自己的座位坐下。

小孟和吕杰座位相邻挨在一起,吕杰这才明白"这张票是你的"含义。

电影院上演的是故事片《野火春风斗古城》,王心刚扮演武工队政委杨晓冬,王晓棠扮演银环。杨晓冬根据党的指示,在武工队梁队长和地下交通员金环、银环的护送下,进入华北古城展开对敌斗争,两个人在对敌斗争中产生爱情的故事。

电影还没有开演,小孟对电影里的人物议论起来,银环长得漂亮,革命激情高涨,杨政委革命意志坚强,斗争策略高,经验丰富,看样子这个电影小孟看过不少遍,吕杰同意小孟的看法。

"小吕,我就喜欢杨晓冬这个人物,人长得帅气,演技也好。"小孟表白着自己的看法,说话间身子不由自主地向吕杰身边靠靠。

"我看还是银环扮演得好,像护士,又像学生,文静又有胆量。"说着不由自主地用手去指银幕的图像,不过一下子碰到小孟的小手,小孟趁势抓住那只手不放,两只手握在了一起,霎时间就像一股电流通便全身一般,电影演到高潮,谁也没有看到这爱的一幕。

这是爱的碰撞,只有吕杰和小孟心里明白,爱情的萌芽在心中扎了根。

这部电影吕杰已经看过多遍,电影中的人物情节倒背如流,电影中人物记忆犹新,吕杰给小孟讲解着。

这部电影小孟也看过多遍,故事情节的记忆一点不比吕杰差,她紧挨吕杰耐心地听着。

"小孟,你喜欢哪个人物?"

"我喜欢杨晓冬,杨政委。"

"杨晓冬演得不错,但是银环不是很好嘛,难道你不喜欢。"吕杰谈着自己的看法。

"她好,你喜欢她去。再说我喜欢银环,不成了同性恋了。"

吕杰突然明白了小孟的心意,姑娘自有姑娘心中的秘密,急忙打住下面的话题。

影幕中杨晓冬、银环的爱情故事留在了吕杰和小孟的心中,久久不能忘怀。

雷锋的战友

吕杰接受化工厂的邀请,在部队首长的支持下来到了化工厂作学习雷锋经验体会的报告。

吃过早饭,吕杰穿了身新军装,整理好军容风纪,迈着矫健的步伐跨过公路向山坡走去。小张早已在厂大门口等候,几句寒暄后走进厂会议室,学习雷锋交流会就在这里进行。

吕杰抬头看了一眼,会议室是经过精心准备的,主席台上方的墙上贴着"军民学习雷锋事迹交流会"的大幅标语,会议室内一排排座位上坐满了化工厂男女职工。

当会议主持人小张宣布:"军民学雷锋事迹交流会现在开始,下面请部队的吕杰同志介绍学习雷锋的经验体会,大家欢迎。"说完,并带头鼓起掌来。

吕杰大步走上讲台,面对大家行了一个标准的军礼。今天,吕杰新军装、新军帽上镶着一颗红五星,上衣配上两块红色领章显得格外精神,再行一个标准的军礼,迎来大家的一片好感。

"化工厂的领导、化工厂的同志们,大家好!"

"今天大家请我来作报告,讲一讲学习雷锋的事迹,我很高兴也很惭愧。其实,在解放军这所大学校里,我是个新兵。我刚刚入伍三年,工作做的还很不够,确实没有什么先进事迹可讲,更没有什么经验可谈。"吕杰回头看了一眼坐在主席台上的小张,发出了求助的目光。

小张站起来介绍说:"小吕是部队学习雷锋的标兵,做过很多好人好事,不要谦虚,今天就给我们讲一讲吧,也叫我们化工厂的姐妹们见识见识。"

小张这么一说,坐在台下的职工又大声嚷嚷起来:"小吕快给我们讲讲吧,你不

雷锋的战友

是还救过我们榛子姑娘嘛。"

这时候榛子就坐在吕杰的对面,两眼不眨地看着他。吕杰没见过这架势,更没有在众多火辣辣女性的眼光下亮相,一时紧张起来。一着急,眉头上的汗珠滚落下来,在一旁的小孟不失时机地端来一杯开水递过去,并随手递上了一块手绢。

吕杰喝口水擦把汗,紧张的情绪平静下来。他知道自己刚才有点失态,忙说,救榛子姑娘的事不是大家都知道嘛。他抬头看了一眼榛子,看见榛子两眼盯住自己说:"这件事还是让榛子自己给你们谈不是更好吗?"

"常言说,好话说三遍,鸡狗不耐烦,这件事是我们首长做的,我只是一个帮手。"

"一口气把榛子姑娘背到医院,也是首长做的吗?"下面的姐妹往下追问。

吕杰完全没有了自己的章法,临来时首长的交代,自己写的汇报提纲一下子无影无踪跑到九霄云外,吕杰为难了。

张副厂长站起来维持会场:"姐妹们,榛子的事大家都知道了,就不要再提了,还是让吕杰讲讲他学雷锋的事迹好不好。"

张副厂长的提议得到了姐妹们的赞同,会场又安静起来了,吕杰抿了口茶水,重新回到原来的思路上来。

"姐妹们,学习雷锋同志的经验我确实没有,我也正在向雷锋同志学习,我谈一下自己的工作好吗?"

台下的姐妹高兴了,注视着台上吕杰的表情,倾听吕杰的演讲。

"我在部队这几年,几乎天天要到小市邮局取报刊、信件,回来分发给部队各班组,送给首长,然后再进行其他工作,天天如此。"

"一天,我沿着山边小路向小市赶去,准备在午饭前将报刊取回。这里离小市邮局五公里多,步行一个多小时就能赶到,当我走到半道时,天气突然变化,来时还是晴朗的天空,一霎时乌云密布。人们常说,山里的天,孩子的脸,一天十八变,说变就变,说着下起雨来,豆粒大的雨珠倾下来,打得满身疼。正在这时,我突然看到从公路上走来一位年轻妇女,带着一个孩子,孩子吓得哇哇乱叫,大哭起来不知怎么办才好。我立时想到,这是个危险的区域,是个雷区,在大雨中弄不好就会有触电现象,我们的前任司务长当年就是在这一地区执行任务,被雷电击中牺牲的,现在就埋在西山坡烈士陵园,必须帮助这对母子迅速离开雷区躲过大雨。"

"我急忙跑上前去,脱下自己身上的上衣,包在小孩的身上,抱起小孩就向小市跑去,那位年轻的妇女紧跟其后。大雨好像故意和我们作对,越下越大,一会儿工夫,我们全身淋得湿透,水顺着衣服往下流。我们顶着雨,踏着雨水往前赶,那位女同志的家离得不远,就在县城附近,她把我让到她家。"

"解放军同志,请在这里休息一下,这就是我家。"

吕杰好像又回到那天的情景,叙述得很完美,下面的姐妹静静地听着。

"小孩没有淋着,我却受到雨水的刺激,一连打了几个喷嚏,那位妇女给我倒了一杯开水,喝了几口才缓了过来,我急忙拧干衣服上的水,背着挎包再向邮局走去,雨还在下着。"

吕杰此时已不再想自己的汇报提纲了,顺着自己的思路一直讲下去。

"我天天走在这条小路上,重复着自己的工作,成就自己的梦想,一天又一天。

"一天当我走到县政府大院附近时突然听到喇叭里传来'发展体育运动,增强人民体质'的口号。

"这个声音是从县政府后面传来的,离这里不太远,那里是县中心小学。学校广场上,正举行学生运动会,身着学生运动服的男女小运动员,正在进行田径、跳高、篮球等项目的比赛,有的小学生已取得了好成绩。

"我想到自己的童年,想到自己童年的学习生活,自己生活在"三年困难时期",全国人民吃不饱、穿不暖,在饥饿中度日,很多小朋友因为生活困难,无法去学校读书,一个个退了学。自己虽然勉强到了学校读书,但是作业本铅笔都买不起,没有作业本铅笔怎么读书,热心的老师找来了半瓶墨水和一支蘸水笔送给我,从此我才坚持把书读下去。

"如今的孩子太幸福了,有安静的学校,有完整的教学设施,有高水平的老师授课,还有家长的呵护。

雷锋的战友

"当时我想很多,我能为这些孩子做些什么呢,小学生不缺吃、不少穿、不缺零花钱,精神鼓励一下总算可以吧!

"我摸了摸自己的上衣口袋,上衣口袋里装着十元钱,前几天母亲来信说让我照张相寄回家,这十元钱是照相用的。一想到自己已经离家两年多了,家中的父母哥妹怎样,家乡的情况怎样。

"我忽然一拍脑门有了主意,就这样做。

"十二点钟,我取来了报刊,来到对面的百货大楼,向营业员询问了一下柜台上小学生作业本,两角钱一本,十元钱正好可以买五十本作业本。'同志,请拿五十本作业本捆好。'说着吕杰把钱递给营业员,营业员把五十本作业本捆好,我装进挎包,背起向小学运动会会场走去。

"运动会正在热烈的进行中。我跻身走进会场,取出作业本递给了值班的老师,'老师,这是我对学生运动会的一点心意。'主持人握住我的手说:'解放军同志,我替学校的学生谢谢你。'闻讯赶来的运动会战地小记者,一下子围了上来,拉着我的手问这问那。

"'解放军叔叔,你是哪个部队的,你叫什么名字?''你做好人好事有什么想法?'当时,真把我问懵了。我不知该怎样回答,因为做这事的时候我压根没想这些问题。

"我不回答,小记者不放我走,不放我走,我更不知道说什么。情急中,我给小朋友说:'同学们,你们拿张纸来,我把部队番号,我的姓名和我的想法都写上可以吗?''可以。'小记者递给我一张纸,我掏出钢笔,唰唰写了几个字,把纸一折,递给了那位小记者。

"小记者高兴极了,争相报道,我趁势挤出人群,奔走在回部队的路上。

"离开运动场几百米,听到运动会广播中,传出小播音员的声音,同学们,刚才收到一位解放军战士送来的五十本作业本,鼓励我们体育优胜者,这位解放军战士的名字是'雷锋的战友',让我们以优异的成绩感谢这位解放军同志。

"听到播音员的解说,我禁不住地笑了起来,我哪里配得上'雷锋的战友'称号。

雷锋是我们学习的榜样,是全国人民的学习标兵,一生做了很多好人好事,不留名,不为利,我只是做了一件力所能及的小事,我离雷锋同志差得很远,怎么能称雷锋的战友呢。"

吕杰这时已完全进入角色,全没有当时紧张的情绪,事情讲得头头是道,过程讲得合情合理,绘声绘色。下面的姐妹们竖起耳朵专心的听讲,生怕漏掉一个字。

随着一声,"谢谢大家",吕杰的演讲到此结束,台下响起一片热烈掌声。张副厂长带头举起拳头高呼,"向解放军学习,向解放军致敬,向雷锋同志学习,军民团结如一人,试看天下谁能敌!"

榛子突然站起身来,手捧一束鲜花走向讲台,双手把花献给了吕杰。这束鲜花,是榛子亲自上山采来的。榛子听说吕杰要到化工厂作报告,高兴的一夜没睡着觉。天一亮,早早起床爬到对面山上,一只一只地采摘,白头翁、黑水银莲、夏冰莲都是长白山区的名花,她知道这些花生长的地方。她一只只采摘一只只挑选,组成一把花束,花的上面还存着露水珠。

当吕杰接鲜花的瞬间,榛子在众目睽睽之下一下扑在吕杰的怀里,"谢谢你,我的救命恩人!"吕杰没有思想准备,一下愣在那里。

主席台上的小张向下面使个眼色,小孟会意走到台前,双手拉起榛子姑娘,回到原来坐的地方。

"解放军同志,照片是给谁照的,是不是准备寄给家里媳妇。"化工厂的姑娘没忘询问吕杰的个人私事。

打油诗

熄灯号响过,营区一片安静。

吕杰躺在床上,翻转过身子,满脑子一片乱麻,怎么也捋不出一个头绪来。小张、小孟的身影老在身边晃动,未婚妻、媳妇这个问题一直在脑海里盘旋。

"小吕,家中除了父母外还有什么人?"首长看吕杰没睡着,问道。

打油诗

  档案就放在首长那里,家庭情况、人员情况档案里填得清清楚楚,首长不知看过多少遍。再说,自己就是首长亲自从家乡接来的,这点首长还不清楚吗!对着首长的问话吕杰不能明说。

  "家中有父母、哥哥,还有一个妹妹。哥哥是军人,转业后在边疆工作。"吕杰回答了首长的问题。

  "还有其他人嘛,有没有对象?"

  "报告首长,家中已经有对象,是父母在我上中学时定的亲。"吕杰不加隐瞒地如实回答。

  "小小年纪订什么婚,都是什么年代了,封建主义还存在,看样子革命还需要进行下去。"首长说出了自己的感叹。

  冬去春来,时间又过了几个月,办公室里只有首长和吕杰两个人,首长又关心起吕杰的婚事来。

  "小吕,家中的对象退掉没有?"首长这次谈话单刀直入,一针见血,没有商量的余地。

  "没有退掉,我想在探亲时退婚。"吕杰回答道。

  其实,对于退婚的事情,吕杰连考虑都没有考虑过,又怎么突然提出退婚呢!

  这几年,首长太关心自己了,培养自己入党,提升自己当文书,推荐自己上大学,自己成长的每一步都倾注了首长的心血。吕杰回想起在家时的情况,家庭条件差,兄弟姐妹多,父母总担心错过找对象的年龄,到时候打一辈子光棍,在吕杰16岁时托人介绍了对象。

  吕杰是兄妹几个中最聪明的一个,从小学到中学一路绿灯,成了几个村少有的高才生。父母的担心是多余的,在学校时就有女同学递过条子,表示过爱意。但也不能违背农村的风俗习惯,提前与人定了亲。

  那是个标致的农村姑娘,身材不胖不瘦皮肤不白不黑,心灵手巧织布纺花样样都会,就是斗大的字不识几个。吕杰入伍的当天,姑娘还跑了十几里路,到吕杰家相送。还嘱咐自己,"你到部队好好干,我在家等你。"

如今,自己突然提出了退婚,那痴情的姑娘能接受吗,到部队的三年时间,不是让姑娘白等吗?如果不和家乡的姑娘退婚,首长面前怎么回答,吕杰一次次为了难。

"小吕好好干,等你提了干部,我给你介绍个对象,好好在部队发展。"首长更加关心起吕杰的婚事了。

吕杰明白了,首长的几次谈话、问话是为了退婚,退婚是为了介绍对象,就像九连环一样,一环连着一环。

首长对吕杰的关心像父母一样,对于首长的话,理解的要执行,不理解的也要执行。吕杰狠狠心,写信给农村的姑娘退了婚,家乡的姑娘想不通,多次给部队写信告状,都没有消息,这才罢休。后边的路是高是低一概不知,反正首长自有安排。

在部队经常来往的几位姑娘,小张、小孟,个个漂亮,各有千秋,小张长得人高马大,身体健康,工作泼辣大方,很有政治头脑,进步也快,工作两年就提升副厂长了。

小孟姑娘,身材苗条,长着一双会说话的大眼睛,吸引着众人,平时在公众场合很少讲话,还写一笔好字,文章也很出众。

两位都是好姑娘,哪位做自己的对象,对于一个农村出身的孩子来讲,都是天上掉下来的馅饼,是祖宗几辈子积的福气。

爱情的东西是美好的,美好的东西只有追求才能得到,来不得半点虚情假意。几位姑娘的热情,给了自己一个美好的机会,自己怎能放过这样的机会。

吕杰又否定了自己的想法,自己是一个普通战士,部队的纪律规定,普通战士在当地不允许谈对象,这是部队铁的纪律,违背了这个纪律,就是犯错误。有的战士就是越过了雷池,受到了纪律处分,毁掉了自己的美好前程。

吕杰不敢往下想,几位姑娘身影一次次出现,又一次次消失在眼前。

她们太可爱了,自己暂时不谈,不违犯纪律,先表示一下自己的心情总是可以吧。

吕杰下了决心,拿起笔随手在纸上写起来,连思考都没有思考。

打油诗

> 我家在农村,
> 相爱无缘分。
> 夜里梦织女,
> 美丽又沉稳。
> 睿智且惠贤,
> 小市遇新君。
> 解得其中意,
> 定为心上人。

写完将信纸一折,夹在了报纸中,向工厂走去,放在了化工厂办公室。

小张小孟拿到报纸后,发现了夹在报纸中的条子,像发现美洲新大陆一样相互传阅,细致地品味起来。

这是一首打油诗,又像五言绝句诗,诗写得很有特点,从诗的字面上来看,是一位出生农村年轻的小伙子,送给一位心爱的姑娘的,小伙子渴望得到姑娘的爱情。

她们琢磨起来,这首诗作者是谁,是写给哪位姑娘呢。

"这首诗是部队的军官写的,只有军官才有谈对象的条件。"小张发表着自己的看法。

"我看不一定,说不定是大个子班长写的,前一阵子他不是在追求我们的姑娘吗,他马上要复员了,不再考虑部队的纪律了。"小孟反驳了小张刚才的猜想。

"也不对,大个子班长哪有这样高的文化水平,恐怕再学几年也写不出这样的东西来。"小张也不同意小孟的见解。

那这诗到底是谁写的呢!大家都在一团迷雾之中。

有了,这首诗是我们老师写的,他高中文化,部队的才子,写一手好文章,只有他有这样的水平。但是,我们天天见面,日日在一起,有什么心思当面不好表白吗。老师对自己要求很严,他不可能违反纪律,二位姑娘肯定了又否定。

"要爱就大胆地去爱,爱的轰轰烈烈,你死我活,我不喜欢掖着藏着地表达感情,像个小脚女人。"说着小张把纸条一把推给小孟说,"妹子,你拿去慢慢研究吧,姐姐把这个机会让给你。"

"好吧!"小孟把纸条夹在笔记本里,放进了挎包,微笑着走开了。

一周后,吕杰在部队的邮件里也发现了一封信,信封上没有地址,打开一看,也大吃一惊。信中也写一首诗,内容简练,字体娟秀,文体也像五言绝句,时间是一九七五年七月七日,没有署名。诗的内容是:

> 我虽小市生,
> 但愿去农村。
> 阿妹嫁阿哥,
> 丝连情侣心。
> 爱妹到山冈,
> 诚感心上人。
> 明日小市会,
> 梦里定终身。

李清照第二

七月七日是个传统的节日,是牛郎会织女的美好传说,这首诗写的日子和这个节日重合,作者很有一番心意,而且这首诗和吕杰的诗格式一致,韵律对称一点不差,这是哪位姑娘写的呢!

是小张吧,前几天,还偷偷表白,"小吕我爱你,我愿做你的媳妇。"

这个姑娘是香香吧,经常来部队串门,多次邀请自己到纺织厂去玩,甘愿让他留厂和她一起工作。

要不这个姑娘是榛子,自己和首长救过她的命,她一直想办法报恩,以身相许。

不是,吕杰一一否定了。

难道是她,那个细心的姑娘。

"小吕,借点东西好吗?"

"需要什么请讲,只要我有的。"

"你购物票借我用一下,以后我还你。"

"拿去用吧,反正我也用不着。"

说着,把购物票送给了那位姑娘。

"小吕还你。"过了几天,姑娘送来一个东西,用纸包住,打开一看,是一个用针线钩织的脖领。

是她,一定是她,是她家住小市。在小市等我,吕杰会心地笑了。

吕杰穿上新军装,骑上自行车,一大早就往小市赶去,刚刚走到邮局门口,还没有下车,突然看到一个熟悉的身影,她已经在门口等候多时啦。

"走,到我家坐坐。"姑娘邀请吕杰。

不远处就是她的家,小孟在前边走,吕杰在后边跟着,二人保持几米远的距离。进到院中推开门一股热气扑面而来,屋内温暖如春。

俩人一见面,都会意地笑了,这层薄薄的窗户纸终于捅开了。

"小吕我一眼就看出是你写的求爱诗,看出了诗的含意。"说着露出满意的微笑。

"你怎么看出是我写的诗,向你求爱呢,又没有署我的名字。"吕杰故作否认地回答。

"你在诗中隐蔽的传达了向我求爱的信息,我能看不出来吗?"

当然你把"孟"字换成了"梦"字。

"是吗!"吕杰模棱两可地回答。

"最后两句诗是配句,谁看懂了诗的含义谁就是他的心上人。我看懂了,当然我就是你的心上人了,你说对吗?"

吕杰确实很佩服小孟的理解能力,她的理解一点不差,吕杰点点头。

"你不是一样吗,用同音字做了答复。梦里定终身,不就是我和你定终身吗。"小孟笑了。

爱情就像决了堤坝的洪水一样一发不可阻挡。

"小吕,从见到你的第一眼起,我就认定你就是我要找的白马王子,这辈子非你不嫁。"小孟想起了以前的事。

"小孟,那么多姑娘向我投出爱情的绣球,可我就是喜欢你,认定你就是我的心上人。"俩人说得越来越投机。

"小吕,你爱我。但是你从来就没有表达一句相爱的话,难道你有什么难处?"小孟追问了一句。

"我能有什么难处。"

"你是担心自己不是军官,在部队驻地不能谈恋爱,否则,会受到纪律处分的。那样,做一个优秀军人的梦想就要破灭。因此,说出来会犯纪律,不讲出来又心里难受,左右为难,才写了五言诗来表达自己的心情。"小孟按照自己的猜想一直说下去。

"不过真正的爱情是什么东西也阻挡不了的,我有办法化解你的担心和难处,让我们的爱情梦想变为现实。"小孟详细讲述着自己的想法。

这个想法压在小孟心头已经三年了,她总盼有一天能亲口对吕杰讲出来,吕杰全神贯注地听着,眉眼里笑出了花。

这是个大胆的想法,简直是天衣无缝,在吕杰不违反纪律的情况下,保持恋爱关系。

她想的是那样周密,那样大胆。前三步,后三步,左三步,右三步,都在他的考虑之中。按照她的设想,第一套方案,保持师生关系,等到吕杰提干后上升到恋爱关系,然后结婚。

一不影响各自的工作,二不发生性关系,三对外保密,这约法三章可以吧,小孟和吕杰商量。

第二套方案,你如果在部队没有提干的机会,我和你一起回到地方考大学,另寻出路。

第三套吗……

吕杰看着小孟,"你简直不是一个凡人,而是李清照第二。"

小孟听到吕杰讲自己是李清照第二,抬起头来问。"哪个李清照,是北宋末年大词人李清照吗?那可是一个才貌双全的大才女,词填得好,语尽而意不尽,意尽而情不尽。"说着,吟出李清照的一段著名词句。

"花自飘零水自流。一种相思,两处闲愁。"

吕杰和了一句李清照的词。

"此情无计可消除,才下眉头,却上心头。"

"莫道不消魂,帘卷西风,人比黄花瘦。"小孟又来了一句。

"佳节又重阳,玉枕纱橱,半夜凉初透。"吕杰又做了回应。小孟和吕杰完全陶醉在诗词的快乐之中。

香香的到来

吕杰每天穿梭在部队和小市、上级机关之间,收发报纸传递文件。

一天,吕杰刚回到部队,便听到有人喊叫,"首长在家吗?"连声报告都没有打,便进到办公室。

这个部队是个训练单位,也是部队人才集中的地方。当时,军事院校、大学停办,军事训练队可算是部队的最高学府,学校的教官都是从各级部队中抽调的,有实际经验的、有理论水平的军官来讲课,部队的首长是参加过解放战争、抗美援朝的老革命。这里人才济济,到这里读书的学员多是高干子弟、优秀军官和地方青年。

进入部队要打报告,得到允许后方能进来。吕杰很纳闷,这是个什么人,这么特殊。

吕杰看了一眼进来的那位姑娘,姑娘中等身材,白净的脸蛋,穿着时髦,进门直入首长办公室,看似和首长的关系不一般。

吕杰刚到部队不久,对周边人生地不熟,没有见过这位姑娘,不知他和首长的关系,不敢怠慢,站起来急忙热情接待。

"请问你找首长有事吗?首长出去了一会就回来。"

"没事就不能来吗,我在这里等他。"那位姑娘注视一下吕杰说。

"那是,那是。"

"你就是小吕吧,我听首长说过。"

首长回到了办公室,对吕杰介绍:"她姓何,叫香香,在县纺织厂工作,他的姐夫在军司令部,姐姐在军用商店工作。"首长一一介绍,介绍得很详细。完了又说,"香香是个好姑娘,工作好,家庭条件也好。"

香香笑笑,脸上露出一对小酒窝。

香香的姐夫是首长的老战友,又是首长的老乡,两个人一起参军,一同参加解放战争、抗美援朝战争。同在一个战壕里吃过苦、流过血,感情很深,首长不时给吕杰讲当年的事情。

香香来部队玩是经常的事了,只是以前吕杰不知道,香香每次来都换一套衣服。今天,香香穿了套裙子,显得格外光彩照人。

几次接触后大家成了熟人,香香显得十分热情。一面从挎包里掏出瓜子放在吕杰面前,自己先磕了起来。

"我们厂离这里不远,厂里人很多,设备先进,一天能织几千锭纱线呢。"香香兴致勃勃地给吕杰介绍自己的厂子。

"就是在太子河旁边的那个厂子吗,我到军部来回路过那里。"吕杰虽说刚到队部不久,也了解一点当地的情况。

"是的,就是那儿,下个星期我带你去厂里玩,参观参观。"

"谢谢,那就不麻烦了。"吕杰对香香的邀请不感兴趣。

"小吕,你刚到这里不久,有啥困难告诉我,我可以帮助,买啥东西我都能办到,军人服务社、地方商店都行。"

吕杰摇摇头,心想初次见面你对我还不了解,我一个穷当兵的,一个人吃饱全家不饿,吃和穿都有部队供应,又有什么事情请你办的呢。

再说,我想提个军官,复员后找个工作这个忙你能帮得了吗。

看样子香香家很有实力,是有备而来。但碍着首长的面,只能一个劲地感谢。

"好,以后我有困难一定找你。"香香听了高兴了。

报恩之爱

榛子听了吕杰的军地学雷锋事迹报告后,着实激动了好一阵子,躺在床上翻来覆去睡不着。

吕杰是自己的救命恩人,自己总想找一个机会表示一下谢意,那天,机会终于来了。

吕杰是个好军人,年轻帅气才华高,在讲台上的一举一动都是那样得体,讲话的声音忽高忽低,像磁石吸引着下面的听众,说实话,就是在学校专业老师讲课也不过这样的水平,榛子越想越高兴。

榛子想到了那天自己的举动,在众姐妹眼皮底下,自己把一束鲜花献给了吕杰,并深情地拥抱了吕杰,虽然后来被小孟搀到座位上,但她一点也不为自己的行动而脸红,一点也不后悔。今天,一想到这事,真还为自己当时的举动而骄傲。要不是怕给吕杰造成负面影响,还要在吕杰脸上狠狠地亲一口,榛子一直想着那天的事情。

榛子是从山区招来的姑娘,家住长白山林区。那里山清水秀风景优美,大山被森林覆盖着,山中的小溪常年流淌着,汇成太子河。

山上生长着多种的树木,也盛产多种野果,野梨、野葡萄、野核桃应有尽有,榛子的名字就是树上结的野果,到了秋天,果子变成了紫红色,好看极了,家中父母就给她取名叫榛子,表示宠爱。

山中有各种各样的野花,送给吕杰那束花就是榛子上山专门采的,榛子从小在山区长大,能爬山,知道山中的花什么样的珍贵,喜欢生长在什么地方,她攀岩爬壁才摘到手,挑选最好的送给了吕杰,当时鲜花还散发着一股沁人心肺的香味。

榛子一辈子也忘不了吕杰和首长。

那次自己不小心掉进碱锅里,热水烫伤了自己的脚和腿。当时正是深更半夜,晚上厂里值班的人很少,真是天不应地不灵。在绝望中,吕杰和首长赶到化工厂,从碱锅里救出自己,为了节省时间,吕杰背着自己一口气爬了几公里的山路,送到医院救治。

这样的事,人一辈子能遇到几次,像吕杰这样的好军人,更是难找,要不是那件事,说不定还不认识他呢,榛子想的很多。

以前自己倒班,没有机会见面,这次听了吕杰的报告,更坚定了自己的想法。

人要知恩图报,常言说,滴水之恩当涌泉相报,这样的大恩人她还没有感谢呢!

有了,榛子想出了办法,写封感谢信告知一下自己的心情,她拿出了纸,在纸上写道。

小吕:

　　亲爱的恩人,我永远都不能忘记三年前发生的那件事,你和首长在我最困难的时候伸出了手,从碱锅里救出了我,并冒着寒冷的北风,一口气爬山路把我送到了医院,使我的烫伤得到了及时的治疗,在住院的过程中,多次来看我,在我的伤口不愈合的情况下,捐出自己身上的皮肤,移植到我的腿上,使我治好了烧伤,重新回到厂里工作。

　　你是我的大恩人,我一辈子也无法报答你的恩情。

写着写着,榛子又激动起来,流下了泪水。她不知道,这封信应该怎样写下去。千言万语,也不能充分表达他内心的感情,她想以身相许,以身相许也报答不了吕杰啊!

报恩之爱

榛子把写好的信投入邮箱。

吕杰接到榛子的信,知道榛子讲的是当年首长和自己救人的事,那件事已经过去很久了。在当时,首长才是榛子的救命恩人。是首长第一个听到榛子的呼救声,第一个赶到化工厂,把榛子从烧碱锅里拉上来,要感谢就要感谢首长。

吕杰把榛子的信放在首长的办公桌上。

"首长,这是化工厂榛子姑娘的信,前年你从碱锅里救出的那位女孩。"吕杰给首长介绍着。

首长拿起了信,仔细地看了看,对吕杰说,这是好事嘛。群众来信表扬你了,你要正确对待才行,首长下了指示。

"那信怎么办,要不回封信给榛子说明一下?"

首长想了想说:"要不这样吧,信还是回的,人民解放军是人民子弟兵,全心全意为人民服务是我们的宗旨,那件事是我们应该做的,要感谢就要感谢党,感谢毛主席,信就由你来写吧,但要注意掌握分寸。"

"是。"吕杰根据首长的指示,按照首长的思路提笔给榛子写起来。

榛子:
　　看到你的来信,我们感到很不安,作为一名解放军战士热爱人民、保护人民,全心全意为人民服务是我们的宗旨,也是我们应该做的。
　　这件事别说发生在你的身上,就是发生在你厂其他姐妹身上,我们也会那样做的,希望你以后不要有感恩的思想,要感谢,你就感谢党,感谢毛主席,我是毛主席领导下的一名普通战士。今后,如需要帮助的地方,尽情说明,多多交流,祝你幸福,祝你愉快!

吕杰
一九七四年八月七日

榛子看了回信,喜出望外,拿在手里看了一遍又一遍,最后放在自己的枕头底下,进入了梦乡。

她忽然梦到和吕杰在一起,自己又掉进水里,拼命地挣扎,也挣扎不出来,自己大喊"吕杰救命,吕杰救命",一下子醒来,原来是一场梦。

榛子又想起了吕杰,从床上爬起来,穿好衣服,又给吕杰写信,她把首长两个字有意或无意地去掉了:

小吕,当年你救了我后,我把你的事告诉了我的父母,他老人家嘱咐我什么事情都可以忘记,千万不要忘了恩人。

我是一个山里的姑娘,我们山里人最讲知恩图报的道理。你的恩情我一定会报的,不是不报,时间不到,时间一到,一定要报。

从心里讲,吕杰你太好了,我太爱你了,你救人的事迹不是创举,而是一种缘分。我知道从各方的情况来讲,我都配不上你,你是姑娘心中追崇的目标。但是,我和厂里两位姑娘相比,文化没有小张高,身材没有小孟苗条外,其他方面哪点我都不比她们差,她们有的我都有,她们没有的我也有。她给你做媳妇,能把你侍候好吗,整天娇滴滴,好看不好吃。

吕杰,我爱你,我愿意做你的媳妇,一辈子侍候你。

吕杰看到这儿,心里惧怕起来,自己不知不觉掉进了爱情的泥潭里,首长一直提醒注意分寸啊。

当时自己救她、背她去医院哪里想到过这些,早知如此,何必当初。

可想当初,不去救人,人民子弟兵的责任哪里去了。

把信送给首长吧,请首长处理,首长不是提醒自己把握好分寸吗,榛子的信不是更说不清楚了。

吕杰想到小张,小张是厂里的副厂长,榛子的领导,小张又是学雷锋小组的领导,她去说可能更好些。

"张副厂长请帮个忙。"吕杰推开了小张办公室的门,说明了来意,恳请小张向榛子姑娘解释一下,部队战士是不能谈恋爱的,我不能接受榛子的爱情,请她原谅。

"那好办,这事交给我吧。"小张点点头,一口答应这件事。

小张找了榛子,此后,榛子再也没有给吕杰写信了,榛子的面也没有看到。

十字路口

香香的求爱遭到吕杰的拒绝,伤心极了。一口气跑回厂里,好几天都高兴不起来。

香香开始认为,吕杰再硬也没有自己和首长的关系硬,凭着姐夫和首长之间的关系,只要首长出来说句话,我就不相信你吕杰敢不执行。

香香断言不出三天,吕杰一定回来找她,当面向她道歉,并答应她的恋爱关系,香香一千个一万个相信,她的断言不会有错。

于是香香索性向厂里请了三天假,在宿舍里等吕杰到来。

一天过去了,吕杰没有来,两天过去了,吕杰还是没来,三天过去了,吕杰还没有出现在香香的面前。

香香坐不住了,吃不香睡不好,对着镜子仔细观察自己,镜子中看了一遍又一遍,是自己的容貌不好看吗,自己和别的姑娘比起来,一点不比别人差,皮肤白白个头不高不低。是自己的条件不好吗,自己初中毕业就分配到县纺织厂上班,将来两个人都在厂里工作成双成对;是自己的家庭条件不好吗,自己家在小市,姐夫是高级军官,姐姐是随军家属,自己在厂里上班要啥有啥,谁有这个条件。香香把这些一个个提出来,一个个又否定掉。

香香不甘心,不能坐在家里干等,急忙跑回姐姐家里,"哇"的一声大哭起来。

"香香怎么啦,是谁欺负你了?"姐姐拉住香香的手不解地问。

"吕杰他不爱我,他拒绝了我的爱情,都是你们做的好事。"香香哭得更厉害了。

"别哭,我现在就给你姐夫打电话,让他找首长处理。"说着拿起了桌子上的电话。电话很快被接通了,姐姐把香香的事添油加醋地告诉了姐夫。

"好,我知道了,回去再讲吧。"

香香从小就在军营里长大,对军人有特别感情,军人政治可靠,嫁个军官有吃有穿。她的愿望就是嫁个军官,姐姐、姐夫通过首长的关系,圈定了吕杰为目标,吕杰被蒙在鼓里,什么都不知道。

"小吕,有个问题给你谈谈!"首长找吕杰正式谈话。这个谈话吕杰已经预料到了,但没想到谈话来得这么快。

首长满脸严肃,全然没有平时慈祥的态度,也没有平时关心的话语。

"最近有人打电话写信反映你资产阶级思想严重,喜新厌旧,抛弃家中的未婚妻,在部队驻地乱搞男女关系,造成很坏的影响。"首长指出了吕杰所犯的错误。

吕杰低下了头,不敢正眼看一下首长,但心里仍在嘀咕,我没有在部队搞对象啊,更没有乱搞男女关系,不就是拒绝了香香的恋爱要求吗,吕杰心里不服。

首长好像猜透了吕杰的心思,态度有些委婉地说:"这几年你跟着我寸步不离,我也不相信你能干出这事来,但是有人反映,说明此事已产生了不良影响,我不能不管啊。"

"首长,资产阶级思想严重,喜新厌旧退掉家里的未婚妻,我接受组织的批评,但乱搞男女关系请组织调查。"吕杰忍不住说出了自己的心里话。

话锋一转,首长的态度也和气了一些说:"在部队要想成为一名出色的军人有发展前途,不但要有较高的文化素质,政治素质过硬,还要搞好内外关系,三条缺一条不可!"首长介绍着自己的经验。

过了一会首长又说:"过去我给你讲过,要给你介绍对象,是说等你提干以后,现在你没有提干,谈对象都是错误的,回去好好想一想,写一份深刻的检查,看自己该怎样处理。"

谈话结束时首长又说出几句话:"小吕,现在摆在你面前有两条路供你选择:一是,处理和香香的关系,把影响降到最低点,挽回影响,凭着部队多年对你的培养,或许还有留在部队提干上学的可能;另一条呢,不能正确对待组织上的批评教育,思想上有抵触情绪,这就要受到组织纪律处分,那后果就可想而知了。"说完首长扬

十字路口

长而去。

吕杰跟首长多年,端茶倒水传达命令样样勤快,对首长的话言听计从坚决照办。对于首长的指示理解的也快,这次一下子听懂了首长的意思。

吕杰听首长的话,尊重首长,就像尊重自己的父母一样,他心里明白,首长是希望自己确定和香香的恋爱关系,一切就万事大吉了。香香人长得漂亮,家庭条件好,是个不错的姑娘,娶了她也许这辈子会生活幸福的。

吕杰一想到香香那居高临下的样子,那凭着姐夫和首长的关系,对自己的态度,香香在心中美好的形象就跑得无影无踪了。她说首长把你许配给我,你就是我的,自己不就变成了商品了吗,一想到这些,心里就像吞下只苍蝇,特别不是滋味。

吕杰心中为难,强打着精神不去想它。

吕杰每天照常去邮局取报纸杂志,做好自己的工作不出差错。

香香所在的厂子离部队不远,去军部和邮局都路过那里,走路十几米就可以到香香的宿舍。吕杰想到首长的意思,只要到香香那里去一趟,当面道个歉,啥事都没有了,大事化小小事化了,当然首长没有明说,军民关系也可以搞好,影响也可以消除。

吕杰知道,这件事做起来并不复杂,做的过程可能更简单,哪怕到香香那里点点头或拥抱一下,说声"我同意"就可以了。

吕杰反复告诫自己,我是一个军人,也是一个男子汉,遇事一定要有自己独立的人格,有自己独立的思想,怎么也不能让一个女孩子任意摆布,像一件商品送来送去,现在就这样,那将来会怎样呢,吕杰一遍遍思考着。

铁打的江山流水的兵,现在有首长做主,将来首长不在这里,我不是还要复员回家。

爱就是爱,不爱也不能装爱。

我曾经伤害过一位姑娘,不能再伤害另一位姑娘。为了一次真正的爱情,哪怕以后……吕杰不愿意再想下去,骑车路过香香的宿舍旁边穿行而过没有停留片刻。

吕杰没有写检查,也没有找香香当面赔礼道歉。

一个月过去了,首长宣布了对吕杰的处理决定。

鉴于吕杰在部队服役期间,不认真学习马列主义、毛泽东思想,资产阶级思想严重,喜新厌旧,在部队驻地乱谈恋爱,违犯纪律造成不良影响,特给党内警告一次。

对吕杰的处分已宣布,看样子上大学已没有希望,年底复员已是板上钉钉了,那只是时间问题。

真情表白

"小吕,你看看咱们的晒图纸还有吗,把这本人体解剖图复制出来装订成册,发给即将毕业的学员。"首长下达指示。

"报告首长,晒图纸还有,只是晒图用的药水没有了。"吕杰报告了库房的情况。

"你这个熊兵,脑子就是一根筋,你不能想想办法请化工厂同志帮个忙吗。"

"是啊!化工厂化验天天使用这种药水,我们何不找他们借一点或购一点。"

吕杰高兴了,这下子公事私事都有了,自己就可以正大光明地去化工厂串门,就可以去厂里看看小孟了。这些天因受到纪律处分,已经有好多天没去化工厂了,好多天没有见过姑娘的面容了。

有了首长的指点,吕杰就像得到一张圣旨,高兴地哼着小调走上山坡。刚刚来到化工厂大门前时,抬头看见几位女工嘀嘀咕咕说些什么,"就是他,多好的一个兵,人又长得帅气,正大光明处个对象多好,在部队乱搞男女关系。"一个女工说的有头有脸。

"去你的鬼话,你说的话谁相信呢!什么乱搞男女关系,谁不知道多少好姑娘追他都追不上,他还胡搞男女关系,鬼才相信呢!"一个女工批驳那位女工的话。

还隔有一段距离,吕杰也听不到女工说的什么,还有一位女同志好像用手指着,吕杰心想,反正不管自己的事,也没理会只顾朝办公室走去。

刚刚走上台阶,迎头碰上张副厂长。

"小张你好。"吕杰上前打个招呼。

真情表白

"有事吗。"张副厂长没停脚步做出要走的样子。

"我想请你们卖点药水给我们,晒图使用。"吕杰简单地把首长交代的事情说了一遍。

"我正忙着呢,你去找小孟吧。"说着扭头就离开了。

看着小张离去的背影,吕杰一下子愣住了,小张怎么了,过去可从来不是这样的,对自己一百二十度的热情,多次偷偷表白想给自己做媳妇吗,今天怎么了?

吕杰自己检讨自己,我哪一点得罪了她,我哪点做得不好,互相帮助互相学习,每次都有谈不完的话,吕杰理不出头绪来。站在那里,走也不是退也不是,现在掉头回去吧,回去无法向首长汇报,再进办公室吧,如果小孟再不欢迎自己,热脸贴个冷屁股那该有多难看。

吕杰进退两难,站在那里犹豫起来,停顿了好一阵子,最后还是硬着头皮走进厂区,来到化验室门口。

"当、当、当,"吕杰敲了敲化验室的门,轻声地说:"小孟在吗?"

小孟正在化验操作,听到吕杰的声音,忙停下手中的工作,面带笑容开门迎了出来。

"欢迎,欢迎,哪阵风把你吹来了。"小孟上前握住了吕杰的手。

"是山下的风把我吹来的,难道你不欢迎吗!"吕杰打趣的回答。

"我说早上起来,树上的鸟儿叽叽喳喳乱叫,原来有贵客到来。"

"什么贵客到来,一个犯错误的同志前来赔罪。"

"贵客就是贵客,出色的军人优秀的男子汉有啥罪可赔。"

小孟的热情像一阵热风驱散了吕杰心中的不快,淡忘了刚见小张的尴尬处境。

几口热茶入口,吕杰这才把首长让自己来的原意讲了。

小孟笑着说:"小吕,说你不是专门来看我吧,你是无事不登三宝殿啊。"

"有事三宝殿要登,人也要看的,这不是看你来了吗。"两个人都笑了。

小孟到库房看了一下,转过身来对吕杰说:"小吕,对不起。我们厂的药水也不多了,要不我给厂长请个假,明天陪你一起到本溪市购点行吗?"

"行啊。"吕杰求之不得,今天的任务完成的太好了,不管过程如何,结果超出了他的意料之外。

"那我该怎么感谢你呢!"

"都是自己人客气什么。"

"明天车站见!"吕杰和小孟约定明天一起乘车去的时间。

天麻麻亮,吕杰下了部队的班车,瞄了一眼售票窗口,没有看到小孟的身影,转身往小孟家的方向望去,突然候车室检票口传来了小孟的声音。

"小吕快过来我在这里。"小孟一手拿车票一边喊。

吕杰走过来,两个人一起通过检票口走进站台,走进车厢,穿过列车人行道找一个空位置坐下。

小孟放下身上的挎包,打开挎包从里面拿出一个饭盒,放在小餐桌上,打开饭盒盖,一股葱花的香味飘了出来。

吕杰很长时间没有闻到这股香味了,在家时妈妈隔三岔五地给自己做些葱花油饼,一层一层的,让自己背到学校上学吃,吕杰陶醉在往日的回忆中。

"小吕,饿了吧。妈妈听说我们去本溪办事,天不亮就起来给我们亲手做的油饼。"说着拿出一块油饼往吕杰手里塞。

"小孟,我已吃过早餐了,你自己吃吧。"吕杰知道小孟家供应的细粮是很少的,平时舍不得吃,只有客人来时才能吃一顿,吕杰把油饼推了回去。

"天这么早,你吃的哪家的早餐,部队的开饭时间我还能不知道?骗自己吧。"小孟揭穿了吕杰的把戏,把油饼又放回吕杰的嘴边。

吕杰推迟不过咬一口,油饼真香啊!

"谢谢妈妈!"吕杰感谢不尽。

"都是一家人,谢什么谢,要谢你自己谢去。"小孟不以为意。

列车沿着太子河谷已经驶出几十公里,几个小站已甩到列车的后面。

吕杰和小孟油饼就着酸菜,你一口我一口一边聊一边吃,吃得津津有味。吃完早餐小孟往吕杰身边靠靠,两个身子离得更近了,忽然小孟指了指窗外一片林区对

真情表白

吕杰讲:"小吕,你还记得我们厂里的榛子吗?"

"榛子?"吕杰一惊。怎么不知道榛子呢,就是当年他和首长救过的那个女孩,来过几封信,还纠缠着要给自己当媳妇呢!忙说:"记得,榛子怎么了?"

"榛子回家了,你不知道吧,这里就是榛子的家。"小孟不完全相信吕杰刚才讲的话。

"不知道,真的不知道,知道了还来问你。"吕杰追问小孟快说。

"说起来吗,榛子的走还和你有一定的关系。"小孟说出一句吕杰震惊的话。

"什么,榛子的走和我有关系。"吕杰更是一头雾水。

"是的,当时你把榛子的信交给小张处理,她两个闹起了矛盾,小张怕榛子影响她和你的关系,就到厂长那里告了黑状,厂长信以为真,把榛子开除了,送回到原籍。"小孟把榛子的事一五一十地讲了一遍。

吕杰震惊了:"事情怎么会是这样,怎么会是这样。是我害了榛子,是我害了榛子,影响了榛子的前途。"吕杰一遍遍重复着自己的忏悔。

吕杰的忏悔使小孟不好意思起来,忙说:"小吕,你也不要太指责自己了,其实我知道这不关你的事,都是小张背后搞的鬼,当时我也不敢明说。"小孟安慰着吕杰。

火车继续前行,不知不觉中到了市区,下车后吕杰和小孟买好了药水相继走出医药商店。

吕杰抬头看了一下天,太阳偏向南方,用手推了一下小孟,"孟,现在几点了?"

小孟看了一下手表,时针刚好停在十二点上,离返回的乘车时间还早呢。

下午五点才有返回部队驻地的火车,十二点到下午五点还有5个多小时,这段时间很长,怎样打发呢?吕杰心里盘算着这个事。

吕杰一边走一边问小孟:"小孟,你是本地人经常到市里出差,你说市里哪里最好玩?"吕杰装作自己不知道虚心地询问。

"要说本溪市吗,好玩的地方可多呢,西湖区有本溪湖公园,平山区有平顶山公园,几十公里外的郊区有天然地质公园水帘洞。你要去哪一个?"小孟一一介绍当地的风土人情,显得一副兴奋的样子。

"每个地方都有特点,哪里风景会好一点?"

"本溪湖吗,历史悠久比较闻名,古代佛家、道家都来过这里,只是公园面积太小三步两步就走完了;水帘洞自然风景区四周比较单调,离得太远来回时间不够用;平顶山公园呢……"吕杰顺着小孟的思路问下去。

"平顶山公园就在附近,离这里不远。公园坐落在一座山包上,风景优美历史悠久,上面的名胜古迹也多。不过要到公园,必须先爬几百米的山路,才能到达公园风景区。"谁不说咱家乡好,小孟滔滔不绝述说自己的家乡,展现家乡的奇特美景。

吕杰听得很认真,偶尔也插几句话。其实,对于小孟介绍的风景区,吕杰和战友已来过多次,只是不想打断姑娘的梦罢了,让她继续描绘下去。

小孟一口气讲了本溪市几个风景区情形,末了还一副意犹未尽的样子。

吕杰在小孟停顿的工夫突然插话:"平顶山公园那么好,你亲眼所见还是耳闻?"小孟看了下吕杰用手一指吕杰的脑壳:"你真是个土老帽,纯粹的'丘八'。你不想一想,公园是什么人都能去的吗!"小孟第一次用了"丘八"这个不雅的新名词。

吕杰纳闷了,公园就是公园,谁想来就来,谁想去就去,买了门票进门就行,这点知识就是三岁的孩子也知道,所有人都可以进入,难道逛公园还有什么说道吗!

"我就是个'丘八',地地道道的土老帽,我不明白上公园也有讲究啊,我的小孟。"吕杰很有耐心。

"你想听听吗,本姑娘倒是可以给你介绍介绍。"小孟第一次大胆讲起自己的见解。

"这逛公园嘛,有这么几种情况:第一是未婚恋人,双方一起进入公园柳荫树下,假山背后讲着悄悄话;第二种呢,新婚夫妻,在公园欢度蜜月,卿卿我我;第三种呢,就是老年夫妻游玩散步,回忆当年;最后是全家一起游玩公园写生拍照享受天伦之乐。除此之外那意义就不大了。"小孟根据自己的想象描绘公园的一切。

吕杰终于忍不住说:"没想到小孟人不大,肚里的知识还不少呢,佩服,佩服!"

真情表白

"小孟,根据你的介绍,你去过哪个公园今天给我讲讲。"

"说你是个土老帽吧,你还亏得流鼻血。我是个姑娘家,没有恋人、没有伴侣、更没有全家福,谁能陪我逛公园呢,难道说你愿意陪我去吗!"说着用眼瞄了一下吕杰。

吕杰一愣,小孟眼里流出了深情期待。几年了,两个人几乎天天见面,日日都在一起,两个人太熟悉了,三年的时间,能打完了一个解放战争,取得了革命的胜利,三年的时间能组织几个三大战役,攻破多个山头。他了解小孟,理解小孟的心情,但是吕杰没有讲出来!

"好,今天我就破例陪你逛一次公园,吃、喝、玩、乐费用全包了。"吕杰的表态点燃了小孟的情绪,她脸红红的:"说话算数打手接掌。"两双手拍在一起。

吕杰和小孟来到了公园大门口。吕杰买了门票,又买了一些水果,装进挎包,向公园走去。

平顶山公园顾名思义,就在山上,山顶是平的。中国河南省有个地区叫平顶山地区,本溪市有个平顶山公园,很有意思。

走进公园大门,就是一眼望不到头的台阶,一层一层直通到云端。

吕杰第一次陪小孟逛公园一起攀登台阶,一个年轻军人陪着年轻姑娘,分外引人眼目。吕杰主动伸出手挽着小孟的胳膊,一步一步地往上爬。

也不知道爬了多少台阶,吕杰问小孟:"小孟你累不累,要不要歇一歇。"吕杰关切地说。

"不累,你们军人不是讲要发扬连续作战的工作作风嘛,万里长征中途能停下来嘛!"小孟用军人的精神鼓励今天的爬山,看样子对军人的生活很了解。

"不累咱就继续爬,继续攀登。下定决心,不怕牺牲,排除万难,去争取胜利。"

吕杰和小孟,手拉手一口气登上了山顶,高兴地跳起来:"我们胜利了,我们胜利了!"

登上山顶就是旅游区了,旅游区内有寺庙、烈士纪念塔、古井,山上到处绿绿葱葱。

突然小孟问:"小吕,你说我们刚才爬了多少个台阶?"

"啊,我还没有认真地数过,那你说到底有多少个台阶!"吕杰假装不知道故意反问。其实这个公园他和战友已经来过几次,山上的一草一木都很熟悉,特别是那革命烈士纪念塔,上面的解说词都看过多少遍了,他故意不扫小孟的兴趣。

"这里台阶是一百〇八个,不多不少,我很喜欢这个数字"小孟又开始自己的见解。

"这个数字有什么含义,我愿洗耳恭听。水浒传里有一百单八将,平顶山公园有一百〇八个台阶。"当然小孟姑娘还不知为解放这座美丽的城市牺牲的一百〇八位革命烈士。

"小吕,我们认识几年了。"

吕杰捋着手指算一下,从一九七一年到一九七四年整整三年了。

"一年是多少天,三年又是多少天?"小孟又问。

"按照祖上日历算法,一年三百六十天,三年一千〇八十天。"吕杰不假思索地回答。

"这就对了,一千零八十是一百〇八的十倍,去掉一个〇,也是一百〇八。我们用一百〇八天的时间,再用十倍的心思,走完了一百〇八个台阶登上了胜利的顶点,你说这个数字平常嘛!"小孟的心很细,思路很清晰。她利用一百〇八这组阿拉伯数字进行详细猜想。从数学、天文、历史的角度发挥得淋漓尽致。小孟是个才女,要不是那场"文化大革命",小孟一定是个女作家,吕杰这个部队的才子此时此刻江郎才尽自愧不如。

当她看过烈士纪念塔上的文字,又知道为解放这座美丽的城市而牺牲的一百〇八位革命烈士,心情更激动了。

小孟激动地说:"太好了,太好了,这个数字太有意义了。今天这一百〇八位革命烈士见证,我们手拉手登上平顶山公园,见证了我们的爱情,见证了我们到达胜利的顶点,你说是吗!"

"是的,你说是的就是的。"

真情表白

"不能这样说,我说是的就是的,应该说我们一起说是的才对。"

看过纪念塔、寺庙和一些名胜古迹,两个人沿着山间小道慢慢走着。在一处幽静的树林下坐下歇息。此处游人不多,稀稀拉拉的几对恋人,手拉手交流着。

小孟紧挨吕杰身旁,还没有忘记刚才的话题,吕杰和小孟一问一答天长地久地谈了很多。突然,小孟眼里噙着泪花,说出了一句久违的话:"小吕,我对你有意见!"小孟早已做好了思想准备。

"有意见你就提,我虚心接受,坚决改正。"吕杰态度诚恳。

"你是个伪君子,是个胆小鬼,你欺骗了姑娘的纯洁的感情。"小孟说得很认真,话讲得也很干脆利落,不像是开玩笑,容不得吕杰丝毫解释。

吕杰一下子蒙了:"我什么时间欺骗姑娘的感情,那位姑娘是谁,请讲出来,不要再让我背黑锅受第二个处分。"吕杰想起前面背黑锅受的处分,心里很恼火。

"这还用问吗,你和那位姑娘朝夕相处三年,俩人爱在心里,融化在血液里,让那个姑娘昼思夜想,你和她一个见面、一个动作、一个眼神、一句话都在沟通,但是你连个一句表白都没有,爱她的话埋在心里,你说你不是伪君子是什么!"小孟一件一件数落吕杰和自己相处的事,吕杰低下了头,任凭小孟对自己情绪发泄。

一个姑娘爱自己三年,整整一千〇八十天,她的心里太压抑了,今天让她诉说个够。

吕杰端详着小孟漂亮的脸蛋,智慧的眼神,深情的期待说出了心中缘由。世界上最遥远的距离,不是生与死,而是我站在你面前你不知道我爱你;世界上最遥远的距离,不是不懂情感,而是你站在我面前不知道我爱你,而是明明相爱却不能在一起。

小孟累了,在爱情的路上她确实累了,看着吕杰等着他的回答。

"小孟对不起,实在对不起,不是我不爱你,也不是我虚伪,而是部队的情况决定的。"

"小吕,我不是小孩子,是一个二十多岁成熟的姑娘,对于部队的规矩我什么都懂。"

"那你说说，你懂的什么！"吕杰问道。

"我懂的什么，就是你懂的什么的意思，你懂的我都懂。"小孟解释说。

"我们真诚的相爱，就一定要用语言来表达吗，有这个必要吗！"吕杰还是不想把心中的想法如实倾诉出来。

"有这个必要，完全有这个必要。不用语言表达出来，谁知道我们真心相爱。"小孟步步紧逼。

吕杰再也控制不住自己的感情，一下子抱起小孟。随即大声喊倒："小孟我爱你，一生一世不变心。平顶山上一百〇八位战友作证，我要是有半句谎言，下河被水淹死，上战场被枪子打死，出门被车碾死，喝水被水噎死。"一连串就是几个毒咒。小孟用雪白的小手捂住了吕杰的嘴，不让他继续讲下去。

"小孟，我不是伪君子，我是个有血有肉的男人。我一定娶你为妻，一辈子和你相亲相爱白头到老。"吕杰说得很坚决。小孟偎依在吕杰的怀里俩人紧紧地拥抱在一起，一行热泪滚滚而出。

小孟喃喃地说："吕杰，为了你这句话，我整整等了你三年啊！"

不知为什么，吕杰一下松开小孟，郑重地对小孟说："小孟我爱你，但我现在不能向你求婚。我是个军人，在部队一天就要遵守部队纪律一天，啥时符合求婚条件啥时向你求婚，你等我吗？"

"吕杰，我等你，这辈子非你不嫁，天南地北不回头，千难万险不变心，上天作证，牺牲的一百〇八位烈士作证。"在烈士塔前，吕杰和小孟表白着自己的心迹。

来到汽车修理连

军事变革部队整顿。吕杰从训练队调到修理连。事情来得突然，吕杰硬是没有想到。

吕杰拿着调令背着背包来到修理连。这个连队驻扎在军部大门的正前方一千多米处，部队营房紧靠着太子河畔，哗哗的流水声像音乐传到军营。本来修理连和

来到汽车修理连

训练队驻地相距不远,彼此都属于后勤部序列,修理连连长、指导员吕杰都熟悉。吕杰走进修理连的大门,大院内一排排崭新的解放牌汽车一字型排列,一栋高大的修理车间内机器轰鸣。车床、钻床、电焊样样俱全,好一派热闹的景象。

吕杰太兴奋了,不知道的还以为是哪位首长的亲属,有这么大的面子,谁曾想这是修理连的领导向上级要来的政治骨干。

"报告连长,吕杰前来报到。"吕杰进了连长办公室,把调令递到连长面前。

"吕杰,你来得正好。"连长接过调令,"欢迎吕杰的到来。通信员,把吕杰带到一排一班。"一切来得那么顺畅,又那么突然。转眼之间吕杰摇身一变,从文书变成汽车修理工。

一班长是位老兵,有八年的军龄,汽车修理的行家。用手一摸,侧耳一听就能判断出汽车的故障。

"吕杰,欢迎你来到我们班。今后你要好好学习技术,你有文化、有理想,你不是普通士兵。"班长对吕杰期望值很高,班长稍后又说,"吕杰,别人一年学会的东西,你要三个月学会。三年变成一年,明年必须是合格的汽车修理工,独当一面。"

"是,坚决完成任务!"吕杰爽快地回答。看样子连队对吕杰的培养上下都很重视。

谈完了话,班长从挎包里取出两本书交给吕杰。一本是《汽车构造》,一本是《汽车修理》,并对吕杰提出了具体要求。

"吕杰,两个月的时间读懂这两本书,弄通汽车构造,能分解、组装汽车各构成;牢记技术参数,懂得公差配合,三个月后准备考试。"

吕杰听了班长的要求,心里有些紧张。说实话,班长提的要求真不低,掌握这些一般学员都要用三年时间,不是一般士兵所能做到的。不过吕杰是"文革"前老三届高中毕业生,物理、化学、机械制图成绩优秀,这点困难算得什么。

"班长,请放心。三个月后,保证拿出满意答卷。"吕杰向班长敬了个军礼。

吕杰一直梦想用自己的文化学习机械技术,今天真是有了用武之地。饭后,吕杰有空便埋头在汽车书籍的海洋里遨游。半个月的时间过去了,吕杰便把《汽车构造》啃的滚瓜烂熟。又过了几个月的时间,又把《汽车修理》的汽车参数、公差配合铭记在心。平时工作向班长虚心请教,在班长的言传身教中看、记、背、做。

常言说,师傅领进门,修行在个人。三个月后,修理连进行新兵技术考核,吕杰这个入伍三年的老兵,和新兵一起考试测试。

"汽车发动机的工作原理是什么?"

"汽车发动机各个机构的关系是什么?"

"汽油燃烧,发动机旋转。"

"用皮带连接在一起。"

几个被考核的新兵回答的五花八门,显然没有得到连领导的满意。

"吕杰出列,请回答。"

"是"吕杰起立,面向考官。

"通过汽车发动机进、压、爆、排四个工作程序,将燃料的热能转化为机械能,推动曲轴旋转产生动力。"

"几个系统的关系是,曲轴旋转带动活塞上下运行,完成发动机的进、压、爆、排工作程序。曲轴通过正时齿轮带动偏心齿轮,带动机油泵、分电器齿轮,通过皮带带动气泵打气,完成发动机的全部工作。回答完毕!"

"好,完全正确。"吕杰的理论考核得了满分。

吕杰每天跟班长一起修车,爬上爬下,摸爬滚打。从实际入手理论联系实际,修车技术芝麻开花节节高,一天上一个台阶,半年后已能独当一面,成为一个合格汽车修理工了。

备战打仗,是军人的职责。机械化部队要求汽车要拉得出、跑得动、修得快,时刻保证汽车的完好率。上级指示部队二级单位进行汽车二级保养技术竞赛。要求参赛单位五人一组,四小时完成全车二级保养任务。

任务艰巨,二级保养过去都是一个班一周时间,现在四个小时,说起容易做起难。为了国防,为了打仗,再难也要往前闯。

战争年代,四个小时恢复一台汽车时间还短么。仗要怎么打,兵就怎么练。

"一班、二班、三班、电工班每班抽出一个技术尖子,参加比武,最后一个人名额,我看由吕杰参加。"连长提出了修理连参赛人选。

"我不同意,吕杰虽然技术进步很快,但是汽车修理资历短,怕会影响连队的集体荣誉。"话音一落,立即遭到反对声。

"资历短不见得技术差,吕杰天天在进步,我看吕杰能完成比赛任务,赛出好成绩。"连长还是坚持自己的意见,让吕杰参赛。

吕杰在班长的指导下,按照比赛的科目和时间要求加紧练习,不断琢磨提高修理质量,缩短修理时间。

比武的当天,上级首长宣布"部队汽车二级保养比武开始",吕杰和他的战友像小老虎一样扑向赛场,按照预先分工,共同升高车辆。吕杰负责三号位修理保养,负责一前一后两个车轮和变速箱、离合器的保修任务。吕杰用拆装机拆掉前后轮胎,抽出半轴,拆下传动轴,吊下变速箱,拆下离合器,并开始检修保养。加注黄油、润滑油。吕杰把这一切进行完毕,按照拆卸相反的顺序,进行组装。并调整好各部间隙。放下升高架,收拾完维修工具,用时两小时三十分。再看团队的战友也都陆续完工。

"报告,二级保养工作完毕!"吕杰向上级首长报告,并退出赛场。

吕杰的团队用时两小时四十分钟,在八个参加竞赛的团队中取得了第一名的好成绩,吕杰成了名副其实汽车修理工。

退伍复员去新疆

不久,吕杰退伍后服从组织分配支援边疆,准备去新疆,成为一名地质工作者,投入到火热的红云滩铁矿大会战中,开始又一段青春无悔的峥嵘岁月。

退伍回乡那天寒冬腊月,北风呼啸,车站上冷冷清清,站台上稀稀拉拉的几位旅客上下火车。吕杰背着背包来到车站,北风呼呼地刮,他没有看到一个熟人和战友,心里打了个寒战,吕杰过去回去探亲出差,来回都有战友接送,异常热闹,今天,今非昔比啊,吕杰不敢多想。

  吕杰走进售票厅买好了票,检票上车,再回头看一眼来的路,这条路太熟悉了,出差、探亲、接送首长时他走过无数次了,每次都是热热闹闹,可这次……

  他来不及多想,扭头看到了站台角上一位穿着大衣,头上围着羊毛围巾的姑娘,露出一双好看的眼睛,站在寒风里一动不动,围巾上沾着冰霜,好像来到一会了,她在等什么人,是她,是小孟送自己来了。

  吕杰的心又激动起来。

  他跑过去,张开双臂把小孟拥抱起来,然后又慢慢地分开,走进车厢。

  列车启动了,小孟恋恋不舍站在那里,紧盯着列车的驶去,挥舞着小手大声地呼喊:"吕杰,我等你,快回来接我!快回来接我……"

  吕杰坐在窗口挥舞着手,眼中涌出的泪水渐渐地模糊了视线,列车渐渐地远去轰隆隆地奔向前方。

初识战友

  吃过早饭,吕杰到县招待所院中,刚想打听一下到会战指挥部的路,找辆去矿区的汽车。院子里空空荡荡,不远处停靠着几辆汽车。

  吕杰一眼就看到最边上那辆车的车门上喷着一排明显的大字"国家地质总局",不用问"国家地质总局"的车辆就是会战指挥部的车辆,是来参加铁矿会战的队伍。

  吕杰根据自己多年在部队走南闯北的经历,相信自己今天的判断是不会错的。

  吕杰径直向那辆车走去。那是一辆崭新的解放牌汽车,中国长春汽车制造厂制造,自己在部队时连队列装的就是这种车辆,实惠耐用、便于修理。车前一位年轻的驾驶员掀开引擎盖,爬在叶子板上检查水箱的水位,抽出机油尺看看机油液面高低,用手泵了泵汽油,等这一切工作做完后准备启动发动机。

  吕杰走向前,对爬在车上的驾驶员打招呼:"师傅你好!"还没有等车上的师傅

初识战友

回话又问:"师傅,你的车要去红云滩指挥部吗?"

听到有人问话,正在检查车辆的师傅停下手中的活儿,直起腰杆来看了一眼吕杰说:"是啊,我的车就是去红云滩指挥部的,你去红云滩指挥部吗!"

吕杰点点头。

"师傅,我能搭乘一下你的车吗,我要到指挥部报到去。"吕杰提出了自己的要求。

那个驾驶员听说是到指挥部报到的,话也多起来了。"我是去指挥部的,顺便接一下今天去指挥部的职工。"

吕杰今天算是找对了人了。

"同志,我姓刘,叫刘开河,一九七〇年从河南开封地区入伍,上个月刚刚退伍分配到会战指挥部的。"驾驶员搭话。

原来刘师傅也和自己一样都是转业军人,而且又是一年入伍的战友,又是同乡。

吕杰忙自我介绍说:"我姓吕,叫吕杰,也刚退伍,这就是去指挥部报到的。"

吕杰没有想到,在遥远的边疆遇到乡音,感到非常亲切。常言说:老乡见老乡两眼泪汪汪,话不能像书中描写的那般形象,也是乡音遇乡音,听着分外亲。

刘师傅检查完发动机的散热水和机油,打开驾驶室门,拿出摇车柄。吕杰一看就明白了,刘师傅准备手摇启动发动机,自己在部队时,连队对车辆的管理就是这样,第一次发动车时,都是用手摇启动,关键时才用马达启动。

"朋友,这个我来吧。"吕杰上前接过摇把子插进发动机摇车孔内,慢慢摇动曲轴,刘师傅跳上驾驶室的座位上,打开发动机钥匙,踏上离合器,"轰"的一声发动机启动了。

发动机发着后,驾驶员对吕杰说:"老乡赶快拿你的东西吧,等坐车的人来齐了就发车。"

吕杰回到招待所自己住的房间,按照军人的习惯,早上起床后已把自己的东西整理好。他随即背起背包提着网兜来到车前,吕杰把东西放到车的大厢上。

等把这一切做完,吕杰再次来到发动机前,看看有没有要帮助做的事情。乘车去指挥部的人陆续赶来,坐到了车的大厢上等待发车。

"解放军叔叔,等等我。我能乘坐你们的车吗,我也要到会战指挥部去。"声音甜美,又一个要到指挥部去的,一个女孩背个挎包提着箱子匆匆地跑来。

听到姑娘的喊声,吕杰看看身边没有其他解放军,像是在喊自己。回头一看,这是个二十岁左右的女孩,一米六几的个头,瓜子脸丹凤眼面色白里透红,一笑两个小酒窝,一眼就看出是位江南水乡的姑娘。

吕杰忙回答说:"姑娘,我们是去红云滩会战指挥部的。"

"叔叔,我也是去红云滩指挥部,我们一起走好吗?"姑娘一口一个叔叔地喊着。

"好的,赶快上车吧。"吕杰接过姑娘的手中行李,顺手递给车厢上的人,然后自己跳上了车大厢,把姑娘的行李放在自己背包相邻的位置,走到车厢后门伸出手拉了姑娘一把,把姑娘拽上了车。

他指了指自己的背包位置说:"姑娘,你就坐在这里吧。"

"谢谢叔叔!"

姑娘一连几个叔叔甜蜜地喊着,喊得吕杰有点不好意思。

"姑娘,我今年刚刚二十五岁,你就喊我叔叔,我的长相有那么老吗?"

姑娘笑着说:"叔叔,你的长相一点也不老,而且很英俊潇洒,你看看自己今天的打扮,我不叫解放军叔叔叫你什么!"姑娘对吕杰的说法不以为然反问为答。

"我们在学校上学时,天天喊向解放军叔叔学习,向解放军叔叔致敬!解放军是全国人民学习的好榜样,我们热爱解放军,学习解放军,我喊你解放军叔叔,是对你的尊敬,难道喊你解放军叔叔错了吗?"姑娘的话自有一番道理。

吕杰心想,我今天的打扮怎么了,自己的打扮能代表自己长相老吗,忙回头看看自己的服装,吕杰忽然明白过来,自己全身的确良草绿军装,从头到脚通身的解放军打扮,只是没有佩戴鲜艳的领章帽徽罢了,所以姑娘的印象中自己还是解放军,仍然是解放军叔叔。

"不过今天……"

初识战友

姑娘见吕杰发愣,这才自我介绍说:"我姓申,叫申雨梦,刚高中毕业,被招工到地质队工作。叔叔我俩还真有缘,今天刚到新疆便认识你。"申雨梦首先介绍了自己,又讲了喊叔叔的原因,吕杰听得口服心服。

吕杰忙对着申雨梦道歉:"申雨梦,对不起!我不该责怪你,不过我现在已经不是解放军叔叔了,和你一样都是地质队职工,我们是同事,将来是在一起工作的同事,以后还是不叫叔叔为好。"

"不叫叔叔叫什么呢,你的年龄比我大,我不能见面就喊你老吕,对人多不尊重,要不我就叫你大哥吧!"申雨梦说出了自己的想法,也不征求吕杰同意不同意。

"好,就叫大哥吧。看,一会儿工夫你就长大了一辈,你由小字辈变成了平辈。"吕杰开了个玩笑。

"大哥,那是你自愿的,不是我强迫你的,放着好好的长辈不当偏要当个平辈多不划算。"申雨梦说着做了个鬼脸。

吕杰对面坐了一男一女,一个年纪较大的男同志胡子拉碴,坐在一个大花土布包裹上,像个老工人;相邻的是一位三十多岁的中年女同志。

"大家都坐好了,现在我们就发车。"驾驶室里的刘师傅伸出头来朝着大厢上的几位同志打招呼,然后挂上挡,松开离合器踏了油门,汽车缓慢驶出了县委招待所上了国道。

314国道随着戈壁的走势,高低不平地向前延伸,车上的几位男女职工随着车子的颠簸身子不住晃动。

随着车子的行驶,吕杰的思绪也上下起伏。今天就要到地质队啦,成了名副其实的地质工人,那么地质队是个什么样子,自己要从事什么工作呢,一连串陌生的问题浮现在脑海里。

坐在身边的申雨梦用胳膊肘碰了碰吕杰说:"大哥,你在想什么呢,不会是在想家吧!"

"胡说什么,好男儿志在四方,还没有到地质队开始工作就想家多没出息!"吕杰一口否认申雨梦的想法。

"大哥你到过地质队吗,地质队是个啥样子,给我介绍一下地质队的生活、工作情形好吗?"申雨梦刚走出校门,对外边的一切都感到新鲜好奇,急不可待地询问地质队的情况。

"雨梦,实话告诉你吧,我也没有去过地质队,只是在书中电影中看到过地质队员的工作和生活情况。"吕杰简单地回答说。

"那里工作和生活好吗,是不是每天背着挎包手拿锤子,漫山遍野地跑,像小孩过家家似的。"申雨梦天真地想象着地质队员的工作情景。

面对申雨梦的提问吕杰不好回答。"雨梦,到了地质队你就知道了,"猛抬头看了一眼对面那位大学生,用手一指,"要不你问他好了,让他给你介绍介绍地质队的工作情况。"

坐在对面的那位大学生接过话头:"地质队的工作情形我也不知道,我也是刚从大学毕业分配到指挥部来的,知道的都是些书本知识。"

"书本知识也是知识,搞四个现代化离不了知识,离不开掌握知识的'臭老九','老九'不能走。"吕杰引用了毛主席的一句话赞扬了对面这位大学生。

巧家娘打巧,真是巧到家了,今天车上坐的都是去地质队参加会战的。

"来,大家互相介绍认识一下好吧,以后大家互相有个照应。"吕杰的提议得到大家的认可。

"我叫申雨梦,今年二十岁,家住湖北江陵市,刚刚顶替父亲被招到地质队,今天前去报到,今后请叔叔、阿姨、大哥哥多关照。"申雨梦第一个自报了家门。

申雨梦一口气把自己介绍一番,而后指了指身边的吕杰说:"这位是我大哥,他的详细情况,让他自己说吧。"说完自己先笑了。

吕杰接过申雨梦的话说:"我姓吕,叫吕杰,刚从中国人民解放军部队退伍,转业来到边疆参加红云滩地质会战,现在前去报到。"

稍后又说:"下面驾驶室里的师傅姓刘,叫刘开河,是我的战友、同乡,也是刚从部队转业参加会战的。"吕杰顺便把刘师傅介绍给大家。

对面的大学生介绍说:"我叫谭忠诚,家住陕北农村,在农村长大,是毛主席帮

初识战友

助我家翻身得解放。我爹说,忠诚就是要无限忠诚毛主席,忠诚毛主席的革命路线,忠诚毛泽东思想,保持贫下中农的本色。生产队推荐我上大学,大学毕业分配边疆参加会战,我一定努力工作,为贫下中农脸上增光,为贫下中农争气。"谭忠诚一口一个忠诚,一口一个毛主席,可见伟大领袖毛主席在他心中的重要地位。

吕杰也被谭忠诚讲的话感染了,"同志,你句句话不离毛主席,句句话不离毛泽东思想,真是贫下中农的好后代,说的做得真像个贫下中农。"

那个大学生笑了笑说:"实话对你们讲吧,你们说的一点都不错,在学校时同学根本不叫我的名字,都叫我的外号。"

"你的外号叫什么?"

"就是你们刚才说的,叫老贫农。"

"好名字,好名字,真是名副其实。今后我们也叫你老贫农好吗?"

"没问题。"老贫农点点头表示同意,车厢上的人都笑了。

坐在最前面的女士继续介绍自己:"我姓莫叫春云,也是参加会战的,和你们有点不同的是,我是红箭地质队化验室的老职工,今年四月华国锋总理亲点将抽调这支大庆式地质队到边疆进行铁矿会战,我是第二批到达边疆的。在来之前我们都写过申请书,组织上进行过政治审核,审核过关才能到边疆来的。我们一定好好干,不辜负毛主席他老人家的期望。

车上五个人来自四个不同的地方,真是五湖四海走到一起来了。

道路坑洼不平,车子行驶速度较慢,每小时三四十公里,车子沿着314国道顺着山脉而行。

"大哥,这是座什么山,山崖都是红颜色的。"申雨梦对周围的山体感到好奇。

"那个山你还不知道吗,那叫火焰山,东西长八百里,《西游记》中唐僧取经孙悟空智取芭蕉扇的故事就发生在这里。"吕杰讲了一段西游记中的故事。

说起西游记的故事,在中国家家户户老幼皆知,小说中唐僧师徒四人取经路过火焰山,当时这里常年大火燃烧,任何人不能靠近,孙行者不辞劳苦借来了芭蕉扇,扇灭了大火拯救了众生,翻过了火焰山到达西天取来真经修得了正果,以后这座山就变成红色的了。

车辆像牛车一样哼哼往前走。

"车子跑得这样慢,啥时间才能过火焰山!"

"车子跑得再慢,也比唐僧师徒走得快,一天行驶一百公里,三四天也过了火焰山啊!"说起山川地理谭忠诚打开了话匣子。

"现在科技发达了,人的本事比《西游记》小说中孙行者本事大多了,在天上就知道地下的情况,红云滩铁矿就是从卫星照片上发现的,不需要孙行者腾云驾雾钻地入海寻找宝物。不过嘛,科技再发达也离不开我们这帮地质工人。铁矿到底有多大,矿层埋藏有多深,地质储量有多少,矿石品位如何,还要靠我们这群人去探明去验证啊。"谭忠诚讲了很多地质专业名称,听得申雨梦和吕杰云里雾里似懂非懂。

"还是老贫农的知识多,一肚子全是学问,我们今后多向你学习。"吕杰由衷钦佩眼前的老贫农。

"全国学习中国人民解放军,你才是我们学习的榜样,以后我还是多向你们军人学习才能出地质成果。"老贫农谦虚地讲。

"那我们应该互相学习互相帮助,共同完成毛主席交给我们的伟大任务,早日实现四个现代化。"坐在对面的莫春兰插了一句,莫春兰的话插得很是时机,大家一起鼓起掌来。

"为了铁矿会战,为了今后在一起工作,大家表示一下吧。"吕杰提议道。

"好,让我们团结起来,下定决心,不怕牺牲,排除万难,去争取会战的胜利!"四双手掌拍在了一起。

太阳偏向西南,汽车"嘎"的一声停在了一座民房跟前,刘师傅跳下汽车驾驶室,对着车厢上几位同事喊道:"同志们下车吧,临时会战指挥部到了。"

吕杰、申雨梦、谭忠诚和莫春兰陆续跳下车,拿起自己的行李。

"再见,红云滩矿区见!"向各自的单位报到去了。

放下背包就出发

吕杰到指挥部报了到,被分配到汽车修理车间当汽车修理工。

吕杰在一位师傅的带领下来到一栋房子,领他来的师傅指着一位三十多岁的中年人说:"他姓龙,是你们车间的临时负责人,今后你就和他在一起工作。"

"欢迎,欢迎!"龙师傅对吕杰的到来非常高兴,站起来伸手接过吕杰的背包,放在了一个用草席打成的地铺上。

龙师傅不好意思地讲:"小吕,你就住这里吧,地质队刚搬家,没有基地,没有住房,啥条件都没有,先凑合一下吧!"完了龙师傅简单介绍了会战指挥部的修理情况。

说是汽车修理车间,实际上讲就是龙师傅一个人,手下没有一兵一卒光杆司令。龙师傅是一位柴油机修理工,因汽车修理方面没有专人,他又是第一批到来的参战职工,临时抽调到汽车修理间,吕杰的到来是修理车间的第二人。修理车间也是个空架子,既没有工房也没有零时工棚和修理地沟,完全是凭着几件修理工具,随时随地露天修理而已。

吕杰听了龙师傅的介绍,一点也没有感到意外。条件再差也比大庆石油会战时的条件好吧,在漫天冰雪的黑龙江,王铁人在大庆会战时不是讲:"有条件要上,没条件创造条件也要上嘛,宁愿少活二十年,拼命也要拿下大油田!"地质队几千公里大搬家,上来就开始工作,现在还讲什么工作条件。

吕杰打开背包展开铺在草席上,算是安下了家。

"龙师傅,调度室的同志请你去一趟。"一位科员走进来给龙师傅讲。

龙师傅跟着那位科员走出去,一刻钟后便转了回来。大中午调度室突然有请,一定会有任务,吕杰凭着自己多年在部队经验猜想着。

"龙师傅,有任务吗?"

"是的。"龙师傅点点头。

"什么事那么着急?"吕杰急于知道发生了什么事。

"今天早上发往红云滩矿区的拉水车在沙漠中趴窝了,矿区急需用水,要立即出车救援。"龙师傅传达了指挥部调度室的工作指令。

命令如山倒,吕杰听说汽车趴窝急需救援,根据自己的修理经验,知道车子问题不小,驾驶员自己不能解决,报救急需要专业技术人员现场修理。

"龙师傅,那台车坏在哪个部位,便于修理吗?"吕杰急于知道车子损坏的详细情况,以便对症修理。

"汽车在过沙窝子时受到阻力,后压包齿轮打碎了,前不能进后不能退。"龙师傅把刚听到的情况简单地向吕杰述说了一遍。

压包这个名称吕杰还是第一次听说,是一个地地道道的土名称,但车子的其他部位发动机、地盘标准名称他都记得清楚得很,底盘就是那几个部件,变速箱、差速器、传动轴、离合器等,后压包就是差速器吧。

"龙师傅,你说的压包齿轮就是差速器齿轮吧,齿轮打碎那问题就大啦,要更换新齿轮,要调整齿轮间隙。"

"就是差速器齿轮,我们习惯叫它压包齿轮。"龙师傅和吕杰对汽车技术名称进行了沟通。

"师傅,我们赶快领配件准备工具出发吧。"吕杰知道驾驶员等待救济的迫切心情,催着龙师傅赶快上路。

"小吕,指挥部刚刚搬迁,各个专业部门都不健全,汽车配件一件都没有,还得我们自己想办法。"

"我们自己想办法,怎么想办法,天上能掉下一个差速器吗!"吕杰一听头都蒙了。

龙师傅没有回答吕杰的问题,把吕杰领到临时指挥部后院,指着停靠的几台车说,这台车和拉水的车辆型号一致,这台车子暂时没人开,我们先把这台车的压包拆下换到损坏的车子上,以解燃眉之急,等后勤科采购来新配件再把这台车恢复好。

办法总是人想出来的,龙师傅的办法就是多。这个办法不错,现成更换,还可以减少工序节省工时,师徒二人摆下工具忙碌起来,三下五除二拆掉了传动轴、半轴和差速器固定螺丝,钻到底盘下把差速器抬下来,在一个驾驶员的帮助下装上另一辆汽车。

汽车配件准备好了,万事齐备只欠东风。龙师傅并没有忘记出发时要准备开水,还没有到食堂开饭时间,去食堂又拿了几个馍馍灌好开水以防万一。

一切准备就绪,龙师傅对吕杰说:"小吕,你刚到还没有得到休息,这次救急车辆你就不去了吧。"龙师傅征求吕杰的意见。

说刚报到一点不错,吕杰从指挥部报到出来到接到救急任务,总共不到一个小时。常言说,救场如救火,正是用人之际多一个人多一分力量。

"我是来参加会战的不是来休息的,这样的事情我不去谁去!"吕杰要去的态度十分坚决,没有商量的余地。

龙师傅见吕杰执意要去,只好同意他的要求。

"好,上车吧!"

龙师傅、吕杰坐进了汽车驾驶室。

汽车启动了,沿着公路穿过火焰山向茫茫的大漠驶去。

车子向前行驶,只见一个个沙包甩在了简易公路的后面,村庄和行人越来越少,沙包上的红柳在骄阳下笑弯了腰。

沙漠越来越近了,透过挡风玻璃大老远就看到趴在沙窝子里的那辆汽车,车旁站着汽车司机,盼星星、盼月亮的。

车子停靠在那辆车子的前方。

"阿达西,亚克西吗!"站在车旁盼星星盼月亮的亚迪松急忙上前一步,握住了龙师傅和吕杰的手,一边问候久盼的亲人。

"我的马西郎塌西郎了,矿区急着用水快快修一下。"亚迪松用生疏的汉语讲着车子的损坏情况。

亚迪松是红箭地质队到新疆后指挥部招入的第一位维吾尔族汽车驾驶员,亚迪松是当地人，熟悉当地的道路和地理环境，第一个进入铁矿会战区，负责给第一批进入矿区职工拉运生活用水。

今天早上出发，不想车子经过沙窝子时车轮陷进去，亚迪松脚踏油门往前冲，由于差速器受力过大齿轮被打掉，车子不能前行，不能后退趴窝在那里了。

吕杰和龙师傅简单地询问了车子的情况后，便钻到底盘下开始操作。

吕杰在部队修理连服役，学习的是汽车修理专业，汽车大修小修都精通，在部队进行的二级保养比武中，团队以两小时四十分钟完成差速器、传动轴、变速箱、离合器等部件的四个小时保养和修理，取得了军后勤部汽车保养比武第一名的好成绩。

吕杰对于差速器的修理更是轻车熟路，今天又是差速器总成更换，更是得心应手，一会工夫就把损坏的差速器拆除，吕杰和龙师傅合力把带来的差速器架到座孔上，然后开始连接，修理过程从拆除、组装到结束，不到一个小时。龙师傅真是佩服眼前这个小伙子技术熟练，手脚麻利，过去听说解放军战士政治素质高，军事素质也高，耳听是虚眼见是实，解放军战士个个都是好样的。

五月的天气，天气炎热，沙丘中热浪滚滚，吕杰的胳膊被沙子烫得通红，再看看身边的龙师傅脸也晒得通红。

汽车轰轰的驶出沙窝，向矿区驶去，吕杰和龙师傅收拾好工具这才乘车赶回指挥部。

天渐渐暗下来，指挥部所在地的路灯亮了起来。

吕杰回到宿舍，一见到地铺，一股倦意袭上心头，不管三七二十一，连饭都没有吃，倒头便睡，一会便进入甜蜜的梦乡。

欢迎新战友

参加会战的队伍和人员陆续赶到指挥部报到，临时指挥部驻地一下子热闹起来了。

欢迎新战友

方圆几十里的红星人民公社各个大队,到处都住着前来参加会战的职工队伍。

"小吕,明天参加车队进疆动员大会暨新员工欢迎大会。"龙师傅通知吕杰说。

"师傅,明天参加会议的人多吗,能不能给车间分配些新职工。"吕杰关心着修理车间的人员配备情况。

"到时候你就知道了!"龙师傅对明天会议的情况也不甚了解,没做过多的解释。

第二天吃过早饭,吕杰和龙师傅向开会地点走来,迎面碰上前来开会的刘师傅。

"刘师傅你好,你来得好早啊!"吕杰上前打招呼。

"不早,和你们一样也是刚刚才到。"刘开河师傅迎了过来,热情地说。

"听说今天来了好多复转军人,个个都是六年以上的老兵。"

"老兵什么,我们第一批到指挥部才是老兵呢,他们都是地质队的新兵蛋子。"刘开河开玩笑地说。

"对,我们是地质队的老兵,他们都是新兵蛋子,部队都是这样论资排辈的。"吕杰接过刘开河的话开玩笑说。

吕杰和刘开河一路说笑着来到会场。一个大棚子下摆放着两张桌子几把椅子,这就是大会主席台吧,主席台的后面拉着几条横幅显得格外醒目。

"以地质找矿为荣!"

"以艰苦奋斗为荣!"

"以献身地质事业为荣!"

会场上来了不少人,大部分都是新面孔。左边清一色复转军人,都是昨天刚从部队转业前来报到的。右边是一群年轻人,吕杰、刘开河找了个空位置坐下来。

会议开始了,车队领导开始讲话:"同志们,大家好!这是我们车队进疆召开的第一次职工大会,也是欢迎新职工入队的大会,我代表车队领导、代表指挥部领导对你们的到来表示热烈的欢迎!"车队党支部书记拖着一副浓重的湖南口音致开幕词,并带头鼓起了掌,下面也响起了一片热烈掌声。

"同志们,今天你们响应国家的号召,从祖国南部来到边陲,从祖国各地,从中国人民解放军各部队,不辞辛苦来到东疆戈壁前来参加红云滩铁矿会战,这是你们的光荣,也是你们的骄傲。"车队党支部书记开始了动员。这位书记讲话声音不高不低说出的话却很吸引人,讲出的话政治觉悟很高。

"我们这支地质队伍,是一支能打硬仗、作风顽强的地质队伍,是地矿部命名的大庆式企业,这个地质队曾参加过四川攀枝花铁矿会战,参加过云南大红山铁矿会战……"车队支部书记滔滔不绝地讲了一段地质队的光荣历史,坐在下面的职工听得很新鲜。

"今年四月,党中央、国务院、地矿部又把红云滩铁矿会战的任务交给我们。这是党中央、国务院、地矿部领导对我们红箭地质队的信任,对我们地质职工的亲切关怀,我们要用实际行动报答党中央、报答毛主席,回报毛主席的革命路线,大家有信心没有?"

尽管大家并不清楚这支队伍到红云滩,是不是党中央批准的,但肯定这是上级领导研究决定的,要不然国家不会花这么大的人力物力进行长途调动啊。

"有!"会场上一片喊声。

车队书记做了进疆的思想动员之后,车队长宣布了车队组织结构。

"从今天起,车队分成汽车运输队和汽车修理车间两部分,全盘承担红云滩矿区生产生活物资运输、修理等工作任务,希望大家团结起来踏踏实实地做好自己的工作,管理好自己的业务。"车队长把各个单位和专业小组的负责人一一宣布。

看样子,会议议程车队领导早有安排,既然是进疆动员会,又是新职工欢迎会,就要有新职工代表讲话,表一表参加铁矿会战的决心,然后宣布会议结束,这是开会的"三部曲"。

"下面进行会议第三项,新职工代表讲话。"会议主持人用手指了指坐在下面的一位复转军人,请他到主席台上来。

那位复转军人起立大步走向讲台,首先对着领导然后对着大家敬了个军礼。

那是个标准的军人形象,身材魁梧,一米八几的个头,穿一身草绿色军装,长着一张

欢迎新战友

国字脸、一双炯炯有神的眼睛,他一上台便迎来了职工的一片好感。

"各位领导,各位同事大家好!"复转军人首先向领导和大家进行问好。

"我叫董耀祖,是从中国人民解放军兰州军区汽车团转业来到这里,今天有幸前来参加地矿部组织的红云滩铁矿会战,参加祖国的四个现代化建设。参加会战,为四化出力是我们梦想已久的事,同时也是我们的光荣和骄傲,我们一定不辜负党和部队首长的期望,虚心向工人阶级学习,向各位师傅学习,充分发挥自己的技术特长,开好车为红云滩铁矿会战做出贡献。"董耀祖上来简要地报了自己的决心。

"我是一九六八年入伍的,在军区汽车团服役了八年,和我一起来的还有一九六六年入伍的老兵,比我服役的时间更长,技术水平更高。"董耀祖介绍了自己的一段简历。

董耀祖的介绍让下面坐的地质队员吃了一惊。在部队服役八年、十年这个时间还真不常见,国家兵役规定军人服役的时间不是三年吗,那八年十年,是整整打下一个抗日战争再加一个解放战争,他一下子超期服役了两倍多的时间,这批复转军人真了不起啊!

说起来,在一九六八年参军入伍是很光荣的。应征入伍,说容易也是容易。参军入伍要过三关:第一关是政审关。报名参军先审查你的祖籍三代,三亲六故有无历史问题,是否根红苗正,是否忠于毛主席、忠于毛主席的革命路线。第二关是身体检查。从全村、大队挑选出来的青年到县兵役站进行身体检查。第三关是公社、大队、武装部联合确定批准入伍。

董耀祖家住甘肃农村,几代都是贫下中农,房无一间,地无一垄,祖辈都是给地主当长工度日,是毛主席领导的中国革命推翻了地主阶级的压迫,翻身当了主人。董耀祖根红苗正,自己又是家里唯一的一个学生,父亲把培养的希望寄托在他的身上,希望他长大成才当干部,将来走出农村光宗耀祖,所以取名耀祖。

董耀祖当上了汽车兵开着解放牌汽车奔驰在天山南北,翻越昆仑山。

常言说:一年学习,二年成长,三年当个小班长,七年八年赛连长,这样的老兵的技术比连长还厉害。董耀祖不但是家里的骄傲,也是村里的骄傲。

"我们是中国人民解放军战士,是伟大领袖毛主席的兵,在部队受党和部队教育多年,我们开车翻过昆仑山,到过巴基斯坦,毛主席的战士最听党的话,哪里需要哪里去,哪里艰苦哪安家。今天,地质会战需要我们,我们要用战斗的精神去完成这项任务,请领导和同志们放心,看我们的实际行动吧!"

董耀祖代表复转军人在大会上表了态,他的发言简短、有力、有骨、有肉,给领导留下较深的印象。

董耀祖又给大家敬个礼,走下讲台回到自己的座位上来。

"下面请新职工代表讲话。"会议主持人又进行下个议程。

从下面站起一位姑娘,眉清目秀看样子二十岁左右,她走上讲台,向大家问好。

"领导好!师傅们好!"

姑娘刚开始讲话,还有点腼腆。

"我姓肖,叫肖霞,是个湖南妹子,今后大家都叫我阿霞好了!"

姑娘的开场白很别致,用朴实语言介绍了自己。

"我父母都是地质职工,在这个队上工作,我从小在地质队长大,高中毕业被招到地质队工作,今年四月进疆参加会战,希望叔叔、伯伯、大哥、大姐多关照,工作上多帮助,我的话讲完了。"说着跑下讲台。

龙师傅代表老职工上台讲了话,"红云滩矿区缺人、缺水、缺设备,希望大家做好到生产第一线的思想准备。"

吕杰推了推刘开河:"老刘,这批老兵你认识吗?"

"认识,董耀祖是汽车一营的,后面几位是汽车团二营的,我是汽车团三营的,他们的营房和我们紧挨着,每次团里会操或看电影都在一起,经常见面。"刘开河小声给吕杰介绍董耀祖。

"他的口才不错,汽车驾驶技术一定很过硬吧!"吕杰无不赞扬地说。

"他们这批兵个个都是部队的骨干,技术拔尖作风顽强,翻天山、过昆仑到过巴基斯坦,什么道路都跑过,什么困难都能克服。"刘开河把这批老战友夸奖了一番。

"这次红云滩会战,他们有用武之地了。"吕杰无限感慨。

会议开了半天,气氛融洽,其他几位复转军人和新工人也先后表态,以老带新,车队新工作开始了。

两个两万五

六月底参战队伍搬迁工作进入尾声,参加铁矿会战的人员和物资设备陆续进入矿区,东疆几百平方公里的戈壁人来车往,沸腾起来了,铁矿会战全面展开。

指挥部决定召开铁矿会战动员大会,大会在楼兰县委大礼堂举行,各会战单位均派职工代表参加。

吕杰和龙师傅乘车来到县委大礼堂时,会议还没有开始,会场前面汇集着地质分队、钻探分队、物探分队、水文分队、汽车队和机关各科室的代表。

"大哥你好!"随着一声甜蜜的叫声,一位姑娘来到了吕杰的面前,吕杰一愣。

"大哥几天不见就不认识了,我是雨梦啊,我们同一天到指挥部报到的。"雨梦见到吕杰的一刹那显得格外兴奋。

"啊,是雨梦啊,你最近好吗?"吕杰想起来了。

"好,很好!"申雨梦爽快地回答。

"雨梦,你看我这个人记性不好忘性不差,差一点把你给忘了。常言说:女大十八变越变越好看,人长得漂亮穿什么衣服都好看,你换了一身红色新工作服真像个地质队员了。"吕杰上下打量申雨梦。

"大哥,我有那样好看吗,来,好看你就多看一眼。"说着站在了吕杰的面前。

"老贫农、刘师傅、春云姐他们来了没有? 从报到那天起我再没有见到过他们了。"申雨梦没有忘记报到那天同车一起到指挥部的情形。那天在车上,大家互相介绍打手接掌,还说要互相帮助呢,连个鬼影都没见到。

"雨梦,刘师傅在汽车队开车,我在车间修理汽车,大家在一个大院子居住,吃饭在一个食堂经常见面;老贫农吗,分开后没见过,听说他被分配到地质分队进了矿区,整天背着挎包拿着锤子,满山遍野地进行地质普查,暂时还没有机会遇到；莫春云在基地化验室工作，矿区送来的矿石标本都送到她那里磨片化验，工作忙得很，偶尔也遇到过几次，因大家都很忙没有过多时间的交流。不过，今天会战指挥部召开进疆会战动员大会，各个单位都派代表参加，人数在千人左右，我想他们一定都会来的，一会你就可以见到他们了。"吕杰把那天同车报到的几位同事介绍一番。吕杰讲起第一天报到的情形和同车的几位同事，话也多了起来。

吕杰介绍了老贫农等几人的情况，没有忘记询问一下申雨梦的工作，这是个天真活泼认真好学的女孩，高中毕业后来到地质队，对地质事业无限向往，对地质生活充满希望，那么今天她生活得好吗？

"雨梦，你分到哪个单位了，工作还好吗？几天不见完全像个地质队员了，快把情况给哥哥讲一下。"吕杰转而问起申雨梦的情况。

"我从那天报到后，被分配到钻探分队三八钻机上班，我们钻机是个能打硬仗的标杆钻机，十几年来多次受到地矿部的表彰，我们师傅是劳动模范优秀钻工，参加过大红山铁矿会战，工作经验丰富，走南闯北对人热情，处处关心我们……"申雨梦讲起她们三八钻机滔滔不绝。

"一日不见如隔三秋。我们的雨梦年纪不大进步很快，照这样下去，再过一段时间一定会成为一名优秀钻工。"吕杰看到了申雨梦的进步露出了满意的笑容。

"雨梦，亲热完了没有，参加会议的人都开始进场了。"申雨梦同来的姐妹提醒申雨梦只顾讲话不要忘记今天开会的大事。

"知道了，看我今天高兴得把你们几个姐妹都忘记介绍了。"申雨梦指了指几位姑娘说，她是小张，她是小王，她叫高素云都是我们钻机的姐妹。

"欢迎，欢迎！有时间到基地修理车间来玩。"吕杰和她们逐一握手。

申雨梦指着吕杰给自己的姐妹介绍："他，就是我哥，叫吕杰。就是广播喇叭里表扬的那位放下背包就出发的复转军人，来指挥部的当天一下汽车，就接到沙漠中救援车辆的任务，我哥放下背包就跟龙师傅一道乘车赶到现场，成功地排除了车辆

两个两万五

故障,受到指挥部的表扬。"

申雨梦讲起吕杰的事迹非常兴奋,拉着吕杰的手像兄妹一样。

吕杰报到的当天,放下背包就和龙师傅一起奔赴沙漠救援车辆保证矿区生活、生产用水的事迹,被指挥部宣传科写成宣传稿件,吕杰这位复员军人的先进事迹通过广播、小报在矿区四处传播,人人皆知家喻户晓。

"人长得帅气,一米七几的个头,一双明亮的大眼睛,共产党员,复员军人,有技术,又有文才……"几位姑娘不用申雨梦介绍一股脑儿讲了很多吕杰情况。

"这些情况你们怎么知道的!他的事迹我还没有详细介绍呢。"申雨梦不明白几位姐妹为什么比自己还了解吕杰。

"我们能不知道吗,这些话你不知在我们面前重复多少遍了,现在整个地球人都知道了,我们一个钻机的姐妹能不知道吗。不过见了真人才知道,吕杰同志长相,比你讲得还帅!"几位姑娘回答了雨梦。

"哧"的一声,申雨梦不好意思地笑了。

"好吧,你们还想知道点什么,他是我哥哥,比我亲哥哥待我还亲,有些事让我哥哥亲自给你们讲吧!"申雨梦把吕杰推向了前台。

"知道了,他是你亲哥哥,我们不会把他从你身边抢走的。"几位姑娘的话逗得大家笑了起来。

后面陆续又开来几辆汽车。

"雨梦,你看,老贫农、莫春云还有刘开河师傅他们都来了,这会儿我们第一天到指挥部报到五湖四海的兄弟姐妹都到齐了。"吕杰用手指着刚从那台车下来的一行人。

"你们早啊。"

"你不是更早嘛!"

吕杰、雨梦、老贫农、莫春云像久别的亲人一样相互问候对方的情况手拉着手走入了会场。

铁矿会战动员大会开始了。

会场上坐满了人,整个矿区能来的职工都到了,到会的足足有一千多职工。

前排的主席台上坐着指挥部的领导,指挥部的指挥长、副指挥长、指挥部党委书记等。

会议由刘书记主持,刘书记操着一副浓重的湖南口音宣布,铁矿会战动员大会现在开始,全体起立,大会奏《东方红》歌曲。歌曲完毕会议进行第二项,由铁矿会战指挥部指挥长进行会战动员,宣读向党中央、国务院、地矿部报喜函。

刘书记的话音刚落,会场上响起了一片热烈的掌声。

"同志们,参加铁矿会战的全体职工大家好,大家辛苦了!"坐在主席台中央的指挥长坐姿端正,穿一身标准的军便装,清了清嗓子首先向大家问好。

指挥长姓陈,名仲元,出生吉林浑江。"仲元"二字,含义深刻,看名字就不是一个普通人。在家中排行老二,学问第一。1946年初中毕业投身革命工作,1948年加入中国共产党。1946年国民党进攻吉林通化时,参加了辽宁省委长白山工作团。辽沈战役后,随工作团南下中原参加土改,是从革命战争中走出来的老干部。他随着解放军南下工作队,一路来到祖国的大西北,并在此脱下军装从事地质工作,组建地质勘探队,从事祖国的地矿事业。先后指挥了云南大红山铁矿会战、四川攀枝花铁矿会战,工作既有能力,又有魄力,是一位地质战线上久经考验的革命老干部。因他有南下中原的革命经历,大家都习惯叫他陈中原。

"今天,我们参加铁矿会战的队伍,已经陆续从祖国各地来到矿区,搬迁工作胜利结束,会战的物质装备全部到位,一切准备工作基本就绪。现在我宣布,红云滩铁矿会战全面开始,并预祝铁矿会战取得伟大的胜利!"

陈仲元,面容和善,讲话声音洪亮,掷地有声,还保持着军人的气质。

话音一落,会场上爆发了一阵热烈的掌声!

陈指挥长的开场白受到大家的欢迎。

"同志们,大家都知道,此次铁矿会战是国务院亲自批准的一个国家级项目。四届人大提出的为实现四个现代化十年内建设十个鞍钢式钢铁企业,十个大庆式

两个两万五

石油企业,钢产量由两千万吨增加到年产八千万吨,让国民经济总产值翻一番。我们的任务非常光荣,我们任务非常伟大,我们能有机会参加祖国的铁矿会战这一伟大工程,在边疆之地找到一个世界级的超一流大铁矿感到自豪。"

陈指挥长传达了地矿部关于铁矿会战的文件精神,下面坐的职工听得非常认真。

"四化建设,地质先行,一马挡道万马不能通行。我们十几亿人口的国家,钢产量只有年产两千万吨,搞四个现代化,造汽车、造飞机、修铁路、盖楼房、建造航空母舰等都离不开钢铁。搞四个现代化,没有钢铁不行,炼钢企业没有矿石不行,我们今天的铁矿会战就是找出大铁矿,开采铁矿石为四个现代化服务。我们今天的会战是实现四个现代化的伟大事业,我们的事业一定会取得伟大胜利!"

陈指挥长从实现四个现代化建设的高度讲了铁矿会战的伟大意义,他高瞻远瞩的演讲使大家大开了眼界。

"我们的前期工作已经展开,并已取得积极地质成果,下面我代表红云滩铁矿会战指挥部,代表红云滩参加会战的全体职工向国务院、向地矿部致报喜电!"陈指挥长开始了进入会议的主题,向大会读报喜电:

党中央、国务院、地质部:

在伟大领袖毛主席的英明领导下,在毛泽东思想的光辉照耀下,经国务院批准的铁矿会战拉开了序幕,这次会战是党中央、毛主席对我们地质职工的关怀和爱护,是国务院地矿部领导对我们的信任,是毛泽东思想的伟大胜利,是毛主席革命路线的伟大胜利!

我们一千多名地质健儿,积极响应党中央的号召,从云南红山基地千里迢迢转战到新疆戈壁,进行铁矿会战。同志们克服了风沙、烈日、缺水、环境恶劣等等困难,发扬了大庆式企业"与天斗其乐无穷;与地斗其乐无穷,与人斗其乐无穷"的大无畏革命精神,今年五月份队伍开始搬家,当月搬迁,当月开钻,当月出地质成果。到六月底,已完成钻探井两口,钻探进尺一千二百米,第一口钻井在五十米处，钻出优质铁矿。矿层累计厚度40多米，含铁品位在百分之五十以上，是一个优质铁矿矿体，特此向国务院、地矿部报喜！

今后，我们红云滩会战指挥部全体职工，在党中央毛主席的领导下，一定再接再厉，发扬一不怕苦二不怕死的革命精神，勇往直前，把毛主席的教导变成革命行动，全面开展红云滩铁矿会战，争取三年内完成红云滩铁矿会战任务，提交铁矿储量1亿吨以上。

请党中央、国务院、地矿部领导放心！

我们的目标一定能够达到，胜利永远属于忠于毛主席革命路线的地质工人。

东疆铁矿会战指挥部
一九七六年六月二十八日

陈指挥长做了铁矿会战动员，并宣读了会战指挥部给党中央、国务院、地矿部的报喜函。看得出沈总指挥的动员给大家鼓了满满一把劲，把职工热情的发条上得紧紧的。

"师傅，你说我们的会战真是华总理提议毛主席批准的吗？"坐在下面的申雨梦用手碰了碰坐在身边的师傅。

"那还能有假吗，你没听陈指挥长传达的文件吗，那文件上白纸黑字，上面还盖着国务院的大红印章呢！"师傅说的活灵活现，隔着十八丈远距离好像他亲自看了文件一样。

"啊，我们今天的工作毛主席他人家都知道，真了不起。我们真得好好干，干出一番成绩来，报答毛主席他老人家！"申雨梦真的动了感情，激动地流下眼泪来。

"下面请肖副指挥长布置指挥部今年的工作任务。"主持会议的刘书记开始会议的第二议程。

刘书记把话筒移到肖副指挥长面前。肖副指挥长坐在陈指挥长的旁边，他四十多岁身材消瘦，没有指挥长高大。

阿霞姐妹

"同志们,我们红云滩会战指挥部今年的工作任务是,十五台钻机同时启用,年钻探任务两万五千米,会战指挥部基地建设同步进行,年基建面积两万五千平方米。"

哎呀,这事这么巧吗,数字都是两万五,钻探进尺两万五千米,基建面积两万五千平方米。这是个吉祥的数字,我们革命的老红军两万五千里长征,夺取了革命胜利建立了新中国,我们完成两万五找出一个大铁矿。

"会战工作苦不苦,想想红军两万五,会战工作累不累,想想革命老前辈。同志们,大家对完成今年的任务有没有信心?"肖副指挥长大声地问道。

"有!"

"坚决完成上级交给的工作任务!"宣传科的干事带头呼喊革命口号。

阿霞姐妹

指挥部进来了上百台新设备,好家伙这些设备、车辆整整齐齐摆放了一院子。这些车子在部队足足可以装备一个汽车团,汽车队一下子热闹起来了。

车多人少,董耀祖和刘开河这批复转军人成了车队的技术骨干,人事科又从新职工中挑选一批优秀青年补充到汽车队跟车学习驾驶技术。

董耀祖开了一台崭新的解放牌汽车,长春汽车制造厂制造,并负责培养一个新徒弟。以老带新培养汽车驾驶员,借窝下蛋,以蛋孵鸡,在部队就是这样做的,对于这样的安排,这批技术过硬的复员军人已是驾轻就熟。

阿霞分到董耀祖的车上,成了董耀祖的第一个徒弟。给董师傅当徒弟,阿霞甭提有多高兴了,自从汽车队召开欢迎新战友大会,在会上见到董师傅后,阿霞一直被这位复员军人的气质所折服,回到家里见人就说,我们董师傅要才有才,要貌有貌,一米八几的个头,八年的军人经历,熟练的汽车驾驶技术,哪一样也够自己学习一阵子。

自从当上了董耀祖的徒弟,阿霞就像嘴上抹了蜂蜜一样甜甜的。每天和董师傅一起出车,学习汽车驾驶技术,早出晚归形影不离。董师傅一遍一遍讲解汽车构造原理,手把手地教她驾驶操作,阿霞心领神会进步很快。

"阿霞,你下班回家吧,我把车子洗一下就收车。"董耀祖把车开到小河边清洗车辆,让阿霞先下班。

董耀祖在部队是五好驾驶标兵,收车后洗车是董耀祖在部队多年养成的好习惯,八年来董耀祖不管任务多么艰巨,时间多么紧迫,一直坚持每天清洗保养车辆的好习惯。

"那怎么能行,师傅不下班徒弟哪能先走呢!再说洗车擦车的活都应是徒弟做的事,哪能由师傅一个人干!"阿霞谢绝了董耀祖的好意。

阿霞脱掉鞋子挽起裤腿跳进水沟里,提来水递给了董耀祖,一桶清水冲到汽车上,然后将清洗好抹布递给师傅。

"师傅,请用这块干净抹布,这样才能擦洗干净。"说着又把一块抹布递过来。一会儿工夫整个车子从驾驶室到底盘都冲洗一遍,董耀祖接过阿霞递上的半干抹布,擦去挡风玻璃的水珠。

"师傅,啥时间把师母接来。"阿霞一边和师傅擦车,一边关心师傅的私人生活来。

"师母?"董耀祖听了阿霞的话迟疑了一下。

"现在不是铁矿会战条件有限嘛,没有基地没有房子吃住都不方便,接师母过来干啥!"董耀祖接过阿霞的话头。

"有的师傅已把家属接来,没有房子也可以到村里找间民房借住一段时间,全家团圆总比夫妻两地分居强。"阿霞给师傅出主意。

对于阿霞的提议,董耀祖心知肚明但他已有自己的想法。

"阿霞,其实不瞒你说,我现在还未结婚,师母还在丈母娘家没有出世呢!"董耀祖说着脸红了,阿霞没有注意董耀祖此时的表情。

说心里话,阿霞一千个一万个不相信师傅没有对象,像师傅这样的优秀军人世上少有的帅哥,汽车兵共产党员复员军人政治上可靠,身上背着三块钢板到处叮当

阿霞姐妹

响,二十多岁年纪,风华正茂哪能没有对象没有结婚,在这个世上恐怕追求师傅的女孩子不要说有一个排,一个班还是有的。

"师傅你的择偶条件是不是太高了,对象也找得太挑剔了吧……"阿霞不相信董耀祖刚才的解释,一口气说了一大堆理由。

"不是我找对象挑剔,我当兵的第三年回去探亲,父亲托人给我介绍了一位姑娘,姑娘的条件要求不高。那个姑娘一米五几的个子,脸上长了两个大瘊子像个母夜叉,我当时一见面就吓了一大跳,站起来就跑了。"

"解放军同志好,又会开汽车,我愿意,明天跟你走都可以。不过嘛,明年你给我爹寄点钱把我家那孔窑洞修一修。"那位姑娘倒也开门见山,心里想着给家里修间窑洞。

"哈哈哈……师傅你不要骗我吧。现在的时代,哪有这样的婚事。"阿霞笑得前仰后弓嘴都笑歪了。

"这事信不信由你,我们家乡穷山恶水,条件不好,兄弟们又多,谁家的好姑娘肯嫁给我,从那以后我再也没有谈过对象。阿霞,目前我还是一个人吃饱全家不饿的光棍一条,不信你查查档案去。"董耀祖说话的态度很认真。

"有就是有,没有就是没有,我随便问问就是了,还用去查档案吗!再说,我们指挥部什么都缺,就是不缺姑娘,参加会战的湖南妹子有的是,我帮你选一个年轻漂亮的就是了。"阿霞愿意给董师傅帮忙牵线。

对于阿霞的关心,董耀祖心里有说不出的高兴。

"阿霞,谢谢你了。有这样的好事,我第一个请你吃喜糖喝喜酒。条件嘛,像你这样身材和文化的就可以了。"董耀祖把话说得情真意切,说完朝着阿霞神秘地笑了笑。

阿霞和师傅在引擎盖上一边擦洗一边说笑,爽朗的笑声传得很远很远。

"阿霞,我都找你半天了,原来你在这儿。"方祥从后面走来火急火燎地说。

"方祥,你找我有事吗?你没看见我和师傅在洗车,工作还没有干完呢!"对于方祥的出现阿霞有点心不在焉。

"我今天找你,其实也没有什么大事,几天没见怪想你的。上星期妈妈买了只土鸡炖好,请你去家里吃饭你没去,今晚指挥部放电影,是反战故事片《永不消逝的电波》,电影里讲的是革命前辈的爱情故事,故事情节生动曲折,我们一起去看好吧。"方祥说出了找阿霞的原因。

"你没看见我刚刚学车,又学理论知识又要实践操作,整天忙都忙不过来,哪还有工夫去看电影,要看你自己去看吧,我就不奉陪了。"阿霞回绝了方祥看电影的邀请。

"请你吃饭你没时间,请你看电影也没有工夫,那你什么时候才有空!工作要干,自己的事情也要做,工作生活两不误才行。伟大领袖毛主席不是说过不会休息就不会工作吗,今后你应改一改。"方祥不满意阿霞刚才的态度,搬出了领袖的话想说服阿霞。

"阿霞,你先回去吧,这里的活儿也快干完了,剩下的事情我自己干,明天见!"董耀祖劝阿霞跟方祥一起回去。

方祥和阿霞都是地质队的子女,从小在地质队一起长大,初中、高中时的同班同学,高中毕业后一起被招到红箭地质队工作。方祥为人忠厚工作积极,阿霞为人大方待人热情,方祥和阿霞两人从小青梅竹马情投意合,两家老人又是故交,要不是铁矿会战时间急迫,很快就准备结婚了。

"个人的事再大也是小事,工作没完成我能回去休息嘛。"阿霞谢绝了师傅的劝说坚持留了下来。

师徒有说有笑地洗完车,把车开到停车场停好。

东方地平线上出现一片红霞,新的一天开始了。董耀祖和阿霞接受了新任务,把一车物资送到分队。阿霞很高兴,今天是跟师傅第一次出远门,执行出车任务。

阿霞坐在副驾驶的座位上,紧靠在师傅的身边,全神贯注地观察师傅的操作动作。

"阿霞,注意观察前方路面,根据路面情况适时减速换挡。"董耀祖一遍一遍叮嘱着。

阿霞姐妹

前面一条笔直的大道,大道两边白杨树林立,路上少有行车和行人。董耀祖把车由四挡推到五挡,然后再由五挡退到四挡,一次次变化着这个动作。忽然董耀祖手一滑,四挡的排挡杆没有摸到,却摸在了阿霞的大腿根部。

"师傅,坨在这里,你摸错位置了。"阿霞开始没有在意师傅的动作,以为师傅动作失误,后来看到师傅老停留在自己腿上,心里明白了,这才抓住师傅的手移向了排挡杆上的坨。

"啊,是吗,怎么能搞错位置呢,排挡不是在这个位置上。"董耀祖紧张地找借口搪塞了一下阿霞。

"排挡杆位置没变,你的动作变了。师傅以前开车可不是这样啊,今天怎么思想抛锚了!"阿霞进一步的追问师傅变化。

"阿霞,实在对不起,今天神经错乱,手也不听指挥动作不到位,请原谅。"董耀祖编出一句假话应付阿霞姑娘。

阿霞心里明白,师傅刚才的行为,心里想的和实际说的根本就不是一回事。自己跟车几个月,从师父看人的眼神表情,阿霞都能感觉出来师傅喜欢自己,心里爱着自己,只是师傅嘴里不说罢了,今天一定让他把这层窗户纸捅开自己讲出来。

"行动靠大脑来支配的。今天,你不是动作出了问题,而是大脑出了问题,对吗?师傅有啥事,说出来看看,让徒弟给你解决解决!"阿霞面带笑容不紧不慢地说。

"开车时要集中注意力,才能及时判断问题处理问题,大脑出了问题那要坏事的,行车还能保证安全嘛。我在部队开了八年车,年年都是五好汽车标兵,连这个普通道理还不明白。"董耀祖给阿霞讲了一通开车的道理来掩饰自己刚才的行为。

"师傅啊,其实你不说我也明白,你不是在找坨,而是有其他的用意,抚摸是一种爱的表示,对一个姑娘来说,有的地方能摸,有的地方不能摸,另外最主要的还要看看姑娘有没有感觉,同意不同意才行!"阿霞的宽容大方,解去了董耀祖刚才的尴尬。

"这么说你同意了。"董耀祖手握方向盘,扭脸毫不掩饰地注视着阿霞,目光极具穿透力,阿霞则很大方地迎上了董耀祖的投来目光,没有丝毫的怯意,她漂亮的脸颊带着柔和的微笑,一对酒窝在面颊两旁时隐时现,显得很妩媚。

"嘎"的传出一阵汽车轮胎和地面接触的摩擦声,董耀祖踩个急刹车,把车子停靠在路边。大道上静悄悄的没有车辆和行人,只有树上的几只小鸟叽叽喳喳叫个不停。

"阿霞,我喜欢你。"车子停稳后,董耀祖和阿霞在树荫下像一对真正的恋人在驾驶室里并肩而坐,董耀祖不停地说笑,阿霞专心地听着,眼中闪着水波……

"姐姐,最近不见姐夫到家里来,你和方祥闹意见了。"妹妹肖燕关心起姐姐的事来。

肖燕是肖霞的亲妹妹,年龄比肖霞小一岁,身材长得比肖霞胖,一米六几的个头,肖燕自小聪明,上学早,和阿霞一同上学一同毕业,同一年参加工作。现在和方祥同在地质科上班,姐姐和方祥的恋爱的事,时不时掺和点自己的意见。

"方祥,啥时间吃你和姐姐的喜糖,喊你姐夫啊!"肖燕工作之余不时地和方祥开起玩笑。

"这事吗,你姐不急你急什么!基地房子一建好,我们就申请结婚办喜事,喜糖包你吃个够,到时间喊姐夫也不迟。"方祥已对婚事有了时间安排。

"怎么能不着急呢,你是装作清楚犯糊涂,地质队本来就狼多肉少,男女搭配比例失调,一下子又涌来那么多复转军人,个个都是风华正茂,女孩子更金贵,男女竞争得更厉害了,说不定哪天姐姐会被别人抢走的,到时候你后悔都来不及!"肖燕和未婚姐夫讲话从来都不掖着藏着。

"是你的谁也抢不走,不是你的保也保不住。婚姻的事就看你姐姐自己了,我就不相信我们三年的恋爱关系还经受不住复转军人这点考验。"方祥对和阿霞的关系很自信。

事情也有变化的时候。

自从阿霞跟了董耀祖师傅学车以来,方祥几次热情的邀请都遭到阿霞的拒绝,方祥心里有一种难言的滋味。生活中的事不是那么简单,不是在不在一起吃顿饭,

阿霞姐妹

也不是在不在一起看场电影聊聊天,最近阿霞说的话都让方祥难以接受,雨不大湿衣裳,话不多伤心啊。

"妹妹,我最近心里闷得慌,不知为什么见了方祥有点烦,总是不想看见他。"夜深人静时阿霞对肖燕说出了近来心中的困惑。

"姐姐,你不是又有心上人了吧,一个女孩子只有这样心里才会有这样的感觉。"肖燕一下点破了姐姐心中的秘密。

"哪有的事情,这样的话不要胡说!"阿霞批评了妹妹肖燕。

"这是胡说么,你们的事我都看出来了,你看中你们董师傅了,他是复转军人共产党员,一米八几的个子人又长得帅……"肖燕一口气揭出了姐姐的心中好多秘密。

"咴"的一声阿霞笑了。

"看上了你就大胆去追求,错过了机会我就不客气了,我还没有对象呢,姐姐到时候你别后悔!"肖燕给姐姐出主意。

"你有魅力你去追,追上了算你有本事,都是一家人,跟谁都一样,我后悔什么。"阿霞回应了妹妹肖燕一句。

"姐姐,还是你先来吧,啥事情都有个先来后到,看上了就抓紧时间趁热打铁快刀斩乱麻把事情办掉。"肖燕催着姐姐。

"妹妹,这样做好吗?方祥那里怎么办,爸爸妈妈又怎么解释!"阿霞还是有些犹豫不决。

"有什么不好办的,人往高处走,水往低处流。都什么年代了还思想这么封建。市场上买菜还要挑选呢,不怕不识货,就怕货比货。姑娘谈对象更要选择,选择多了做出对比才能组成更合适的家庭!"肖燕的话句句打动阿霞,说到阿霞的心窝里,阿霞点点头。

"好,哪天我把董耀祖领来给爸爸妈妈看看,征求一下二位老人的意见!"姐妹二人高兴地说着笑着谈了很晚才入睡。

初露头角

吕杰去指挥部参加安全设备会，讨论一台车辆事故的责任问题。

刘开河的车出事故了，一台崭新的车刚刚跑了一万多公里发动机就报废了，这件事在指挥部会战以来还是件新闻，几天的时间指挥部都传开了。吕杰早已耳闻，只是不知道刘开河的汽车发动机报废的原因，是一般性机械事故还是人为的责任事故。

机械事故吧，新车刚接来几个月，已过了发动机磨合期，车辆行驶一万公里，正是发动机动力最好时候，哪能出机械事故呢。

要是责任事故吧，刘开河是复员军人，有六年的驾驶车龄，翻天山过昆仑，什么情况没有见过，平时责任心强，爱护车辆驾驶技术过硬，一般问题都能解决，不可能出现操作不当的错误。

会议室里坐满了人，会议由车队长主持。指挥部管理设备的负责人、汽车队的领导、安全部门的负责人、车辆事故当事人，吕杰算是修理的代表参加会议，吕杰在会议室一个不显眼的角落里找个座位坐下。

会场上气氛严肃，大家都明白今天的会议内容是怎么回事。

"A-00434号车在前几天出事了，发动机大小瓦、偏心瓦、曲轴和活塞环等部件全部烧毁，整个发动机报废，造成严重责任事故。这次事故是我们铁矿会战以来发生的第一起设备事故，在政治上影响极坏，指挥部领导对此非常重视，指示我们要严肃处理。今天我们要按照会战指挥部对事故'四不放过'的原则要求，认真查出发生事故的真正原因，惩罚事故责任人，调查结果上报会战指挥部进行严肃处理。"车队长作了会议的开场白，并定了会议的基本方向。

"下面，请此次事故的当事人刘开河和技术员董耀祖介绍车辆事故经过，要做出深刻检讨。"会议开始进入正题。

"各位领导、各位同事，我驾驶的新A-00434号车发动机报废，给国家的财产造

初露头角

成损失,同时也影响了会战任务的完成,我感到非常痛心,请大家谅解!"刘开河站起来开始做事故检讨。

"当时的情况是这样。"刘开河师傅开始讲述那天出车的情况。

"九月十日,我驾驶A-00434号车和技术员董耀祖驾驶的车子一同往矿区运送货物,我的车子走在前面,当车子行驶到干沟顶上时,突然发动机熄火了,再用马达启动,几次启动没有成功,我忙下车检查时,技术员董耀祖驾车赶到,把车子停到我的车子前面。"刘开河介绍着那天的情况。

"刘师傅,车子怎么了?"技术员董耀祖停下车来到刘开河跟前问。

"发动机出了问题,就是发不了车。"刘师傅回答说。

"你把曲轴摇一摇,我来帮你找找车的问题。"技术员很内行,一下子点到问题的关键部位。

刘开河用摇把子摇动曲轴,分电盘上的分火头一动不动。

"别摇了,你的发动机正时齿轮打掉了。"技术员董耀祖把车子的问题找到了。

当时车子正在干沟顶上,天渐渐地暗了下来,山上天气寒冷,报指挥部修理,没有通信工具无法通知,自己修理天已黑了什么也看不到。

"刘师傅,这里不能停留,把车拖下山去修理。"技术员董耀祖和刘开河师傅商量。

"下山五十里才有汽车修理厂,下山的路都是下坡路转弯又多,用钢丝绳软拖不安全,会不会出事故呢。"刘开河想到下山拖车的安全问题。

"不要怕,挂上挡让气泵打气,车子有气压刹车安全没问题。"技术员董耀祖对此很自信。

刘开河不免还是有些担心。

"不要犹豫了,山顶上没水没饭天气又冷,赶快将车子拖下山修理,安全出了问题我负责。"董耀祖拿出钢丝绳拴在自己的拖车钩上,干脆利落挂在刘开河汽车的前挂钩上,刘开河挂上挡,董耀祖拖着刘开河的车子缓慢地向山下驶去,行驶了两个多小时,拖到了山下修理店,闻到一股焦煳味,不知什么原因刘师傅车子的发动机烧毁了。刘开河始终弄不明白,车子发动机好端端的,机器不缺机油不缺水,怎么会烧掉呢!

"为了保证汽车下山行驶安全,保证有足够气压刹车,是我让刘开河挂上挡拖下山的,拖车前我检查过机油和水,这两样液面高度都正常。"董耀祖站起来补充那天拖车情况,具体问题请大家分析指出。

"这是什么检讨,得过且过推脱责任,发生这么大的设备事故,没有从思想上找自己的原因,触及自己的灵魂,只是敷衍了事,简单地强调客观情况,没有触及自己思想根源承认错误,这个检讨要重新做,要从政治上找事故原因。"林金华站起来一顿狠狠地批评,矛头直指刘开河和董耀祖。

林金华也是一位复转军人汽车修理工,平时讲话三句话不离政治,对政治问题很敏感。

"这么好的车子开成这个样子,直接影响党中央的战略部署,影响红云滩铁矿会战任务的完成,这是一个非常严肃的政治问题,要受到应有的纪律处分。"车队政工干事把这事拉到政治的高度。

"车子缺油缺水机器烧了我负责,我的车子不缺机油不缺水,我有什么政治问题,我是转业军人、共产党员,在部队多年的五好汽车驾驶员,祖辈三代都是贫下中农,对毛主席有深厚的感情,不信你们查查去。"说着刘开河腾地站了起来。

"挂挡拖车是我出的主意,主要是从安全角度出发,不关刘开河的事。"董耀祖对有些人上纲上线不满意。

"责任问题就是政治问题,犯了错误态度又不端正,我看应上报指挥部进行严肃处理。"林金华对这个问题不依不饶。

会场上气氛严肃起来,两种意见僵持不下。一种要处分,一种不服气。

吕杰坐在后排认真地听,不断地在笔记本上记录点什么。

"吕杰,你是汽车修理负责人,你从修理技术的角度分析一下事故的原因吧。"主持会议的车队长点了吕杰的名。

"各位领导,大家都是车队的前辈,或是部队下来的技术骨干,论军龄、驾龄都

初露头角

比我的时间长,技术都比我好。我怕讲不好,影响大家对事故的判断。"吕杰借故推辞。

"你还没讲,怎么就知道讲不好呢,专业的东西还是专业人员说了算,不管个人资历如何。"车队长给吕杰鼓励。

"刚才听了几位车队前辈的发言和当事人对事故的介绍,我想了很多。会前我也看过解剖的发动机,我刚刚想通了这件事。这次事故问题就出在挂挡拖车上,我的看法是谁决定挂挡拖车这次事故谁负责。"

行家一出口便知有没,大家谁没有想到吕杰讲出这样一番话。会场上骚动起来,大家你看看我,我瞅瞅你,不知吕杰葫芦里到底卖的什么药!

"我出的主意有什么错!挂挡拖车发动机旋转才能保证汽车有气压,有气压才能有刹车,有刹车才能保证拖车下山的安全,这是个好主意车队领导应当表扬我才是。"董耀祖站起来反驳吕杰提出的看法。

"让吕杰把话讲完,有不同的看法等待别人讲完再说也不迟嘛!事情越辩越明,吕杰你继续讲。"车队领导阻止了董耀祖的发言。

"今天会议上有的人强调政治态度,光讲政治态度能找出事故原因吗?有的人则强调机器的客观情况,一个发动机有油和水,机器就可以不烧吗?我们要全面看问题,偏离哪个方面都不行。我们要从政治的高度来看问题,从汽车发动机的构造原理去分析事故,才能找出事故真正原因,我说的挂挡拖车是烧坏机器主要原因就是这个道理。"吕杰说完拿出一张自己画的汽车发动机解剖图,来到会议室的正前方,把图挂在正前方的墙壁上,吕杰看来已做好了充分的思想准备。

"曲轴皮带轮带动水泵、气泵和发电机,挂挡拖车传动轴带动发动机曲轴旋转,曲轴皮带轮带动打气泵进行工作,气泵的足够气压保证汽车刹车。这样拖车安全问题解决了,但是你们却忽视了一个问题,一个非常重要的问题!"吕杰指着墙上的挂图继续分析着汽车发动机出事故的原因。

"一个什么重要问题?"大家急着听吕杰下面的分解。

"这个问题,就是曲轴齿轮带动偏心齿轮,偏心齿轮带动机油泵齿轮,机油泵泵出的机油润滑各摩擦部位,现在偏心齿轮打掉了,机油泵齿轮不工作,机油泵不工作了,润滑油不能润滑各部位,在曲轴每分钟1800转的旋转下,发动机没有机油润滑、散热,发动机各部位能不烧坏吗？所以我说发动机烧坏是挂挡拖车的结果,谁出的主意谁负责。我的分析仅供领导参考,不对的地方可以批评指正。"吕杰一手指着挂图,一口气讲完了自己对事故的分析和事故责任划分。参加会议的人都震惊了,开会的代表完全赞同吕杰进行的事故分析,称赞吕杰对于汽车结构的了解,真是个汽车修理的行家里手。

"嗨,当时我们急糊涂了,怎么就没有想到这些,只想到把车安全拖下山去,没想到发动机润滑问题。谢谢你对事故的分析,要不然我们背了事故处分,还不清楚问题出在哪里呢。这件事我负责,愿意接受组织的任何处理。"一向高傲自居董耀祖今天真是心服口服,对吕杰佩服得五体投地。

"技术问题也是政治问题,没有技术就不要开车,到基建队盖房子去,崭新的汽车设备交到你们手里糟蹋了,两个人都有责任应当处理!"林金华还是坚持要对当事人进行处罚。

"大家都不要争了,发动机事故原因弄清了,按照事故的实际情况如实上报指挥部,由上级进行酌情处理。"车队领导宣布会议结果。

这次技术鉴定会后,吕杰成了汽车队的名人,会战指挥部点名调吕杰到前线指挥部负责后勤工作,那是后话。

师傅不要乱来

"师傅,最近一段时间你怎么了,像个蔫茄子似的,以前的精神头哪里去了!"阿霞发现师傅最近的一些情绪变化。

平时董耀祖能说会道,无论讲汽车技术,还是介绍行车经验,都是一套连一套的,说到幽默处,逗得阿霞合不拢嘴,每天上班车子擦得干干净净的,第一个赶到车场调度室。

师傅不要乱来

"怎么了？还不是因为上次为刘开河拖车出了烧发动机的事故,好事没做成,反弄了一身臊。"董耀祖毫不隐瞒地对阿霞道出了自己心中的不快。

那次执行任务,师傅没带自己出车,途中师傅帮刘师傅拖车,结果刘师傅的发动机烧毁了,这件事车队人人都知道,但没想到责任追查到师傅头上啦。

"车子是刘师傅的,发动机烧坏是刘师傅的责任关你什么事,你不就是帮刘师傅出出主意,帮助拖车吗!"阿霞对师傅承担责任打抱不平。

"现在问题就出在挂挡拖车的主意上,因为这个主意解决了车子下山的安全问题,忽视了发动机的润滑问题,导致了发动机烧毁。"董耀祖把那天会议上的争论和会议上吕杰的分析一五一十地讲给阿霞听。

"事情还没有完,有的同志借题发挥,对这件事抓住不放,提出要给我们行政处分的,改变我们的工作。现在事故报告已经打到指挥部去了,还不知指挥部要给我什么处分呢!"董耀祖对自己的前途感到茫然。

"师傅,看把你吓的,这算什么大事呢,又没有出翻车事故人命事故,不就是发动机损坏吗,让修理车间修一下就行了,要不更换一台新的发动机装上就可以了。"阿霞把这件事看得很简单。

"事情哪能像你说的那样简单,我刚来红云滩参加会战,各级领导这么信任我,又让我代表复转军人上台发言,自己又是共产党员,前几天刚提升为车队技术员,还没有做出成绩就背了行政处分,那多丢人啊!"董耀祖猜想着指挥部可能给自己的处理决定,心里没有一点底。

阿霞偷偷地笑了。

"师傅,要不你明天到我家去一趟,找我爸谈谈,说不定我爸能帮你的。"阿霞为师父出了主意。

"找你爸,这样行吗?"董耀祖对阿霞的话半信半疑。

"行不行,去了你就知道了。"阿霞鼓励师傅到家里去一趟见见爸爸。

董耀祖半信半疑。

晚饭后,董耀祖来到了阿霞家。推开了阿霞家的门走了进去,正屋的客厅里坐着一位四十岁左右的中年干部正在看报纸,看到董耀祖进来,忙放下手中的报纸热情打招呼。

"是小董嘛,快进来,快进来。"

这位干部指着茶几旁的沙发说:"请坐！请坐！"看样子他对董耀祖并不陌生,对董耀祖的到来已有了思想准备。

"叔叔好,阿姨好！"董耀祖进屋先对阿霞的父母逐个问个好,然后才坐下。

董耀祖抬头一看愣住了,眼前坐的干部不就是铁矿会战指挥部的肖副指挥长嘛。他不会认错了,自己开车去指挥部送货几次见过这位大领导,阿霞的父亲就是肖副指挥长,阿霞跟自己学车几个月可从来都没有提起过这件事,也没有谈到过有个副指挥长的父亲,董耀祖又惊奇又高兴。

"小董,你们车队发生的事我已经知道了,你不要背什么思想包袱,要振作精神大胆工作！"肖副指挥长对董耀祖谈话倒是开门见山。

"你们这批复员军人,是我们红云滩铁矿会战的骨干力量,个个都是好样的,你又是这批骨干中的佼佼者,有技术、有口才、有魄力,又有行车经验,好好锻炼一下将来很有发展前途。"阿霞的父亲对这批复转军人赞扬了一番,并肯定了前一阶段董耀祖的工作成绩。

董耀祖高兴了,他没想到肖副指挥长对车队的情况了解得这么详细,对复转军人评价这样高,看样子领导就是领导。

肖副指挥长讲:"关于你们车队发生的发动机事故,我看是一个技术问题,不是人为的责任问题,不要再追究了。技术问题可以提高,回去好好总结经验教训,振作精神,我马上给车队领导打电话讲一下就行了。"肖副指挥长一番话给董耀祖吃了一颗定心丸,董耀祖悬了多天的心总算落了下来。

"谢谢叔叔、阿姨,谢谢指挥长的关怀。"董耀祖非常恭敬地道谢。

"不要客气,回去好好工作大胆管理,协助车队领导管好车辆,为红云滩铁矿会战做出贡献。有时间帮帮阿霞,她刚出校门什么都不懂。"听得出来指挥长把阿霞托付给了董耀祖的意思。

董耀祖像是做了一场梦,自己来时还忧心忡忡。自己怎么进的阿霞家的门,又是从阿霞家怎么出来的都记不清楚了,董耀祖的信心像充了气的皮球一样又鼓了起来。他告别了肖副指挥长,高高兴兴离开了阿霞家回到车队。

几天后,铁矿会战指挥部下了一个新的任命。

为了加强汽车队领导班子,任名董耀祖为红箭地质队汽车队副队长,主管车辆技术工作。

董耀祖成了车队新领导。他像做了一场梦,对于这个新任命有的人感到突然,刚刚还在讨论给记过处分呢,忽然之间反倒升官了,但也在有些人的预料之中,只是不愿意说破罢了!

谁是第三者

"董队长有人找你。"董耀祖刚刚开完车队例行生产周会走出会议室,就听到一个驾驶员的喊声。

"谁在找我,请他到我办公室来!"董队长回头问了一句。

"是个漂亮的姑娘,以前我们没见过,我让他到办公室她不来,说就在宿舍门口等你,见了你就知道了。"驾驶员简单描绘了来人的外貌情况。

"啊,还是个姑娘,红云滩漂亮的姑娘多得像维吾尔族姑娘的小辫子一抓一把,不知道是哪位到了,是钻探分队的姑娘,还是三八分队的美女,今天算是走桃花运了。"董耀祖安排完手头的工作这才向宿舍走去。

穿过两条马路越过一栋平房,一会儿工夫就到了职工宿舍,宿舍的走廊里站着一位姑娘,衣服穿着时髦,一身短裙套装十分得体,一米六几的个头,白皙的脸蛋上飘着两朵红云,一条乌黑的马尾辫子甩在脑后,棕色的皮包斜跨在身上。

那位姑娘见到董耀祖的到来,立马迎了上来,热情地打招呼。

"耀祖,可想死我了,今天可见到你了,你好吗?"

"怎么是你呀,我不是给你说过现在工作忙得很,你暂时不要过来吗?"董耀祖见到姑娘的一刹那,神情一阵紧张。说着忙掏出钥匙打开宿舍的门,把姑娘让进自己的屋里,然后随手关上了门。

"耀祖,我想你了。我日日夜夜都想和你在一起,这是我给你带来你喜欢吃的东西。"说着放下手中的提包,一下子扑到董耀祖的怀里抱得紧紧的。

"我不是给你去信讲现在会战,没有房子居住,你暂时不要过来吗?年底我回去探亲我们办喜事!"董耀祖对姑娘的热情泼了一盆冷水。

"年底、年底,到年底还有几个月时间,你能等得及我可等不及。"姑娘滔滔不绝述说着思念的甜言蜜语,说着又在董耀祖的脸上亲了又亲。

"快松手。大白天的一会让别人看到了影响多不好!"说着推开姑娘的双手指了指床让姑娘坐下。

姑娘一愣,过去见面可不是这样的,每次都是急不可待,等都等不及。

"有什么影响不影响的,我才不在乎呢!自己的老婆和丈夫亲热谁还管得着,饱汉子不知饿汉子饥。"姑娘思想意识开放,没有过多的顾虑,说着就去抱董耀祖。

"看你说到哪里去了,我们现在还没结婚,没结婚能在这里做那种事情吗?"董耀祖拒绝了姑娘的要求。

"没结婚,本姑娘的禁果你不是尝过多次了。"姑娘回忆起当初董耀祖在部队时,俩人多次在家里秘密约会的时刻,卿卿我我的甜蜜,海誓山盟的语言,那洪水般的激情,一幕幕浮现在眼前。

"董耀祖,当时销魂的时刻你忘了吗?"

"越说越离谱了,这些话让我的同事听到了多不文雅,不知道的还说我的生活作风有问题呢!我刚到红云滩不久,组织上又提拔我当领导,大家会怎么看我,再这样的话我马上赶你走!"董耀祖狠狠批评了远来的客人,回避了姑娘刚才说的话题。

姑娘姓苏,叫彩云,祖籍甘肃,家住乌鲁木齐。她的家就在军区汽车团驻地不远,因和董耀祖是同乡,偶然的机会他们相识,一来二去产生好感成了恋人。

"我才不管呢,在这个世上哪个男人不讨媳妇,哪个领导不娶老婆。世上的一半是女人,世上因为有了女人生活才精彩。"苏彩云含情绵绵紧紧相依。

"咣当"一声,宿舍的门被推开了,阿霞闯了进来,一下愣在哪儿,董耀祖和那位姑娘正紧紧拥抱在一起。

"耀祖,那个女人是谁,怎么和你在一起!"阿霞看到了出乎意料的一幕,一进来便大喊大叫起来。

董耀祖和苏彩云正在缠绵,董耀祖没想到阿霞回来得那么快,见到阿霞立即慌了手脚,愣在那里不知怎么办才好!

"阿霞,你听我解释,她是我的一位远方亲戚,叫苏彩云,赶巧回家探亲路过我们这里。"还是董耀祖脑子转得快,一边编着假话,一边把苏彩云介绍给阿霞,介绍完苏彩云后又指了指阿霞给苏彩云说。

"他叫肖霞,是我的同事也是我的朋友,你们认识一下吧!"董耀祖话讲得非常坦然,就像什么事都没发生一样。

"耀祖你不要骗我,你们刚才的事我都看见了。她到底是谁,和你什么关系,亲戚也不能随便抱到怀里的啊。"阿霞不再相信师傅说的谎话,不依不饶逼着让师傅把这事讲清楚。

"我叫苏彩云,是董耀祖的妻子,家住乌鲁木齐市,我来看丈夫,你来干什么?不知羞耻的第三者,赶快给我滚开!"苏彩云听了阿霞话,理直气壮的自报了家门。

"哪来的野女人,谎称自己是董耀祖的妻子。你的眼睛瞎了,没有看看墙上挂的订婚照吗,我才是董耀祖的未婚妻,再过一个月就要办喜事,你给我快快滚出去,不然的话我就通知保卫科来抓你。"阿霞听了苏彩云的话一下子蒙了,受到极大的委屈,大喊大叫起来,屋内的声音惊动了宿舍刚下班的职工,大家都来看热闹。

"什么未婚妻,我才是他的结发妻子呢,我们已经结婚一年了,要是快的话孩子就要抱出来了,不信你问董耀祖。"董耀祖面对这两个女人的盘问一声未吭,好像什么都没有听到。

"耀祖,我说你最近一直不给我回信,原来又有了新欢,不知羞耻的东西,真不要脸!"苏彩云说起粗话来。

"你不要脸,敢来抢我的未婚夫。"阿霞大声骂道。

"你才不要脸呢,在这里勾引我的丈夫。"姑娘也不示弱。

"你们俩人都不要讲了,难道要让队上所有的人都知道才好吗!"董耀祖劝着两位姑娘。

两女人互不相让,用手指着对方越骂越厉害,一会儿两个身体扭在一起,动手撕扯起来。苏彩云身强力大,一把抓住阿霞,五个手指打上去,三下五除二,苏彩云把阿霞打得满脸血迹斑斑,阿霞掩住脸哭着跑出了门。

"你这个不要脸骚货,看我们家怎么收拾你!"阿霞边跑边丢下了一句话。

阿霞一路小跑回到家里,见到了妈妈,一把鼻涕一把泪把事情向妈妈妹妹说了一遍,委屈地趴在床上大哭起来。

不屈不挠

肖燕下班回到家里,听到姐姐的哭诉,看到姐姐满脸的伤痕,立时大怒。

"老虎不发威风,你还把我当成病猫。姐姐,看我给你出这口气,教训教训这个野女人。"说着拉起姐姐往外就走。

阿霞见妹妹给自己帮忙,立刻又来了精神。

"走,把她的衣服扒下,看她还骚情不!"

肖燕和阿霞重新回到董耀祖的宿舍,苏彩云正在床上坐着,向董耀祖发泄自己的委屈,追问董耀祖变心的事。

肖霞和肖燕推门进来,也不管三七二十一上来就奔苏彩云扑了过来。肖燕力气大,再加上姐姐的帮助,三下五除二便把苏彩云打倒在地,肖燕按住苏彩云,阿霞急忙扯住苏彩云的衣裤往下扒,不一会工夫,便把苏彩云的衣服扒个精光。

"快来看,就是这个不要脸的骚女人跑到这里撒野。"阿霞姐妹一边喊,一边对着苏彩云身子"呸"吐了两口水,然后扬长而去。

半天后,苏彩云坐起来,蹲在墙角用双手捂住脸,呜呜地哭个不止。

不屈不挠

　　好事不出门恶事行千里，两姑娘争男人的事传得很快。此事惊动了指挥部保卫科，保卫干事把董耀祖、苏彩云和阿霞叫到保卫科办公室进行调解。

　　"你叫什么名字，和董耀祖什么关系？"保卫干事首先发问。

　　"我叫苏彩云，是董耀祖的结发妻子。今天专程来队看望董耀祖，不想遭到两不要脸女人的殴打和侮辱，请领导给我做主。"苏彩云把刚才发生的事说了一遍，把责任一股脑儿推到阿霞姐妹身上。

　　"董耀祖，他是你的妻子吗？你不是在职工大会上说没有结婚嘛！"保卫干事对董耀祖的情况熟悉，特别是董耀祖刚提副队长时，指挥部领导查过董耀祖的档案，档案里明明白白地写着未婚。

　　"他不是我的妻子，以前我们只是谈过恋爱。"董耀祖一口否定了自己和苏彩云的夫妻关系。

　　"小苏同志，朋友关系和夫妻关系具有本质上的区别，你要为自己的话负责，夫妻关系要有法律文件为证，要受国家法律保护的。"保卫干事批评苏彩云刚才没有讲实话。

　　"董耀祖啊董耀祖，你怎么像个缩头乌龟，不敢承认了我们的夫妻关系。我们已经结过婚还到民政部门领取了结婚证书，不信你们看看我们的结婚证书。"苏彩云说着打开了自己的棕色挎包，从挎包里面掏出一个红色小本本，上面几个醒目金色大字"结婚证书"双手递给保卫干事。

　　阿霞在一旁看到这个本子傻眼了，气得脸青一阵红一阵。

　　保卫干事接过苏彩云递过来的结婚证书细看，里面有董耀祖和苏彩云的合影照片，结婚证书上的姑娘和苏彩云一点不错，就是这个姑娘，从结婚证书上看他们的婚姻是合法的，他们的婚姻应受法律保护，那么董耀祖为什么又一口否定呢！

　　"领导，刚才我说的没错吧！就是这个不要脸的第三者插足，破坏我们的夫妻关系，破坏我们的家庭，你们要主持正义，要对她进行严肃处理。"听了保卫干事的话，苏彩云指着阿霞对保卫科领导说。

　　"姑娘，你叫什么名字，还有其他的名字吗？"保卫干事又看了一遍结婚证书后，提出新的问题。

"我姓苏叫彩云,一九七五年十月和董耀祖结婚,没有其他的名字,难道这里还有错吗?"苏彩云对此感到很自信。

"姑娘你的名字跟结婚证上的名字不一样,这个结婚证上的姑娘好像不是这个名字,那位姑娘叫何惠,照片和你倒是很像。"保卫干事看出了结婚证存在的问题。

"照片就是我和董耀祖照的千真万确,结婚证也是我和董耀祖一起去领的,一点都没错,请领导明断。"

"照片可能是你们的,结婚证也可能是你们一起领的,那你为什么要用别人的名字弄虚作假,这到底是怎么回事要讲清楚!不能拿国家的法律当儿戏。"

"这事你要问他,董耀祖最清楚。"苏彩云听到这里见纸里包不住火,便把责任往董耀祖的身上推。

"董耀祖你的结婚证是怎么回事?如果结婚证是真实的,你就是婚外情,再和阿霞结婚就是重婚罪。如果是虚假的,那你们的结婚证是怎么来的,要如实讲清楚,否则要上报公安局接受法律制裁。"保卫干事看出了结婚证中有蹊跷。

从到保卫科办公室那刻起,董耀祖算是"鲁肃回东吴一声不吭"看看阿霞,又看看苏彩云,坐在那里一副无可奈何的样子。

保卫干事的几句问话,董耀祖几年前的事一幕幕地出现在眼前。

军人义务服役时间国家规定是三年,董耀祖已经超过了五个年头,已经是超期服役的老兵了,这批汽车兵是部队的技术骨干,虽然不能立即全部退伍,需要保留部分技术骨干,但也要新老交替,随时都有复员的可能。三年服役期过后,每个老兵都打起自己的小九九。

董耀祖他们都知道,国家对复员军人的安置政策是,原则上是从哪里来回哪里去就地安排,一般情况下不能异地安置。

董耀祖祖籍甘肃农村,那一带是荒凉的黄土地,西北有名的贫困地区,农民靠天吃饭十年时间九年旱,有的年份打的粮食没有下的种子多。这里曾流

不屈不挠

传着有时一家只有一条裤子,谁出门谁就把裤子穿着,没裤子穿的只有待在家里不出去。

那里是个农业县,全县没有一家工厂企业,整个县城就只有县委书记的北京吉普车。董耀祖明白自己在部队开车多年,练就了一套过硬的汽车驾驶技术,但是自己的技术再好也不能把县委书记的驾驶员辞掉,自己给县委书记开车吧,再说自己的祖宗三代也没有这个能力,董耀祖为自己的后路伤透了脑筋。

国家有政策下面有对策。国家在复员军人的安置上有一条规定,军人的配偶在异地工作,军人退伍可以申请到异地安置工作。条条大道通北京,有一条道通北京就行了,异地找对象异地安置工作,是董耀祖的一条可行之路,如果成功的话就可以摆脱回到贫困的家乡,在城市有了固定工作,再找一位漂亮的妻子,过城市人幸福的生活。

董耀祖决定走这条路试试,但他也想到另一个问题,自己在驻地附近找对象是违反了现役军人不能在当地找对象的纪律红线,一旦被部队发现那将受到纪律处分,并强行复员回乡,一切美好的愿望将前功尽弃。

董耀祖心想,为了自己的幸福哪里还管那么多,董耀祖决心赌一把,他通过一位老乡介绍认识了乌市的一位姑娘,叫苏彩云,一谈才知道苏彩云祖籍和自己一样也是甘肃平凉,离自己老家很近乡里乡亲,俩人一见钟情,很快迈入了爱河。

"彩云,你到单位开个证明我们结婚吧,明年我退伍后好安排工作,过我们自己的幸福生活。"董耀祖盘算着自己的第二步路。

"耀祖,结婚可以,但是单位的结婚证明怎么开,我刚回城等待工作分配,还未有正式工作单位呢!"苏彩云也为自己的工作发愁。

苏彩云的话着实让董耀祖吃了一惊。他万万没想到苏彩云也没有工作单位,没有单位怎么能行呢,配偶异地没有工作,一是结婚证办不成,二是异地安置工作就要泡汤。再想想办法,家乡不是有句俗话不能在一棵树上吊死。董耀祖再看看苏彩云，人长得美丽大方，和自己又是同乡对自己有真心，便一时又不忍心更换。

天公成人之美，一个偶然的机会董耀祖又认识了一位姑娘，姓何名惠，家住北门附近，在纺织厂工作，一了解姑娘条件不错，父母都在乌市工作，就是姑娘长得胖点，个子不高样子长得也顺眼。

董耀祖哪管这些，他把精力放在姑娘的单位上，只要姑娘的单位许可给出结婚证明，安排工作目的就达到了，后面的事情就是骑驴看唱本，走一步看一步了。

"何惠，咱们结婚吧，那样我们来往方便些，我也可以正式要求复员安置工作。"董耀祖把自己的打算给何惠详详细细地讲了一遍，这番话董耀祖讲的和对苏彩云讲的一模一样。

"好，我家的老人也有这个想法，你说我们啥时间办手续领结婚证？"何惠把董耀祖的甜言蜜语信以为真。结婚这事何惠也有此意，一天不办结婚手续，到手的白马王子会不会变心，防止夜长梦多。

"你先到单位开个结婚证明，我也到部队政治处开个证明，然后我们俩一起去民政部门办理结婚证书。"董耀祖把结婚的事安排得有鼻子有眼。

何惠相信了董耀祖的话，第二天便到单位办公室开了结婚证明。

"耀祖，我的结婚证明开好了，就等你的好消息了。"何惠高兴地一蹦一跳说着把一封介绍信递到了董耀祖手里。

董耀祖拿上了何惠的证明，"啪"地在何惠脸上亲了一口，又到部队政治处开了自己的结婚证明。把何惠的结婚证明交给了以前的恋人苏彩云，俩人一起到民政部门，高高兴兴领取了结婚证书。从此，再也没有登过何惠家的门，最后老兵退伍董耀祖合情合理的安置了工作，来到了会战指挥部。

董耀祖回忆起复员的时时刻刻。

"董耀祖，我的问话你还没有回答呢！"保卫干事催促董耀祖把结婚证的事讲

不屈不挠

清楚。

"到指挥部来以前,我在部队除了和苏彩云谈过恋爱,还交过一个女朋友,她的名字叫何惠。就是这个结婚证上的名字,苏彩云拿她的结婚证明和我一起到民政部门登的记,领取的结婚证书。"董耀祖说出了结婚证名字不符的猫腻。

董耀祖的话使保卫干事吃了一惊,这个共产党员复员军人,大家崇拜的对象怎么干这种违法的事情。

"领导,都是我的不对,我犯了错误。我对不起这几位姑娘,对不起领导,是我用不正当的手段骗取了结婚证书。其实我和她们两个都没有结婚,我检讨,我检讨!"在事实面前,董耀祖对自己的荒唐做法很懊悔。

"董队长,你犯的不是一般性的错误,而是一种原则问题。为了达到自己异地安置的目的,你拿国家的法律当儿戏,欺骗上级组织,欺骗女孩的感情。她们都你的受害者,董耀祖你的行为就像猴子吃苞米一样,见一个爱一个甩一个。你要写出深刻检讨,并到民政部门解决婚姻纠纷,接受处罚。"保卫干事对董耀祖行为造成后果的严重性进行了狠狠地批评。

董耀祖通过民政部门解除了和苏彩云、何惠的婚姻关系,并受到了指挥部的通报批评。

职工宿舍里,董耀祖再次见到阿霞,一股歉意涌上心头,他拉住阿霞的手,紧紧地拥抱住阿霞。

"阿霞对不起,是我欺骗了你,事前没有给你讲清楚,让你受那么大的委屈。"董耀祖要把以前的恋爱风波一件件讲给阿霞听。

"不听,不听。"阿霞用手捂住自己的耳朵。

"阿霞,我是真心爱你的,这事上天可以作证。"董耀祖不管阿霞的反对,一直往下说下去,阿霞一把捂住了董耀祖的嘴,不让他继续讲。

"耀祖啊,你不要再说了,你做的事我都了解,我也能理解你当时的苦衷,一个农村出来的孩子,追求个人幸福生活有什么不对,要我也会有想法。不吃苦中苦难得甜中甜,没有曲折的爱情,哪有爱情的甜蜜。"看样子阿霞已经不再计较董耀祖那些陈芝麻烂谷子的事了。

"阿霞,那俩女人的事你都知道了,其实我对你才是真心的,我对她们是动了心眼,采取了不当的手段,可我对你的爱才是真诚的,没有掺一点假。"董耀祖讲的话阿霞是相信的,从跟师傅的车那天起,阿霞就感觉到师傅的热情,在那么多女人面前,他从不怀疑师傅对自己的忠诚。

"师傅,在对待爱情上,有的人注重过程,不讲结果如何,只要恋爱过程浪漫刺激就行了;你和苏彩云、何惠就是讲的一个过程,这个过程叫人听起来是多么精彩,但是这种恋爱没有基础也没有结果。如果你当初追求的是结果,结婚生子过日子老婆孩子热炕头,你也不会有那样的过程了。"

听了阿霞的话,董耀祖点点头,算是对阿霞的回答。

"阿霞,在恋爱方面你追求什么,也和他们一样吗?"董耀祖很想听听阿霞对过程和结果的看法。

"师傅,我对爱情和她们不一样,我对男女之间的情谊是既注重过程,也注重结果。咱们农村的习惯不是先结婚后恋爱吗?这就是结果在前,过程在后,结婚后反过来再培养感情补上过程这一课。"阿霞对此事的理解很透彻。

"我的恋爱过程,虽然有那两个女子半路里杀出程咬金插了一杠子,但这个过程也是对你爱情的考验,在关键时刻,你从没有承认和她们的关系,而是坚定地站在我一边,这个过程让人感动,可以写篇小说。最后我们走到一起进入婚姻的殿堂,结婚生孩子,幸福生活一辈子过程也精彩,结果更辉煌。"阿霞说着一下子倒在了董耀祖的怀里,两个人忘情地亲热起来。

紧急行动

"董耀祖、吕杰……请马上到车队调度室开会,有紧急任务。"车队的广播喇叭呼叫着一连串的驾驶员的名字,车队领导在指挥部接受了任务后立即开会传达布置。

紧急行动

吕杰赶到会议室时,会议室里已坐满了参加会议的人,会议立即开始。

"同志们,今天会议的议题只有一个,布置一项紧急任务。刚才接到会战指挥部的命令,命令我们车队出动十五台车,在48小时之内将红云滩矿区各矿点的会战职工全部撤离到后勤基地。"车队党支部书记传达了指挥部的紧急命令。

什么事情这么着急,时间紧任务重,二百多公里路程来回四五百公里全是山沟土路,参加会议的驾驶员,一头雾水摸不着头脑,一听这话大家都交头接耳起来。

车队书记好像猜透了大家的心思,继续做动员工作:"今天的行动是个特殊革命行动,既是生产任务也是政治任务,至于什么事情什么原因大家不要猜测,同时也不要问,只要坚决执行就可以了,48小时以后矿区不能留下一人!"车队书记的话掷地有声。

"下面请队长具体安排车辆情况。"主持会议的政工干事说到。

"车队出动的十五台车,分为三个运输小组,五台车一组。董耀祖为第一组,负责红云滩矿区机关职工的接送任务;刘开河为第二组,负责接送尖山矿区的职工接送任务;金卫国为第三组,负责骆驼峰矿区的职工接送任务;吕杰负责此次任务车辆的修理工作。"

工作分配得井井有条。

"给大家一个小时的加油和物资准备时间,一个小时后准时出发,48小时后听到你们完成任务的胜利消息。"车队长宣布了任务的组织情况,车队长的命令就是板上钉钉。

军令如山,指挥部的命令就和军令一样,这批军人出身的驾驶员深深知道军令的严肃性。

这年头国家的事情真多,七月份河北唐山发生一次大地震,上百万人口的一座城市顷刻间夷为平地;半年的时间里党和国家的三位开国元勋相继离世;前几天党中央一举粉碎"四人帮"在中国掀起了一场政治大地震;现今国家又要出现什么事情呢,吕杰和董耀祖这帮人不敢多想,紧急出动马上撤离矿区一定是有大事发生。

董耀祖和刘开河一行人将十五台车在油库加满了油,又把车开到后勤科领取了皮大衣,放在车的驾驶室里,到食堂拿上馍馍灌好开水准备出发。

一切准备停当后,一行十五台车排成一字长龙先后驶出了车队大院,金卫国的车打头,刘开河的车断后,向矿区驶去。

吕杰坐在刘开河的车上,排在车队的后尾,负责十五台车紧急情况的维修工作,车队一路向前行驶。

"吕杰兄,还是咱们兄弟有缘分,这次执行任务又分在一起,这次任务由你保驾护航,我就放心多了。车子一定不会出问题,再不能发生判断失误造成事故的事了。"刘开河又想起上次车辆发动机烧毁事故,以及上次事故给他造成的影响。

"刘老哥,我能给你保驾什么!你们都是老哥,都是部队培养出来的技术骨干,个个技术精湛,走南闯北什么事没见过,什么大江大海没过过,论车辆技术我和你们这批老哥比起来真是小巫见大巫,水平还差得远呢。"吕杰说起这批老战友来,心情显得格外兴奋,赞扬起老战友来滔滔不绝。

"吕杰兄,你不要谦虚。在车辆方面我们除了方向盘比你耍得熟练外,汽车结构、汽车修理你才是大家公认的行家。那天要不是你的分析和发现,我还不知要背一个什么处分呢。"刘开河对那天的事故分析会记忆犹新。

"刘老哥,我真的不是什么谦虚,汽车修理是我的本行,我有责任查出问题所在,才能对症下药进行处理,那天的事故分析最多可以说是瞎猫碰个死老鼠,对事故正确的分析纯粹是个偶然。"吕杰把那件事情看得很平淡。

"牛皮不是吹的,火车不是推的,技术水平就是技术水平,你那天会上的表现令我佩服,就是整个车队的人也没有不佩服你的,会战指挥部的领导还表扬过。吕杰兄,今后好好发挥,你一定会有发展前途的,到时候当了领导不要忘记一起参加会战的战友和哥们。"刘开河提前给吕杰祝贺并打了预防针。

"战友就是战友。在战场上,能替战友挡子弹,在平时有福同享有难同当互相帮助,谁也不要忘记谁。"吕杰和刘开河一边行车一边谈心,一座座山包渐渐地甩在了车后。

太阳从东边升起,照耀着茫茫的戈壁大地。经过了一夜的行车,金卫国第一个

紧急行动

赶到了矿区前线指挥部。"嘎"的一声汽车停在了指挥部食堂帐篷前面的空地上,金卫国拉上手刹车关好车门来到了食堂。

食堂里正在开饭,这餐饭两菜一汤,竹笋腊肉、红烧排骨,金卫国人还没到一股香味扑鼻而来,已经行车十几小时的他这才感到肚子里咕咕乱响有点饿了,看样子矿区领导已经接到了撤离的通知,做好饭菜等着我们吃饭呢!

金卫国来到食堂打饭窗口,对着里面打饭的炊事员说:"师傅,打一份竹笋炒肉,一份米饭。"说着把两个碗递了过去。

食堂的大师傅抬头看了一眼窗口前的来人,觉得有点面生,对着金卫国说:"你是哪个单位的到这里混饭吃,我们是职工食堂,一人一份,别的单位的人不管饭!"说着把金卫国的饭碗推了出来。

"哪个单位的,就是你们单位的,怎么叫混饭吃!"金卫国一听这话,心里一股无名火涌了上来。

"我们单位的,我怎么不认识。赶快离开,不要影响我们食堂的工作。"食堂大师傅口气也还硬。

"老子开了一夜车,赶过来接你们下山,吃口饭都不行,你是个啥东西,把你们领导找来评评理。"金卫国在部队服役多年,每到一处都受到基层连队的欢迎,好吃好喝的招待,从来没有受过这样的窝囊气,这次真的发起火来,口中讲话不干不净。

"你小小年纪是谁的老子,快点给我滚出去,不然我就不客气了!"说着抬起案板上的菜刀。

"你这个老东西,不给饭吃也就罢了,还要拿刀吓唬人。"金卫国顺手捡起了旁边立着的一把消防铁锹冲了上去,两个人交起手来。

"小伙子消消气。"有个打饭的职工说着,把金卫国和炊事员拉开,在旁边打饭的人一边拉架,一边去找矿区领导汇报。

正在这时后面执行紧急任务的车队陆续赶了过来,车辆黑压压停了一大片,金卫国一看到自己的战友到来,委屈的泪水一涌而出。

"哥们,你们可来了,矿区的人在喝酒吃肉,我们来了不给饭吃还拿菜刀来砍我呢！"金卫国一把鼻涕一把泪把刚才的事给大家讲了一遍。

"哪个狗日的干的，我们找他算账去。"十几个驾驶员一起吼了起来。

"就是那些狗日的干的。"金卫国把大伙领到食堂帐篷指了指打饭窗口里的人。

"狗日的快出来，把事情说清楚，为什么用刀砍我们。"愤怒的驾驶员赶到食堂时，刚才那位大师傅一看势头不对，早从后门溜走躲了起来，前来撤离的车辆越聚越多。

"走，把车开回去，让他们在这里当试验品吧！"有的驾驶员发动车辆挂上倒挡就给车子掉头。

"同志们，消消气，刚才的事是我们的炊事员做得不对，他没把情况弄清楚，怠慢了同志们。今天的事，这完全是一场误会，我已经严肃批评了他们。"矿区刘书记赶来一遍一遍向大家解释。

"误会也不能拿刀砍人，饭不吃了我们返回去。"驾驶员怒气未消。

"饭还是要吃的，人是铁饭是钢，一顿不吃饿得慌。大家行驶了一夜的路程够辛苦的了。大家休息会，现在已准备好饭菜，请大家吃饭，饭后撤离矿区职工下山。"矿区领导向大家赔礼道歉。

经过矿区刘书记苦口婆心的劝说，大家的情绪总算安稳下来了。

"吃了饭按时装车，把炊事班留下，我们不能拉，让炊事班实验原子弹吧。"这时驾驶员的火气稍微泄了点，事情总算有了转机。

吃完了饭，三个小组已装好车，车子按照次序开下山去。晚上10点钟汽车赶回了地质队临时基地，完成了这次紧急政治任务。

打靶场的甜蜜

吕杰参加完了指挥部早上的生产例会后，带队向尖山靶场赶去。

起了个大早赶了个晚集。吕杰风风火火地赶到尖山靶场时，指挥部民兵射击比赛已经进行了两轮。

打靶场的甜蜜

射击场上站满了人,各个分队的射击精英聚集在一起。董耀祖带领汽车队代表队,这是个清一色的复转军人代表队,个个受过多年的军事训练,大有志在必得的架势;老贫农带领地质代表队怀着前来学习的态度,申雨梦作为三八钻探分队的代表也来参加比赛。靶场上陆续传出"砰、砰、砰"的射击声,部分靶台打出了好成绩。

矿区实弹射击比赛,在铁矿会战指挥部成立以来还是第一次。矿区面积大,方圆几千平方公里荒无人烟,有的山上偶尔还有野兽出没,危害野外地质职工人身安全。

铁矿会战是国家的战略部署意义重大,要抓紧阶级斗争这根弦,防止阶级敌人、民族分裂分子的破坏和捣乱。

"邓干事,今天迟到了,非常抱歉。"吕杰向指挥部邓干事报了到,解释了迟到的原因。

"来得及,大家都是为了工作,赶快去做准备吧!"邓干事已事先得知吕杰参加指挥部生产例会的事,没有责备吕杰。

"吕杰,你先休息一下,下轮在4号靶台参加比赛。"邓干事安排下面的赛事。

申雨梦跑过来一把抓住吕杰手说:"大哥你怎么现在才来,可把我急坏了。"

"射击比赛刚刚开始,你急什么!真是皇帝不急太监急。"吕杰给申雨梦开了个玩笑。

"大哥你这个比喻不恰当。应当是皇帝不急娘娘急才对。"申雨梦纠正吕杰刚才的比喻。

吕杰不服气地说:"你的比喻和我的比喻有差别吗?"

"当然有差别。皇上只有一个,而他的娘娘却有上百个,失去一个机会,还有更多的机会。而娘娘就不一样了,上百个娘娘面对一个皇上,失去了一个机会,再有一百次才能轮过来一次,所以娘娘很着急,哥哥你说我理解对吗?"

"不完全正确,应该改成哥哥不急妹妹急。"

"这个比喻恰当。前几天你不是答应教我射击嘛,比赛都进行几轮了,学生到了老师还没有来,马上进行比赛,你不来我的比赛怎么进行。大哥,我可是第一次参加射击比赛,第一次摸枪心里就像踹了个小兔子砰砰乱跳,一点底都没有啊!"申雨梦诉说刚才自己的紧张心情。

"没关系,我不在不是还有别人吗?他们一样可以教你打枪啊!"吕杰安慰申雨梦。

"别人教能和你教一样吗,你是我哥哥,我的亲哥哥,你可以手把手教我,我可是把我的一切都交给你了。"申雨梦朝吕杰做了个鬼脸。

吕杰没有回声,申雨梦说把一切都交给自己了,这一切几个字都包括什么含义,一切是什么意思。一切包括终身、爱情、工作、自己的身子,看样子这个女孩是说者有心,吕杰听者无意啊!

"吕杰,请到4号靶台准备射击。"这句话申雨梦刚才听得清清楚楚。她把吕杰拉到一边小声地说:"哥哥,千万不能去4号靶台射击,换个靶台吧!"申雨梦好像自己射击一样,小声提醒着吕杰。

"4号靶台怎么了,为什么要换个靶台呢,这里面难道还有什么奥秘吗!"吕杰对申雨梦的提醒不屑一顾。

"4的谐音是'死',4号靶台是个死靶台,打不出好成绩的。前几轮射击一、二、三号靶台都打得很好,唯有4号靶台没有出成绩,有几枪还射向了天空呢。"申雨梦把刚才看到的射击情况给吕杰详详细细地讲了一遍。

"啊,原来是水中桥!射击比赛还有这种情况发生,打靶是要靠军事技术的,哪能有这么多奥秘,我不信!"吕杰摇摇头不信这个邪。

"哥哥,我求求你了,赶快申请换一个靶台吧,现在换靶台还来得及,过一会再换可就晚了。这件事反正天不信地信,你不信我信;刚才的射击结果就是这样,我不允许你在这个靶台比赛。"申雨梦说话的口气坚决起来。

吕杰在申雨梦的心里占有很大的分量,自从招待所认识那一刻起,就把吕杰当成了自己的偶像,当成自己的亲哥哥。自己的亲哥哥才貌双全,能文能武,她多么希望自己的哥哥像块金子,在会战指挥部处处都要发光。

打靶场的甜蜜

吕杰明白申雨梦的心思,他从心眼里感谢这个年轻姑娘的一片好心,感谢姑娘热心的提醒。

吕杰心想,按照唯物辩证法的规律,射击成绩的好坏不是靠靶台,也不是靠枪支,而是靠射击人的技术发挥。枪和外部环境是一个重要因素,但不是决定因素,决定的因素是人而不是物。申雨梦没有军人经历,没有当过兵,没有打过靶,当然不会知道这么多军事常识。

吕杰看了看几个靶台位置,看了看身后一双双眼睛,领会到了小妹的期待,几年前军事训练的情景又浮现在眼前。

"吕杰,缺口、准星、目标三点一线。"新兵连长一遍一遍指导吕杰进行射击训练。

吕杰一九七〇年入伍,到部队后进行三个月的新兵军事训练,投弹、射击、队列等都要达标才能补充到连队上岗。

"你的军事素质不错,心理素质稳定,但更要掌握好射击的关键要领,今后才能出好成绩。"新兵连长一遍遍指导吕杰训练。

新兵连长是接自己进入部队的第一位首长,部队的神枪手,步枪射击百发百中,多次组织新兵、民兵军事训练,新兵连长手把手言传身教指导吕杰步枪射击。他了解吕杰的射击条件,看到吕杰训练刻苦,认定吕杰是个射击好苗子,好好培养将来一定能和自己一样成为部队的神枪手。

"嘟、嘟、嘟"一阵紧急集合哨音响起,新兵连全体集合,全副武装5公里越野赶到靶场。

在废旧的飞机库里,一、二、三、四号靶台并排同时进行射击考核。这次射击使用的是56式半自动步枪,吕杰分在4号靶台的位置,他按照连长平时教的射击要领,枪托紧靠右肩,屏住呼吸,三点一线,瞄准目标扣动扳机。

8环、9环、10环……第一次射击考核打出了83环的好成绩,成为新兵连射击考核第一名。

吕杰没有忘记一九七四年的一场射击比武,军直属队进行射击比武,吕杰代表军后勤参加比赛。

比赛在一个大山中进行,那是一个标准化的军事靶场,各个直属队选派的射击精英聚集到一起大显身手,又是一个4号靶台。

"吕杰出列,目标正前方一百公尺处,胸环靶标尺三卧姿装子弹。"指挥员下达了比赛指令,随着指挥员的一声令下,吕杰把子弹夹装上自动步枪子弹上膛。这场比赛使用的是59式自动步枪,射击要求打三个单发,再来两个点射,一分钟内完成。

吕杰不紧不慢瞄准目标,"砰、砰、砰"三个单发后,换了一下快慢机,把快慢定到点射上,又扣动扳机来了两个点射。报靶的小红旗闪动一下9发子弹发发命中,打了个82环的成绩,全场一片庆贺。

"小吕,你打得真好!"

今天吕杰不相信自己多年的军事训练技能算是泡汤了,在尖山靶场难道阴沟里也能翻船。

"小妹,你一百个放心吧,哥哥是不会让你失望的。"吕杰说着找到保卫干事领取了9发子弹及弹夹,将子弹压在弹夹上,等候指挥员的射击命令。

一、二、三号靶台的选手射击完毕,车队代表董耀祖打出了72环的成绩,暂居射击比赛第一名。

"董耀祖,祝贺你打出了好成绩,你不愧为从部队下来的复转军人。"保卫科邓干事前来祝贺。

"嘿嘿嘿,谁让我们是军区主力部队下来的,打不出好成绩对不起党的培养,对不起我们部队的首长。这次射击还没有发挥好,如果再打一次我打的比这次还好。"董耀祖一边笑一边接受大家的祝贺。

吕杰听了董耀祖的话沉默了一阵子,射击打了个70多环,打个良好就沾沾自喜,还标榜自己是军区主力部队的,军区主力部队就这个射击水平吗,这样的射击水平战时能打胜仗吗?

如果在战场上和敌人枪对枪的搏斗,一枪打不倒敌人,敌人还会给你开第二枪

打靶场的甜蜜

的机会吗？训练场就是战场，就是你死我活的对垒，不是你死就是我活，没有第三条路可走。

参加比赛的地质分队、钻探分队、水文分队等都赞扬董耀祖枪法准，军事素质高，董耀祖脸上挂满了笑容。

新的一轮射击比赛开始了，吕杰拿着子弹夹快步来到4号靶台，拉开枪栓，把子弹夹插在子弹槽上，用大拇指往下一压，"哗"的一下9发子弹全部压入弹槽内，然后一拉枪栓子弹上膛，关上保险，这才检查枪的准星和标尺。

比赛用的是56式半自动步枪，弹夹很小满打满算只能装上10发子弹，射出的子弹一击一发，不能连射，吕杰在新兵训练时就是使用的这种枪支。吕杰把标尺定在三的位置上，标尺三正是打胸环靶靶心的位置，瞄准胸环靶下边就可以打中靶心。这一连串的动作，吕杰一气呵成只用了不到一分钟时间。

"报告指挥员，4号靶台射击准备完毕，请指示！"吕杰用军人的方式向指挥员报告。

"射击开始。"指挥员下达了射击命令。

吕杰迅速趴在地上，两腿稍微叉开，把枪托顶在右肩上，缺口准星瞄准胸环靶的下边沿，屏住呼吸，"砰"的一声打出了第一枪，然后拿起旁边准备好的一百倍望远镜观察射击效果。

吕杰这一枪打得不算好，打了个8环，打在了8环的正上方，吕杰心里明白，按照这个标尺和自己练就的射击技能这一枪应打9到10环，枪校正时准星过高，所以这杆枪打不出好成绩来。

此时吕杰心里有了数，再瞄准时他又往下校正一条白线的位置扣动扳机。"砰、砰、砰"一口气打完了剩下的8发子弹，时间只用了二十秒钟。

"报告指挥员，4号靶台射击完毕。"吕杰关好保险起立，站到靶台的后方，等待报靶员的报靶结果。

"四个靶台全部射击完毕，一号靶台58环，二号靶台60环，三号靶台70环，三个靶台报靶完毕。"4号靶台报靶员稍微停顿了一下。大家都清楚，这天上午这个靶台射击还没有打出一个好成绩,几轮下来一个及格的都没有,有几枪还射上了天空,这一轮射击比赛大家同样对4号靶台的成绩不报太高的希望。

"4号靶台的成绩最好,打出了1个8环,3个9环,5个10环,总成绩85环。"报靶员报靶时的声音都变了。

车队代表董耀祖、地质代表老贫农、保卫科邓干事你看看我,我看看你,谁都不相信眼前的射击成绩是事实。

"报靶员,请把4号靶台的成绩再报一下。"停顿了一下邓干事用对讲机向报靶员下了新指令,确认一下4号靶台射击选手的成绩。

"1个8环,3个9环,5个10环,4号靶台总成绩85环。"报靶员又把刚才报的成绩一字不漏地又重复了一遍。

邓干事脸上露出了灿烂的笑容,上前一把握住吕杰的手激动地说:"吕杰同志,你不显山不露水,一下打出85环的好成绩,不愧为中国人民解放军培养出来的杰出战士,真是一位神枪手。"

"吕杰真有两下子,我们应该好好向你学习!"老贫农上前祝贺。

"吕杰兄,祝贺你,你给我们复转军人露了脸争了光。"刘开河打心里为吕杰高兴,射击场上轰动了,响起了一片热烈的掌声。

申雨梦别说有多高兴了,像自己中了头彩一样,一下跑过来,也不顾大众的眼光,一下拥抱住吕杰,"啪"的在吕杰脸上亲了一口。

"大哥,你真了不起,是个大英雄,是个大人才,以后你要好好教教我啊!"

"我们地质队不但是一个大庆式企业,能打硬仗,能找大矿,同时也是个藏龙卧虎之地,也有军事人才,汽车专业人才,吕杰就是名副其实的神枪手复合型人才。我们大家要好好向他学习,提高我们的军事素质保卫祖国,保卫铁矿会战!"邓干事趁机做了个精彩演说。

"下面,我们请吕杰同志谈谈射击体会和射击经验,大家欢迎。"邓干事对吕杰又提出新的要求。

还没参加射击的同志聚集过来。

打靶场的甜蜜

"我没有什么射击体会,更没有什么射击经验好谈的。"面对大家的期待吕杰谦虚地说。

"你的射击百发百中,在大家公认不出成绩的靶台打出优异的成绩,我们亲眼所见,快给我们介绍一下经验,指导一下射击要领吧!"其他参赛选手殷切期待着吕杰的介绍。

"我不是什么射击天才。投弹、射击、军事五项是我们军人的基本素质,是每个军人都应该具备的,我作为一个复转军人,在部队服役6年,应该具备这个素质。"吕杰对自己今天的表现不以为然。

"吕杰,你在哪个部队服役的,练就这么高的军事素质。"邓干事进一步追问道。

"不瞒大家说,我是中国人民解放军野战军战士。我们野战军是一个战功卓著的部队,是井冈山老红军的根底,组建于河北保定地区。曾参加过新保安、清风店、石家庄战役,歼灭国民党精锐王牌35军,迫使傅作义和平解放北平。这个部队还参加解放太原、解放兰州的战役,到过朝鲜参加抗美援朝,回国后镇守东北边疆。"吕杰介绍起部队的光荣历史显得格外兴奋。

吕杰对部队一番介绍,无疑又在靶场爆炸了一颗炸弹,有这样光荣历史的军队,训练出来的战士军事素质、政治素质个个都是顶呱呱,怨不得面对不出成绩的靶台不慌不忙,原来哑巴吃饺子心中有数。

"吕杰,你真不够朋友。你的这些光辉经历,可从来都没有听你讲过啊,你是我最早认识的朋友,你的保密工作做得真好啊!"老贫农不知是夸奖还是埋怨。

"朋友,过去的事已经过去,那些都是历史,历史的东西还要再重复嘛!再说那些光辉历史是我们部队光荣,不是我的光荣,我有什么好讲的。"

"吕杰同志,你今天的出色表现,证明了你过硬的军事素质,你是名副其实的神枪手。指挥部今天决定,聘请你当指挥部射击教练,你千万不要推辞啊!大家鼓掌欢迎我们的新教官进行射击指导。"说着邓干事自己带头鼓起掌来。

"恭敬不如从命。坚决执行指挥部的命令,今后和大家一起共同学习探讨吧!"吕杰见推辞不过,接受了指挥部的聘请。

"同志们,我现在给大家讲一下射击要领,供大家参考!"吕杰随手抓起一支半自动步枪。

没有参加射击的同志一下围了上来,认真聆听吕杰这位神枪手的射击讲解。

吕杰指着步枪的缺口、准星不紧不慢地对大家说:"其实嘛射击并没有什么秘诀,关键要掌握好三点。"

"哪三点?"同志们急于知道吕杰要讲的三点射击要领。

"这三点嘛,一是枪要瞄得准;二是呼吸要均匀;三是击发动作稳。"吕杰出口就把自己多年来练习的打靶绝招,像竹筒倒豆子一般倒给了大家。

随后吕杰拿起枪,指了指步枪上的缺口和准星对大家说:"枪瞄得准,就是枪的缺口准星和靶子中心的下边沿,一定要对准,不能有丝毫偏差;在瞄准射击时呼吸要均匀,在射击击发的关键时刻,要屏住呼吸,才能保证射击的准确度,以上两点完成后,在进行射击时,击发的动作也很重要,扣动扳机枪身不能有丝毫的抖动,做到以上三点才能保证子弹射中所瞄目标,打出好成绩!"吕杰详详细细地讲解打靶射击的关键要领,大家听得口服心服。

"同志们,光了解这三点理论还不行,还不一定打出好成绩,关键要多实践练习,多练苦练才能真正掌握射击要领,打出好成绩,成为名副其实的神枪手,大家听明白了没有?"吕杰大声问大家。

"明白。"

"大家现在看好了,我给大家射击示范一下。"吕杰检查一下枪的标尺,一拉枪栓子弹上膛,然后趴在二号靶台,屏住呼吸右手食指扣动扳机。

"砰、砰、砰"一连三声,三发子弹射了出去,时间用了不到十秒钟。

报靶的小红旗闪动了几下,十环,十环,十环,三发子弹射击成绩三十环,枪枪命中靶心。

射击场上沸腾起来,吕杰成了大家心目中的英雄,大家把吕杰抬起一下子抛向天空。

矿区民兵打靶比赛圆满结束,训练成绩取得了预想不到的好成果。吕杰带领的指挥部后勤代表队获得团体第一名,吕杰获得个人第一名并得到"神枪手"的光荣称号;董耀祖代表的汽车队代表队获得团体第二名;地质分队代表队名列第三。

表彰现场邓干事把一瓶"永芳"高级化妆品奖给了吕杰。

"雨梦,这个给你吧,我一个大男人也用不着化妆什么的。"吕杰接过了化妆品随手递给了身边申雨梦。

"谢谢大哥!"申雨梦接过化妆品高兴的一蹦一跳离开了靶场。

浪漫生活

吕杰住的帐篷是宿舍兼办公室,是吕杰、老贫农、申雨梦等经常会面的地方。

"大哥,这是你的衣服,我刚刚洗好给你送来。"申雨梦推开了吕杰帐篷的门,走过来把一叠洗干净的衣服放在了吕杰的床上。

"我的衣服怎么在你那里,是谁让你拿去洗的?"吕杰对申雨梦抱来的衣服感到很意外。

"谁也没有让我洗,是我自己愿意洗的。那天我到你的帐篷找你,请你指导我写思想汇报提纲,不想当时你不在,看到一堆脏衣物,你整天忙工作没时间洗,这才抱去替你洗了,反正我下了夜班有的是时间。"申雨梦说了那天抱洗衣服的经过。

"你有时间也不行,不经过我的允许就是对我的不尊重。常言说:无功不受禄,我们都是会战的同事,你哪有义务照料别人的生活。洗衣做饭生活小事,我都是自己在部队练就的光荣传统,事事让别人为你操心,那还叫军人出身嘛!"吕杰嘴里不领申雨梦的情。

申雨梦挤了挤眼,做了个鬼脸说:"大哥,区区小事,有那么严重吗?我们认识以来,哪件事不尊重你,说说看,我以后改正。"

"古代人都知道,木工斧子,厨师刀;光棍行李,大姑娘的腰,不经过主人允许是不能被人乱动的。乱动就是对别人的不尊重!你这么聪明的姑娘,难道连这一点道理都不明白。"吕杰给雨梦讲起了一通道理。

雨梦知道吕杰意有所指，一点没感到有理亏的样子。

"毛主席教导我们，我们都是来自五湖四海，我们的同志要互相关心互相爱护互相帮助。我们是会战的同事，你帮我写思想汇报，我帮你洗衣服，你我互相关心一下难道也错了吗！大哥，你讲的都是歪道理我不听。"申雨梦引用出毛主席他老人家的话，讲出了自己关心吕杰的道理。

"雨梦嘴巴真甜，以后把精力多用到工作学习上，洗衣服这样的事今天是第一次，同时也是最后一次，下不为例！"吕杰为这事下了定论。

"大哥，我说吧，这件事今天是第一次，有了第一次就有第二次，第三次，你的衣服我包了，骑驴看唱本——咱们走着瞧吧。"申雨梦已坚定了自己的想法，坚持要继续走下去。

"胡搅蛮缠，再不听话我就不认你这个妹妹了。"吕杰对申雨梦耍起了态度。

"不认妹妹你认啥，难道你叫我大姐不成，那样我就比你大了。"申雨梦说完看看吕杰，自己偷偷地笑了。

"拿你真没办法，将来给你找个厉害的男人，让他好好管教管教你！"吕杰似笑非笑地讲。

"我才不去找对象呢，有你这个大哥在身边呵护，我一辈子都不嫁人，独立生活自由自在那多美啊。"申雨梦对着吕杰神秘一笑。

"啊，有现代意识，原来我们的雨梦想过单身呀。"吕杰从来都未想过申雨梦会说出这样超前的话。

一天吕杰正在低头看书，看到精彩句子和段落，就用红铅笔画起来，突然见申雨梦推门进来，这才顺手合上了书本，把书放到办公桌的一端。

"大哥，刚才你看的什么书，看得这么入神？"申雨梦好奇地问道。

"一部苏联卫国战争时期的小说。"吕杰回答道。

"是什么小说让你这么着迷，让我看看好吗？"

"是一本奥斯托罗夫斯基的自传，想看你就拿去。"吕杰说着把书递给了申雨梦。

浪漫生活

"这本书我看过,它的中文名字叫《钢铁是怎样炼成的》,我不但看过,我还挺喜欢的。还有一些其他的国外文学作品《在路上》《带星星的火车票》我都读过。"申雨梦接过书一口气讲出了一连串国外的文学作品名字。

吕杰惊讶地看了申雨梦一眼,他有了一种找到知音的感觉。看来铁矿会战没有白来,自己这个兄妹没有白认,申雨梦提到的这些书,都不是公开发行的书籍,在一般的新华书店根本看不到,只有高级干部才能买到,据说是供高级干部"学习批判"使用的。书的封皮是灰色或黄色,没有任何装饰,这些书俗称是"黄皮书"。这些书吕杰在部队高级首长那里看到的,申雨梦是怎样看到的!

"书你看过,说说里面都有什么内容和人物?"吕杰有意考一考申雨梦的知识。

"小说的主人翁叫保尔·柯察金,苏联卫国战争时期的英雄人物。"

"不对吧,《奥斯托洛夫斯基传》和《钢铁是怎样炼成的》不是一本书,虽然里面的故事有些雷同,但是事情一码归一码,不是一回事。前者是作者的人生自叙,后者是作者创作的文学作品。"吕杰点出了申雨梦讲的不当之处。

"我认为都是一回事,奥斯特洛夫斯基就是保尔·柯察金。"

"人最宝贵的是生命。生命每个人只有一次。人的一生应当这样度过:当回忆往事的时候,他不会因为虚度年华而悔恨……"申雨梦顺口背诵一段《钢铁是怎样炼成的》中保尔·柯察金的一段名言一字不差。

"我也喜欢保尔·柯察金,羡慕保尔·柯察金对理想的追求,崇拜保尔·柯察金对事业的执着,喜欢保尔·柯察金那种在路上的感觉。"吕杰表示赞同。

"人总是要有精神、要有梦想,为了实现自己的梦想去追求、去体验。"

"去年,有两个外国登山队员在西藏北坡攀登珠穆朗玛峰,当他们快要登顶时遇到雪崩,登山队员全部遇难。消息传来有人认为他们的死毫无意义毫无价值,因为无论你是否登上山顶,都不会给人类的实际生活带来任何改变,可我却不这样认为,我为这些运动员哭了,我认为他们是英雄,我相信他们因为心灵深处的呼唤而踏上登山的征途,我也相信他们在迈出第一步时,已经料到这可能是一条绝路,但这并没有可以阻止雪山对他们的呼唤,因为那就是他们心中的终极世界。他们是为自己理想而死的,他一定拥有许许多多美好的纯粹的体验,他们走了,他们不该有遗憾。"吕杰讲了一个故事。

"泰戈尔说,过于功利的人就像一把刀子,也许很有用,但不太可爱。在我们的生命中,是需要一些纯粹的体验,最初的体验。"申雨梦接过了吕杰的话头。

吕杰说:"鲁迅先生有一句话,世上本没有路,走的人多了,也便成了路。那句话讲得很好,我们年轻,我们渴望上路,带着最初的激情,带着最初的理想,感受着最初的体验,我们上路吧,过我们的普通生活。"吕杰有更深的理解。

"大哥你还喜欢读什么书?"申雨梦打破砂锅问到底。

"我还欢喜读一些历史书籍,什么《中国通史》《世界与革命》等书,这辈子除了工作我就喜欢读书了,读书成了我生活的一种需要,古人说书中自有黄金屋啊!"

申雨梦听了吕杰的一番见解后,今天才算是了解这位复转军人的内心,能和这样的才子结为兄妹,也是前世修来的缘分。

"大哥,你研究历史,是将来想上大学吧!"

"上大学想过,不过想也是白想,大学已经停办这么多年了,目前还没有恢复高考,现在这种推荐工农兵学员上大学的制度,实际上把所有没有门路的人拒之门外,而有门路被推荐的人往往是草包,这样的大学我宁可不上。要上就要上真正的大学,凭自己的本事考取,目前还是先干好自己的工作,把红云滩会战的工作完成。"

"大哥,我也是这样想的。我也想上大学,从今天起,我们一起学习,等着高考的机会。"

申雨梦和吕杰谈得很投机,不知不觉过了很长时间。

"吕杰,什么事谈得这么热闹,声音大得把窗户纸都挣破了。"老贫农穿个拖鞋走进吕杰的帐篷。

"什么事你不清楚嘛,就是等你玩两把牌嘛,整天不是背着挎包拿着锤子在山上跑,就是在家爬格子、绘图纸,工作要干也要注意劳逸结合。"吕杰知道老贫农的来意,早已准备好了扑克牌。

"快把刘开河找来,马上开始。"吕杰催促老贫农快去喊人。

浪漫生活

"老刘今天出车了,其他的人刚下夜班都在睡觉,喊人不如撞人,这不是有现成的人嘛!"老贫农指了指坐在床上的申雨梦说。

"对,干什么事情都不能舍近求远嘛,放着现成的人不用再到外边找人那多划不来。"吕杰醒悟过来。

"申雨梦每天只知道看书、学习,扑克牌会玩吗?"吕杰询问坐在床上的申雨梦。

"隔着门缝看人,把人都看扁了。玩扑克牌谁还不会,上小学时我们小学生都会。二位你们都是什么玩法说来听听,说不定还不是我的对手呢。"申雨梦一副骄傲自满的样子。

"斗地主、争上游、打双扣你会吗?"老贫农问道。

"这几种扑克的玩法,都是小儿科,地球人都会,我还能不知道嘛,还有什么新的玩法吗?"看样子申雨梦对玩扑克很内行,一副自信满满的样子。

"我们玩的是大西北特有的玩法,叫着牵牛扑克你会吗?"老贫农洋洋得意。

"不就是一窝鱼,几条牛,几副白嘛,白最大,白吃牛,牛吃鱼,谁的白多谁就赢了,我们钻机的姐妹就玩这种扑克。"老贫农今天遇到对手了,行家一出口便知有没有。

"雨梦,对不起,刚才是小瞧你了。"老贫农向雨梦道歉。

"没关系,说不定你们技高一筹,我还要向你们学习呢。"申雨梦也谦虚起来。

"扑克玩法好学,但输了要受到惩罚,到时候姑娘不要耍赖呀!"吕杰提醒着眼前的雨梦。

"两位大哥放心吧,只要你们说话算数,我一个徒弟怎么能耍赖呢,牌打输了任凭惩罚好了。"申雨梦讲话一口吐沫一个钉。

帐篷内的办公桌上摆下战场,牌场如战场,生手如烈马。

"一窝鱼、两条牛。"老贫农打出了第一副牌。

"两条牛,一副白。"吕杰跟了一副好牌。

"雨梦输了吧,快出牌。"老贫农和吕杰认为申雨梦接不上,这把牌算是输定了。

"三牛一副白。"申雨梦把自己手中的扑克牌亮了出来。

吕杰和老贫农都傻眼了,两个老爷们吹了半天牛,打牌老手第一场结果败在了申雨梦姑娘手下低头称臣。

"大哥不好意思了,请先入瓮吧。"申雨梦做了一个钻床的手势。

老贫农站起来,走到床腿跟前,弯下腰,老贫农身体矮胖,行动迟钝,床板离地距离狭小,老贫农半天钻不进去,吕杰在后边给他加油,用力一推,老贫农连滚带爬钻到床的另一边,从地上爬起,三个人一阵"哈哈哈"大笑。

第二把牌吕杰出了一窝鱼,两条牛,老贫农接了一窝鱼三条牛,再看雨梦,实在没有想到又一个奇迹。

"三牛一副白。"这两把扑克牌申雨梦全赢。

吕杰得分最少,要钻三次床底,两个来回,吕杰手抓床腿,身子一曲把腿一伸,像猴子一样灵活地窜了过去,然后又退了回来再窜了过去,连续进行三次惩罚。

牵牛扑克游戏继续进行,不知是申雨梦今天的手气旺,还是两位大哥有意谦让,连续几把获胜。

"一窝鱼,一副白。"申雨梦打出一把牌,等待这把牌的胜利,

"一窝鱼,三条牛,一副白。"吕杰获胜,申雨梦得分最低。

"雨梦,请吧。"老贫农指了指床底位置,这次算是报仇雪恨了。

钻床底的惩罚对于申雨梦还是第一次,一个姑娘家在床底下钻来钻去很不雅观,以前打牌打输了都是贴纸条子、跑步、做俯卧撑,这个江南姑娘从来不认输。

东风吹战鼓擂,现在世界上到底谁怕谁。你们能钻我也能钻,她来到床腿跟前,学着吕杰的样子,手抓床腿,弯下腰也想象吕杰一样灵巧的钻过去,但是腰弯的不够,钻了半天也钻不过去。

"加油,加油,弯腰伸腿。"老贫农在一边为申雨梦鼓劲。

"头再低点,身子往下倾。"吕杰指导申雨梦完成钻床动作。

申雨梦往下一倾身子,趴在地上,像狗爬一样爬了过去。随着申雨梦身子的倾斜,短小的上衣撅了起来,嫩嫩的肚皮露了出来,姑娘脸白,身上的皮肤也像脸一样嫩白,吕杰眼都直了。

浪漫生活

"天不早啦下次再战!"吕杰提议道。

"明天见,不见不散。"大家玩得开心,老贫农和申雨梦高高兴兴地离开吕杰的帐篷。

送走了老贫农和申雨梦,吕杰还停留在兴奋之中。从内心来讲,吕杰喜欢女孩,特别喜欢漂亮的女孩子。自己今年刚刚二十五岁,正是风华正茂的年纪,矿区有名的帅哥,本来追求他的女孩就多,像申雨梦这样的女孩,人长得漂亮,皮肤白嫩说话甜蜜,见面一口一个大哥地叫着,不叫大哥不讲话,吕杰想象,这辈子非要和这个姑娘出一些事情不可。到底会出什么事情,吕杰不知道,只有天知道。

吕杰回头一看,床上摆着申雨梦洗好的衣服,衣服平平整整,还散发着一股茉莉花的清香味。这些衣服自己平时是洗不了这样干净的,吕杰拿起衣服忽然想起衣服的上衣口袋里,还装有一封信。

那可是一封重要的信件,是自己心上人写的信,自从小市车站离别,整整已经半年多时间了,俩人商定吕杰工作确定后每半月写一封信,加上路途走的时间,一个多月时间才能收到。这封信是小孟第八封信了,小孟正等着自己的回信呢,那么衣服洗了,那衣服里的信还存在吗?

吕杰抖开衣服,打开上衣口袋,用手一摸,信纸依然放在里面,还是原样折叠着,吕杰这才放了心。

申雨梦是个细心的姑娘,她可能在洗衣服之前摸了衣服的口袋,把衣服口袋里的信拿出来,待衣服洗完后再放进去,说不定还看过这封信呢,吕杰猜测这封信申雨梦是看过了。

信的内容是和小孟两个人的秘密,别人是不能享受的。吕杰又一想,看就看吧,申雨梦看看也有好处,看到他和小孟的真实爱情,也会打消申雨梦在自己身上的主意,便于申雨梦今后的成长,想着,吕杰进入了梦乡。

帐篷藏娇

老贫农背着挎包拿着锤子风尘仆仆地赶回指挥部驻地,天边一片红云烂漫。

老贫农今天很高兴,一大早起来坐上汽车向S区域行去。S区域是新发现的矿点异常,还不能完全确定这个矿点的具体情况,地质普查是探矿的第一步,从地层表面查看铁矿露头,划出铁矿表层的范围,然后开钻对矿体进行验证探明储量。

在S区域一处山包处,老贫农忽然发现了一块特殊石头,拿在手中沉甸甸的,上面有很多铁锈。遂拿起地质锤,轻轻地敲打,拿起放大镜仔细观察石头上的纹理和颜色。专业知识扎实的他,很快判断出这块石头的成分。

"快来看,看看这是一块啥石头?"老贫农虽然心中有数,但是为了不失偏差,急忙招呼其他的地质员看看自己捡到的宝贝。

大家围在一起观看了半天,仔细确认后,初步认定这块石头非一般矿石,是一块"铁帽转石"。

"老贫农,在哪捡到的?快告诉我们确切的地理位置。"大家掩不住内心的兴奋。

老贫农忙不迭地道出了发现铁矿石的始末,地质组的同志们一下欢呼起来,抬起老贫农扔向天空。

"不要闹了,快按方位做好标记,回去向指挥部汇报。"

这是一块上等的矿石标本,肉眼观察矿石品质很高,含铁量在50%左右。老贫农有说不出的高兴,踏破铁鞋无觅处,得来全不费工夫。S地区磁性异常突出,方圆面积开阔,又有"铁帽转石"发现,该地区可能蕴藏大型铁矿。多少个日日夜夜的辛劳,多少个风沙烈日的暴晒,多少个梦想终于实现,老贫农急忙把宝贝装进口袋,一行人向指挥部驻地走去。

老贫农一高兴,走着走着,随口哼起了陕北小曲。

帐篷藏娇

> 正月里来是新年，
> 我给岳母来拜年，
> 手提一壶高粱酒，
> 我给岳母点点头。
> 二月里来龙抬头，
> 岳母拉着女婿手，
> 拉拉扯扯亲一口，
> 亲家娃儿好端手。
> ……

其他的地质队员听了老贫农唱的陕北小曲一个个笑了："农村里有老公公爬灰的故事，你们陕北的民俗还有丈母娘和女婿偷情的事，这样也不怕姑娘回来给老妈算账。"

> 三月里来桃、杏花开，
> 毛驴驮着姑娘回门来，
> 分头下露出小白脸，
> 爱的丈母娘东倒西歪。
> ……

老贫农不管其他人的说笑，按照自己的思路继续唱下去。

> 四月里来，阳光柔，
> 盼姑爷等的心里愁。
> 不嫌老脸吗不害羞，
> 叫声娃娃我跟你走。
> ……

老贫农一口气唱了四段,听得几个年轻人前仰后合的笑弯了腰。

"老贫农你唱的是什么歌,一点政治意义都没有,简直就是一首教人学坏的淫歌,这首歌要是传到指挥部政治机关,非开你的批斗会不可。"地质队员听完老贫农的民歌后指责老贫农。

"哥们,饶了我吧,我们陕北地处黄土高原封建闭塞,世世代代的人们就是编些歌谣代代传唱,从这些歌谣中获得乐趣。今天我们发现了铁矿石标本,心情高兴了随便哼几句作兴,哪有什么政治意义啊。"

"今天事,各位朋友千万不要传出去,以后我不唱了还不行吗!"老贫农把同志们的话信以为真,歌声就此刹住,他一遍遍向大家作揖求饶。

"好吧,今天就饶了你,下次编段新歌词将功折罪。"地质组的几位年轻人高高兴兴地赶回驻地。

老贫农推开了帐篷的门往里一看一下愣住了,帐篷里自己的床上坐着一位漂亮女人,正目不转睛地注视着自己,原来是自己的媳妇柳枝。

"柳枝是你呀,你咋来了,提前也不打个招呼!"老贫农一脸惊喜。

"不是想你了么,想你还需要打招呼,难道你不欢迎吗?"坐在床上的柳枝,说着笑了起来。

"欢迎,欢迎,我的意思是你该提前写封信,我好有个思想准备,也好到车站去接你,省得路上麻烦。"老贫农关心起眼前的媳妇来。

"主要是想给你惊喜嘛。打封信,来回需要一个月时间,有这么长时间人早来到了,那你说哪划得来。"说着站起身来迎过去,接过了老贫农身上的挎包,把挎包放在一旁。指了指窗户下放的洗脸盆说:"洗脸水都给你打好了,快去洗把脸吧,顺便刮刮胡子,换件衣服,胡子拉碴的,一个知识分子要注意个人形象。"媳妇从衣着穿戴生活方面提醒老贫农。

磨蹭了半天老贫农没有动身,"慌什么,刮胡子干什么,连见面程序还没有做完呢。"老贫农一把抱起柳枝,放在床上。

"忠诚,快放开,大白天的会有人来。"柳枝提醒老贫农,俩人这才从床上坐了

帐篷藏娇

起来。

晚饭后,老贫农熄了灯,和柳枝上床聊天。

"隔山隔水路又那么远,乘车困难吗?"老贫农问道。

"这次乘车一点也不困难,这段时间火车上乘客特别少,我到车站就买上了到楼兰的火车票,下了火车我又看到一辆汽车停到站前,我走上前去一问,那车是到你们红云滩去的,那位师傅问我找谁:我说找谭忠诚,那位师傅想了一下说,你说的是老贫农吧,他是我的朋友,请上车吧,一下子就把我拉到这里,坐了师傅的车节省了好多时间!"柳枝给老贫农讲了一路上的情况。

"你说谭忠诚,大家不一定清楚,说老贫农吧,人人皆知,大家都这么叫我。"老贫农给柳枝解释。

老贫农清楚,那位师傅就是刘开河。刘师傅昨天去车站拉东西,今天返回矿区的,"那好,哪天我们好好感谢刘师傅才对。"

"啪、啪、啪"帐篷外一阵鞭炮和锣鼓声,鞭炮响过只听一群人高喊。

"快来呀,快看新娘子,快看新娘子。"说着推开了帐篷门。

老贫农事先插好了门,听到大家的叫喊、推门,知道是一帮朋友在嬉闹,这才慌乱起来。

"柳枝,快起来,我的同事来了。"老贫农催促柳枝,二人急急忙忙刚穿好衣服,帐篷里的电灯一下亮了起来。

这一群人为首的是刘开河,吕杰也在里面。

"老贫农什么时候学会金屋藏娇了,嫂子来了也不介绍一下。"吕杰一本正经地问。

"今天刚到,还没有来得及通知大家,不信你们问问刘师傅,人是他接来的。"老贫农一边给大家发家乡的烟一边解释。

"嫂子是我们红云滩的第一位客人,到了就应该说一声,我们指挥部安排个欢迎仪式,加几个菜买瓶酒大家欢乐一下。"吕杰考虑得很仔细。

"对不起,当时没想那么多。领导工作很忙,不再麻烦指挥部的领导了。"老贫农一个劲地道歉。

"下面我代表会战指挥部,对嫂夫人的到来表示热烈欢迎!并尽地主之谊创造条件,让嫂夫人在矿区生活好!"吕杰发表了一通欢迎词。

"为了表示矿区兄弟对客人的欢迎,也给老贫农一个道歉的机会,今天特出新婚对联上联,接出下联大家接受你的道歉,不然的话今天晚上别想好事。"吕杰他们看样子是有备而来。

大家一下子起哄来了,"快出,快出,让老贫农回答。"

吕杰立即展开红纸铺在桌上,提笔唰唰写出一行大字。

上联是:新人、新孔、新钻头

"吕杰写得好!不愧为矿区的才子。老贫农,快对下联。"

老贫农思考了片刻,看样子不拿出水平,满足兄弟的要求是不能过关的。他知道上联的含义,随即在另外一张纸上挥笔写出下联。

下联是:越打、越深、越出油

刘开河想出横批。

横批是:一钻到底

满帐篷的人都笑了起来,"吕杰,你这上联出得好,老贫农下联也对的好,形意真切,意义深长。今天晚上就看钻孔和钻头,钻打多深,出油没有。"大家哄堂大笑,柳枝也红了脸。

"快拿糨糊把对联贴上。"几分钟时间一副对联贴到帐篷门的两边。

"谢谢各位的关照!"老贫农和柳枝,一个劲儿地感谢大家。

"老贫农你们是怎样认识的,请介绍一下你们的恋爱经过。"申雨梦在后面提出问题。

"我们家住陕北,母亲河黄河就在那里流过。由于常年的雨水冲刷,黄土高原被冲成一个个沟,村与村虽然直线距离不远,但是走起来绕道距离很长交通不便,人们只能用歌声传递消息进行交流。"老贫农介绍家乡风土人情。

"你们唱的歌是陕北民歌信天游吗?那是我们中华文化的瑰宝啊!"一些地质

帐篷藏娇

职工还是对陕北民歌有所了解的。

"这些民歌就是信天游,几千年来流传于陕北黄土高原。"陕北高原上生活的男男女女没有不会唱上几段的,民歌原汁原味歌声朴实动人,老贫农讲起陕北民歌来了情绪。陕北是自己的故乡,陕北的水土哺育了自己,陕北人民送自己上了大学,使自己成了才,他忘不了当年和柳枝恋爱经过。

老贫农和柳枝是同班同学,村庄间隔五里远,翻过了两道沟就到了,在高中毕业的那段时间里,就是靠着唱歌相互联系的。

"陕北民歌大家都会唱,嫂夫人肯定会唱,请老贫农和柳枝唱一段情歌好吧。"

老贫农和柳枝坐在床的两头,在大家注视下也顾不得害羞,清了清嗓子放开了歌喉。

对面的山峰高又高,
对面的姑娘身姿俏,
赤红的脸蛋细细腰,
做我的娘子随我挑。

老贫农首先唱了一段,大家"轰"地大笑起来。

对面哥哥不知羞,
不懂情意乱开口,
真的要把妹妹爱,
牵头黄牛跟你走。

柳枝回了一段信天游,这段情歌不知是前辈们流传下来的还是自己编的新词。老贫农又唱了一段:

红云浪漫

> 要吃砂糖化成水,
> 要吃冰糖嘴对嘴。
> 一碗海水一张纸,
> 谁没真心谁先死。

柳枝回了一段:

> 半夜里想起亲妹妹,
> 狼吃了哥哥不后悔。

老贫农的歌声真情意切。

> 天上星星数上北斗星明,
> 小妹妹心中只有一个人。
> 井里提水桶桶里倒,
> 妹妹的心事哥知道。
> 墙头上骏马跑得急,
> 面对面站着还想你。
> 阳世上和你交朋友,
> 阴府里和你配夫妻。
> 一碗谷子呀两碗米,
> 紧抱你睡觉还想你。
> 只要和妹妹搭对对,
> 铡刀砍头也不后悔。
> 骑上个毛驴狗咬腿,
> 半夜里来了催命鬼。

帐篷藏娇

搂住个亲人嘴啃嘴,
肚里的话儿化成水。

老贫农和柳枝的一段情歌对唱,让指挥部的职工大开了眼界。陕北民歌动听情浓,具有当地的淳朴风格,下次指挥部文艺演出,一定请他们上台演出,让会战职工饱饱耳福。

"都八十年代了,民歌也要改进也要进步,刚才唱的民歌是老一套,编一段新词唱给我们听。"有几个朋友提议。

这个提议对于老贫农和柳枝来说是驾轻就熟,老贫农是工农兵大学生,柳枝是陕北的民歌能手。

"好吧,那就唱段走西口吧!"

哥哥你走西口啊,
小妹妹实在难留,
提起你走西口啊,
小妹妹我泪满流。

《走西口》的歌声响起,老贫农的脑海里浮现出家乡陕北的山川地貌和当年的画面……千山万壑犹如凝固的波涛,黄土层被雨水切割的沟壑纵横,黄水滚滚的永定河连同地貌泾渭分明,沟壑积留着斑痕的残雪,凌厉的寒风卷着草叶和细细的尘土,在广袤的土地上打着转,发出尖锐的呼叫声,四野一片苍茫,风如刀剑侵入脊骨。隔着一条深深的沟谷在喊话,下工之后的空闲时间,他和柳枝拥抱、接吻,那欲望和渴望交织的惊心动魄的野合,歌声中老贫农动情地凝视着坐在床头上歌唱的柳枝。

柳枝唱一曲民歌,帐篷里响起来一片雷鸣般的掌声。

"这是一段千年常唱不衰的民歌,是陕北民歌的魂,今天给大家改编一下来段

137

新词好不好?"有的同志提出新的要求。

"好!"大家异口同声赞成。

老调填新词,让歌词充满新意,对柳枝和老贫农来说不算难事。柳枝是农村的宣传队员,当地有名的民歌能手,说来就来,老贫农是当地的大才子,高才生编段歌词易如反掌,柳枝和老贫农爽快地答应了大家的要求,柳枝清了清嗓子随口唱了起来。

"亲哥哥你出了关啊,
小妹妹我实在挂念,
千叮嘱、万叮嘱啊,
知心的话儿倒不完。
戈壁荒滩路艰险啊,
小妹妹装在心里面,
早日完成了会战事,
快马加鞭啊把家还。"

柳枝根据自己的想象编了一段新歌词。

"亲哥哥我出了关啊,
小妹妹你送出了塬,
拉着小妹妹的手啊,
摸着小妹妹的脸啊。
留住咱们的情啊,
种好咱家乡的田,
办好了国家事啊,
回家团圆心中甜。"

老贫农对了自己编的一段新词,两个人唱的有韵有味,这是一段绝唱,这段新民歌唱绝了。

铁矿会战指挥部从成立以来,从来都没有这么热闹过,大家在帐篷里又说又唱嬉闹了一阵子,这才慢慢地离去。

文艺演出齐上阵

"大哥,我参加指挥部文艺宣传队了。"申雨梦推开了吕杰办公室的帐篷门,屁股还没有坐稳就急急忙忙地向吕杰汇报自己的新动向。

"参加文艺宣传队那好哇!这下可以发挥你的文艺特长,展示你的才华。雨梦,你要好好排练演出,祝你演出成功!"吕杰听了申雨梦参加宣传队的事后显得很高兴。

女孩子爱蹦爱跳能歌善舞。铁矿会战以来,矿区条件艰苦,偌大一个矿区几百公里无人烟,钻工们每天除了上班打钻下班睡觉,地质队员上班捡石头下班爬格子,基本上没有什么文化活动,饭后就是在帐篷里看书打牌,偶尔会战指挥部基地来矿区放一场电影已是矿区最高的视听盛宴。

"大哥,文艺宣传队规模很大,听说各单位都有人参加,你也来参加吧!要不我一个人在那里演出多没意思,演起节目来多没劲!"申雨梦真诚的希望吕杰能和自己一起参加宣传队,一起同台演出。

"参加文艺宣传队是会战指挥部定的,不是个人说了算,谁想去就。红云滩铁矿会战需要做的工作很多,我还是听从指挥部领导的安排吧。"

"申雨梦,你是了解我的。我是个当兵的出身,立正稍息站岗放哨拿枪弄炮是我们的本行,表演节目我可是擀面杖吹火——一窍不通。"吕杰婉言谢绝了申雨梦邀请他参加文艺宣传队的请求。

"大哥,你不要谦虚了,你是大家公认的才子,那么好的文笔,能写文章能创作。

提起笔来写文章,拿起扳手会修车,扛起枪杆能打仗,演个文艺节目算个啥,那还不是小菜一碟手到擒来。"申雨梦对吕杰的才能从来都没有怀疑过。

"雨梦,照你那么说,我不成了一个十全十美的人才了。"吕杰给申雨梦开了个玩笑。

"大哥,别人是不是人才我不管,你可是我们心中人才。要不我到指挥部找领导建议一下,请你到宣传队和我们一起演出。"

吕杰心里明白,组建矿区文艺宣传队的事,前几天指挥部专门召开工作会议,各单位的指导员都参加了会议。会上指挥部的领导讲了成立文艺宣传队的政治意义,宣传党的十一大会议精神,贯彻十一届三中全会改革开放的指示,要求各个单位要给予大力支持。要人给人要物给物,要时间给时间。从人力、物力、时间全力保证宣传队的演出成功。关于自己要不参加宣传队的事,指挥长还征求过他的意见,今天如果申雨梦直接再找指挥部领导,说不定自己还得放下手中的工作到宣传队报到呢!

"我的亲妹子,你就放过我吧,我四肢发达五音不全,只会走正步拉枪栓,哪会演什么节目。到了台上出洋相,非让大家笑掉大牙不可。"吕杰恳求申雨梦打消让自己参加宣传队的想法。

"大哥,你不是讲过嘛,去不去宣传队不在你也不在我,骑驴看唱本——咱们走着瞧吧。"申雨梦挤了一下眼睛,甩下一句话离开帐篷办自己宣传队的事去了。

宣传队成立了,会战指挥部从各单位抽调二十多名文艺骨干陆续到会战指挥部集中,指挥部副书记亲自担任文艺宣传队的队长。

"老贫农你来了。"申雨梦最先看到前来报到的老贫农热情地上前打招呼。

"雨梦,你也来了。"看到申雨梦参加了文艺宣传队,老贫农由衷的高兴,俩人寒暄了一番。

老贫农指了指后面的一位女同志对申雨梦说,"你看后面谁来了。"

申雨梦扭头一看吓了一跳,后边的女同志不就是和自己一起报到一起乘车的莫春云嘛,很长时间不见了。急忙跑过去一把拉住春云姐的手,问长问短。

文艺演出齐上阵

"春云姐你好,你今天的打扮真漂亮啊!"

"再漂亮也没有你漂亮啊。女大十八变,越变越好看,戈壁滩的风都没有把你刮黑。雨梦,你还是那样水灵,我都快认不出来了。"莫春云夸奖了申雨梦一番。

"同志们,大家看看有没有意见。"

"如果没意见,就按节目单分配角色,按节目单进行排练准备。"

宣传队的人到齐了,指挥部政治处的同志拟好了节目单,把节目单挨个发给大家,征求大家对节目编排的意见。

老贫农、莫春云、申雨梦接过节目单一看大吃了一惊。节目单上,快板、小品、民歌、豫剧、黄梅戏、新疆舞、孔雀舞等应有尽有。尽是反映各地风情的优秀节目,看样子政治处的领导对演出的节目是下过一番功夫的,对每个演员的才艺也做过认真调研的。

"下面我来分配演出角色,大家分头准备。"队长开始宣读角色分配情况。

"孔雀舞《月光下的凤尾竹》——莫春云;

小品《贫下中农送我上大学》——老贫农;

陕北民歌《山丹丹开花红艳艳》——老贫农;

湖北黄梅戏天仙配《夫妻双双把家回》——申雨梦;

新疆民歌《达坂城的姑娘》《吐鲁番的葡萄熟了》——司马义·买买提;

维吾尔族舞蹈《红云滩矿区亚克西》——集体;

快板书《对党说句心里话》——待定;

河南豫剧《朝阳沟》选段——待定;

太康道情《前进路上》——待定。"

莫春云是一位傣族姑娘,出生在云南潞西地区,云南潞西是中国傣族民间最负盛名的传统性舞蹈——孔雀舞的故乡,云南傣族的女孩子大部分都会跳孔雀舞,著名孔雀舞演员杨丽萍就是出生在云南瑞丽地区的,今天这个孔雀舞表演节目非莫春云莫属。

老贫农的陕北民歌,在老贫农和柳枝的对唱中大家已经欣赏过了,唱的编的很有浓厚的地方风味情深意浓,《贫下中农送我上大学》这个小品老贫农演出恰如其分,舞台上不用化妆他就是一个地地道道的老贫农高大形象。

申雨梦是一位江南姑娘,家住湖北江陵市,从小唱歌跳舞嗓音甜蜜,湖北是黄梅戏的发源地,在学校时申雨梦经常上台演出黄梅戏选段,今天,申雨梦有了用武之地。

"大家把自己的节目单拿去,按节目单节目进行排练,大家回去各自准备。"宣传队长布置了宣传队成立以来第一项工作。

"队长,这个节目我没法演!"申雨梦听了节目单角色分配站起来提出了自己的看法。

"申雨梦,节目还没有开排你就提意见找困难,这么多人就你事情多。"宣传队长有点不高兴对申雨梦提出批评。

"队长,不是我事情多,按照宣传队的要求演黄梅戏,唱一段《女驸马》都行,节目单让我演天仙配《夫妻双双把家还》,七仙女没有董永搭对怎么演出,我跟谁一起把家回呀!"申雨梦说出自己对节目的意见和看法。

"啊,原来是这样,天仙配是男女对唱的戏,光有女角没有男角怎样对唱,当时我们导演组只知道你会演黄梅戏,还真忽略男女搭配这个细节,那你说这件事该咋办?"队长态度变柔和了,并征求申雨梦对角色的意见。

"这事好办,安排一个男主角,由他和我搭对子共同演唱黄梅戏《天仙配》选段。"申雨梦说出自己的主意。

"好哇,那你看哪个人最合适,我们把他调来给你配对,这个问题不就解决了。"队长做事干脆利落,催申雨梦推荐一个人。

"我推荐的这个人,远在天边,近在眼前,见了面大家都认识。"申雨梦故意停了一下没有往下讲。

"胡说八道,不讲怎么能认识呀!申雨梦呀,你不要再卖关子了,快把名字说出来,我现在就去指挥部找指挥长要人,把人调来和你搭配演出!"队长看样子比申雨梦还着急。

"这个人不是别人,就是指挥部后勤分队指导员吕杰同志,他既会唱河南豫剧,又会编剧,由他出演董永最合适。"申雨梦说出了吕杰来。

"你说的原来是他呀,成立宣传队时指挥部开会就提到过他,因为他现在担子太重,暂时决定不让他参加。"宣传队队长解释了吕杰没来宣传队的原因。

"宣传队缺谁也不能缺他,他才貌双全,和申雨梦就是天生的一对,今天一起演《天仙配》最合适。"老贫农和一帮熟悉吕杰的演员起哄起来。

"那好,我现在就去找指挥长要人去,明天就让吕杰到文艺宣传队报到和你搭对。"

节目的角色已经敲定,节目单内容已经拿到,十几名宣传队员各自散去,高高兴兴地准备自己的台词去了。

什么亚克西

"报告队长,吕杰前来报到,请分配工作任务。"吕杰接到指挥长的命令后,安排好车间的修理工作,前来指挥部宣传队报到,成了一名名副其实的演员了。

"欢迎,欢迎。吕杰同志,你的到来给我们演出队增添了一名演员,又让我多了一名助手,今后演出队的管理工作可以做得更好了!"宣传队长紧紧握住吕杰的手热情地说。

吕杰是宣传队长的下级,过去多次在一起开会学习,相互之间比较了解,这次吕杰到宣传队来,还是队长特意到指挥部要来的,今天对于吕杰的到来,队长表现了极大的热情。

至此,参加宣传队的人员已全部到齐。

"吕杰,你是个笔杆子,你准备一段快板书,歌颂党的十一大,赞扬党的改革开放政策,快板书的内容还是由你自己进行创作。"宣传队长知道吕杰的笔杆子,知道吕杰满腹才华，这才把创作和演出的任务一并交给了他。

"第二，你和申雨梦搭档一起演出黄梅戏《天仙配》选段《夫妻双双把家还》。"

"第三，配合我的管理工作，帮助我一起编排和指导这台文艺节目，共同完成这次指挥部交给的光荣政治任务。"宣传队长给吕杰一项一项布置工作任务，对吕杰寄予很大的希望。

"队长，前面的任务我坚决完成。后面的任务嘛，我就有点赶鸭子上架为难了。"吕杰听了队长分配的任务提出了自己的看法。

"有什么困难，说出来看看！"队长征求吕杰的意见。

"我天生一副公鸭嗓子，哪会唱什么黄梅戏啊，这一个节目还是安排别人吧！"吕杰说出自己的困难。

"吕杰啊，哪一个节目变更都可以，这一个节目是板上钉钉不能改变的，这是申雨梦特意提出的要求，非你配对不演。你不会唱黄梅戏不要紧，申雨梦可以教你，你一定要圆满完成和申雨梦搭对演出的任务！"队长的态度很坚决。

"队长，那就试试看吧。"吕杰半推半就。

"吕杰同志，不是试试看，而是坚决完成任务，我相信你有这个能力的。"队长重复前面的话，没有丝毫的商量余地。

经过二十天的排练，在七一建党节前夕节目全部排练完毕，首次演出在会战指挥部上演，为党的生日献礼，队长宣布了宣传队的时间安排。

根据指挥部的安排，文艺演出共进行十场，每个矿区演出两场，在五个矿区巡回演出。演出顺序是：会战指挥部——尖山矿区——骆驼峰矿区——白云山矿区——梧桐沟矿区——回到指挥部，庆七一文艺演出圆满结束，演出队员重新回到各自的工作岗位。

几天后文艺演出在白云山矿区拉开序幕。

第一个节目，快板书《庆祝党的十一大》演出者吕杰

节目主持人报出了第一个演出节目。

吕杰身穿整齐，手拿竹板快步走上台来。

什么亚克西

竹板打响连天，
各位职工听我言，
歌颂党的十一大，
各族人民齐开颜。
一举粉碎"四人帮"，
结束浩劫和动乱。
中央制定新政策，
经济工作大发展。
竹板打响连天，
各位职工听我言。
……

吕杰的快板书得到大家的首肯。
第二个节目老贫农的小品《贫下中农送我上大学》。
亚迪松演唱了新疆民歌《达坂城的姑娘》。
莫春云表演了孔雀舞《月光下的凤尾竹》。
台下传来一阵掌声。
下一个节目集体舞蹈《红云滩矿区亚克西》，报幕员又报了新的节目。
十几个男女演员拿腰鼓手鼓共同走上台来，男女演员清一色的维吾尔族服装、维吾尔族花帽。

男：金色的太阳照边疆啊，
　　千里的矿区翻红浪。
女：高耸的钻机轰隆隆响，
　　钻出的岩心细又长。

红云浪漫

合：矿石运到炼钢厂，
　　优质矿石天下扬。
男：亚克西亚克西，
女：什么亚克西耶？
男：红云铁矿亚克西。
女：高高的井架排成行，
　　一个个身影上下忙。
男：火车奔跑到边疆啊，
　　职工送到那红云滩。
合：齐心协力寻宝藏啊，
　　为四化建设献力量。
女：亚克西亚克西，
男：什么亚克西耶？
女：会战的职工亚克西。
男：年轻的军人多潇洒耶，
　　脱下军装换工装啊。
女：驾驶汽车满山跑啊，
　　装满物资运输忙啊。
男：亚克西亚克西，
女：什么亚克西耶？
男：复转军人亚克西。
女：三八钻的姑娘花一样，
　　身穿工装也漂亮。
男：提钻、下钻、手灵巧，
　　工作赛过小巴郎。
男：亚克西亚克西，

什么亚克西

  女：什么亚克西耶？
  男：年轻的姑娘亚克西。
  女：边疆处处好风光耶，
     丰盛的瓜果千里香。
  男：地质健儿齐上阵耶，
     为建设边疆献力量。
  男：亚克西亚克西，
  女：什么亚克西耶？
  合：地质健儿亚克西。

一曲《红云滩矿区亚克西》，把庆七一文艺演出推向了高潮。

"下一个节目黄梅戏《夫妻双双把家还》演出者申雨梦、吕杰"节目主持人报了下一个演出节目。

申雨梦和吕杰身着七仙女和董永的服饰走向前台，在大槐树下牵手相伴，展望美好的未来生活。

  女：树上的鸟儿成双对，
  男：绿水青山带笑颜。
  女：随手摘下花一朵，
  男：我与娘子戴发间。
  合：从今不再受那奴役苦，
     夫妻双双把家还。
  女：你耕田来我织布，
  男：我挑水来你浇园。
  女：寒窑虽破避风雨，
  男：夫妻恩爱苦也甜。

红云浪漫

> 合：你我好比鸳鸯鸟，
> 　　比翼双飞在人间。

申雨梦扮相美丽，唱腔优美，感情投入，吕杰身材潇洒，唱腔憨实，一句一式表演认真。申雨梦平时深爱吕杰，今天和吕杰搭对同台演出唱《夫妻双双把家还》，含情脉脉倾注心声，俩人配合得天衣无缝，真像一对恩爱夫妻天长地久，引起台下一片热烈的掌声。

"演的好不好？"

"好！"

"再来一段要不要？"

"要！"申雨梦和吕杰演出的节目谢幕后，观众一遍又一遍要求两个人再来一段。

申雨梦和吕杰再次来到台上为大家演唱一段河南豫剧《朝阳沟》选段。

吕杰穿戴好上山下乡时的服饰走上舞台，再现了当年在农村劳动时的情景，一股思绪涌上心头。

吕杰是老三届中学毕业，一九六八年随着上山下乡的洪流回到了农村，在农村广阔天地里，接受贫下中农再教育。吕杰自小天资聪明，学习成绩优异，在学校里是数一数二的优等生，回到村里和自己的父老乡亲一起劳动，虚心接受贫下中农的再教育。他有文化爱劳动，处处带头出力出汗，受到了乡亲们的好评。

一九七〇年大学招生，公社给村里分了一个招生名额，大家一致推荐吕杰上大学。当推荐表交到公社革委会时，公社负责人讲录取通知书很快就到，通知书一到立即通知你。

吕杰全家像吃了蜂蜜一样笑得合不拢嘴，吕氏家族人老几辈子都没有出过文化人。当吕杰考上高中时，父亲曾说家里出了个洪门秀才，现在又上了大学，父亲说，家里祖坟冒了青烟，出了个举人。全家人眉开眼笑，天天盼呀盼，盼着吕杰入学那一天。

什么亚克西

突然有一天,村东头传来一阵鞭炮声。吕杰有点纳闷,当下不年不节的谁家在办喜事?吕杰顺着鞭炮声一直往前走去。刚走半道迎面碰上隔壁的二大娘,"二大娘,谁家放鞭炮办喜事?"吕杰问道。"傻孩子,你还不知道吧,村支书的儿子要上大学了,明后天就去报到。"说着挤了一下眼睛。

吕杰纳闷了,我才是上大学的唯一推荐名额,怎么又闹出一个支书的儿子。吕杰和支书的儿子一起读过书,就他那学习成绩还能上大学,大部分功课没有超过70分过,有时候还有不及格的。但吕杰已打听,事情果真是那样。"你家有历史问题,你的大学名额被取消了。"吕杰不怕邪,一口气跑到公社革委会,找着那位革委会领导披头就问:"领导,我叔叔是志愿军,我哥哥是解放军,我父亲给共产党当过交通员,我家有什么历史问题?"吕杰进门就问,也不管上级领导高不高兴。

那位领导立即拉下脸来说:"你家是双军属,我们都知道,但是你父亲是地下交通员,谁能证明?你父亲有历史问题,倒是有人来反映了。"说着拿出一沓材料摆在吕杰面前。吕杰明白了,他们说父亲有历史问题,绝不是空巢来风。吕杰理直气壮地说:"我父亲是地下交通员,为共产党服务,县委魏书记可以证明,当时我父亲就是和他们接头的。"

那位领导的脸色更黑了:"魏书记作证明,魏书记的历史问题谁来证明,现在魏书记被关牛棚挨批斗呢!"

吕杰一时无语了,革命家庭一时变成黑五类家庭。明明自己的父亲是革命功臣,村里人都这样讲,现在又冒出一个历史问题,自己到哪里讲理呢?看样子自己大学是上不成了。

后来魏书记的历史问题得到平反,重新出来工作,父亲的历史问题也迎刃而解了。大学招生已经误了,吕杰这才应征入伍,参加了中国人民解放军,有了后面的丰富的经历。

吕杰在台上表演,就像回到了当年的生活,演出情真意切,申雨梦配合默契,演出得到了意想不到的效果。

艰难旅途

"同志们,大家演出辛苦了!快吃块西瓜解解渴。"文艺演出结束,宣传队的同志刚刚卸掉妆,白云山矿区的领导抱着两个大西瓜前来慰问大家,随手拿出刀子切开了西瓜,摆在大家的面前。

在会战各单位,宣传队能吃上又大又甜的西瓜真是一顿美餐,不要说西瓜的价钱,光是运输都要跑到几百公里以外的吐鲁番去购买,汽车一路颠簸,西瓜运到矿区已是烂的多完整的少,大都变成西瓜汤了。

宣传队员看到眼前的西瓜,早已馋得要命,西瓜还没有拿到手,口水已经流出来了。

"同志们,你们坐下,尝尝咱矿区的大西瓜。"白云山矿区的领导学着刚才演出队演出的豫剧《朝阳沟》选段,用浓重的湖南口音似像似不像的让着大家吃西瓜。

"同志们,都坐下,坐下我们拉一拉!"老贫农也用《朝阳沟》的唱段回应了几句,说着拿起一块西瓜三口两口的吃了起来。

演出队的小伙子,演出节目不含糊,吃起西瓜也狼吞虎咽。

几个年轻的队员,一把手拿起两块西瓜,在西瓜中央三下五除二吃了下去,随手把西瓜皮扔在地下,厚厚的西瓜皮上还有红红的瓜瓤没啃完,宣传队长一看,狠狠地瞪了两个青年一眼,随手不声不响地把瓜皮捡起来放在一个铁桶里,小青年自觉的没意思,手拿一块西瓜退到了一边去了。

"朋友们,快来买,快来看,现在最流行的生活产品,不刺激不要钱!"在演出场不远处一个广东来的商贩拖着一口广东口音推销自己的商品。

"走,我们看看是些什么新玩意。"有几个职工围了上去。

"最好的美女,用气一吹就像真人一样,晚上睡觉感觉和真女人一样舒服。"广东商贩神秘兮兮地一遍一遍介绍着自己的商品。

围在那里的人越来越多,纷纷欣赏商贩的新玩意。

艰难旅途

"前面是干什么的,围着那么多人?"白云山矿区的书记从后面赶过来。

"要买快付钱,不买靠边站了。"听到有人问,知道来了大人物,那位老广忙收起那些洋玩意,拿出一些日用品摆在面前。

"同志们上车了,今天晚饭前赶到梧桐沟矿区,晚上演出。"宣传队长招呼大家上车,并和白云山矿区的领导握手话别。

"同志们一路走好,欢迎演出队的同志下次再来!"

"再见,再见!"

刘开河师傅早已检查好了车,加好了汽油,用手一拧钥匙,"轰"的一声启动发动机,做好了出车准备。

"刘师傅今天下午八点前赶到梧桐沟晚上演出,时间有把握吗?"队长一边上车一边问刘开河。

"这条路经常走,不过几百公里路途,道路坎坷不平,车子跑不快,八点前赶到时间还是紧了点。"刘开河计算了一下路程和时间对队长说。

"演出的时间指挥部已经安排好的,还有别的办法吗?一定不能影响晚上的演出任务。"队长执行指挥部的命令很坚决。

"办法倒是还有一个,就是路途中困难多了点,但时间可以节省。"队长一听刘开河还有办法提前赶到梧桐沟,一时来了精神。

"刘师傅快讲,只要能提前赶到梧桐沟,只要不是要飞机,其他的要求我都可以批准。"队长很支持刘师傅的工作。

"其实吧,也没什么要求,我们去梧桐沟矿区的道路有两条,一条是大路,就是我们从红云滩指挥部来的这条路,顺着这条路原路返回,然后再从红云滩去梧桐沟,这是弓背路程是远了一点,时间会长一些。"

"另一条路呢,从白云山直插梧桐沟,这是条小路,平时车跑的不多,不过这是弓弦,这条路近一百公里,可以提前两个多小时到达。"刘开河介绍两条路的跑法让队长选择。

"这条路你跑过吗?车子有没有问题?"队长询问这条道路和车子的情况。

"这条路我跑过不止一回,车子也没问题,我们的车子是解放30越野车,就是道路不平车子跑起来颠得很,大家在车上要受点苦。"刘开河对走这条路很有把握。

"好,今天我们就走这条路,告诉大家坚持一下,八点前赶到梧桐沟吃饭,晚上演出。"队长下了最后的决心。

宣传队二十七名人员全部上了车,队长坐在汽车驾驶室里。

"同志等一等,把我带一下,我有个亲戚在梧桐沟。"那个广东佬提着包从后面赶来,几个好心的青年伸手把广东佬拽上了汽车。

"嗒"的一声,刘师傅挂上了挡,松开离合器踏了一脚油门,车子向茫茫的戈壁滩驶去。

>我们走在大路上,
>意气风发斗志昂扬。
>毛主席领导革命队伍,
>披荆斩棘奔向前方……

车大厢上传来一阵优美的歌声。

"刘师傅,听说你在部队阅历很广,开车经验丰富,你在部队一直在边疆跑车吗?"宣传队长一边夸奖刘开河,一边对身边这位复员军人的经历很感兴趣。

刘开河到会战指挥部工作两年多,吃苦耐劳,脾气耿直,多次圆满完成重要的运输任务,受到过指挥部的表扬,现在已小有名气。

"什么经验丰富阅历广,就是开车八年,翻天山过昆仑经历的危险事情多一些,每次都福大命大造化大渡过难关,没出过事故罢了,在部队时大家给我起个外号叫刘坎坷!"说着自己笑了起来。

"啊,原来是这样,那你给我们讲一讲坎坷的故事让我见识一下真正的刘坎坷!"队长对刘师傅的坎坷故事有了兴趣。

车子一路行驶,刘开河打开了话匣子。

艰难旅途

"那是我入伍的第三年,也是我单独开车的第二年……"刘开河回忆起了在部队行车的一段故事。

"刘开河出车,到巴基斯坦执行国际援助任务。"排长传达了上级的指示,全排六台车组成一个车队,前后翻越喀喇昆仑山脉到达塔格尔山冰达坂,刘开河的车子行在车队的后面。

塔格尔山冰达坂,那是中巴友谊公路最高点,也是这条公路最难走的路段,塔格尔山高峰和悬崖分崩离析剥落入河,而这些河流已深深切入年代久远的死火山和古海岸残留部分中,雨季大面积山体滑坡,以致影响公路畅通,变化多端的冰川时常导致洪水冲垮桥梁。那里空气稀薄,车子的前方不时发生塌方,连队领导要求每个驾驶员在此不能多停留快速通过。

昆仑山山高路险,战士们编一首诗为证。

> 援巴不怕道路险,
> 跨越昆仑翻天山。
> 乔戈里峰云遮日
> 塔格山涧飞鸟寒。
> 印度河畔峭石立,
> 巴旦高峰阴晴天。
> 更愁炎日烤人鱼,
> 九千勇士凯歌还。

塔格尔山,陡峭的金字塔型岩体,当地语言中的意思"闪光的墙",塔格尔山峰终年积雪,在阳光的照射下银光闪烁,山峰是由崎岖的山脊台阶和高耸的岩壁组成陡峭的金字塔。

相传,塔格尔山峰上住着一位冰山公主,她与对面海拔8611米高的世界第二高峰乔戈里峰上的雪山王子热恋,可恶的天王知道了很不高兴,就用神棍劈开了这对真诚相爱的情人。冰山公主整天思念情人雪山王子,她的眼泪不停地涌出,最终流成了道道冰川,山上终年积雪不化,冰珠闪烁,如同一位须发皆白的老人,因为它是冰川形成的最早的山峰,所以被人们称作"冰山之父"。

若山上天晴,他的身影总是隐没在云纱雾海之中,轻易不肯露出"庐山真面目",给人以老者的深沉神秘感,在晴空万里之时,放眼望去白雪皑皑的山峰带着伸向雪线下的道道冰川,宛若冰川公主为雪山王子歌舞飘逸的白裙与长袖,塔格尔山巍峨庄严、纯洁、高雅、美好的传说被塔吉克族的青年男女看作纯洁爱情的象征。

塔格尔山就是这模样,既狰狞又神奇。千万年来人类惹不起它,涉足者寥寥无几,来者有之,然或惊恐而逃,或葬身山间,留下一个个警示路标,算作历史的见证。直到今天中巴友谊打通了丝绸之路的天险,九千健儿在这里遇水架桥,劈山开路,打通了天险的通道,中巴健儿有一种不可战胜的精神,是他们创造出人间奇迹。

山路越来越陡,山峰越来越近,汽车越来越难爬。

汽车加大油门"哼哼"地往上爬,突然前方路段一块石头从山坡滚落下来。

"后车减速行驶,待路障排除后再加速通过。"带队的排长给后边的驾驶员传话。

刘开河听到前面的情况,脚下的油门已松,车子立时减了速,不想车子正好行驶在一块冰路上,再加油门时车子在冰上打起滑来,车轮在下面空转,越加油车子越往后滑,车子后面就是万丈深渊。

前面的车子陆续跨过冰达坂,刘开河急得像热锅上的蚂蚁,豆大的汗珠流了出来。前方的道路滚落的石头随时都可能再次发生,要尽快离开这里翻越冰达坂到达目的地。

"副驾驶快下车,拿三角木掩住车轮。"刘开河指示副驾驶下车掩车轮,副驾驶立即跳下驾驶室来到车子后面。

刘开河加一次油车子前进一点,副驾驶用三角木把车轮掩一下,车子一点点的往前移动。要通过冰块还有一米的距离时,车子"哼、哼"再也移动不了,情况万分

艰难旅途

危急,刘开河急中生智干脆用摇车把顶上油门踏板,自己也跳下车子驾驶室,对副驾驶说。

"来,我们再加把力。"刘开河和副驾驶用尽全身力气从后面推,车子终于又前行了,越过了最后一块冰块路。

刘开河和副驾驶跳上驾驶室,加速冲过冰达坂。

"轰"的一声巨响,一块大石头从半山腰滚落下来,砸在了刚才车子打滑的地方,砸了一个深深的大坑。刘开河对着反光镜一看,"啊"的一声吓出了一身冷汗,车子如果晚几分钟离开那里,整个车子就会被砸成铁饼,发生车毁人亡的严重后果。

刘开河讲了一段当年援巴翻越冰达坂遇险的事,现在回想起来还有点后怕呢。

"队长,你说翻冰达坂道路危险不危险?"刘开河讲完冰达坂遇险的事后问队长。

"危险啊!不过解放军战士开车有经验,关键时刻临危不惧当机立断才化险为夷!"队长先夸奖了刘开河一番。

"刘师傅,你讲的塔格尔山峰真是太美了,有时间我也想过去看看游玩一番,看那位冰川公主。"队长也被刘师傅翻越冰达坂的事感动了。

"那还不好办,等我们铁矿会战结束后,我开车带你去中巴公路转一圈,目睹一下喀喇昆仑山美景,看看冰山公主。"刘开河答应了队长的要求。

"君子一言!"

"驷马难追!"

刘开河和队长达成了到昆仑山游玩塔格尔山峰的约定。

"我是过山山塌方,过水水淹车,明知道路有艰险,越是艰险越向前。"

"过水也遇到过危险吗!"队长感到更惊奇了。

"是的,过水的困难一点不比翻山的困难小。"刘开河又讲了一次过水遇险的经历。

"刘开河出车。"连长下达了出车的命令。

刘开河单车执行运输任务，前往阿尔金山边防站运送生活物资。一路行车来到昆仑山下，刚才还是晴空万里，忽然间天空一片乌云压来，倾盆大雨倾泻下来，前面不远处一条河挡到面前。

这是一条季节河，叫叶尔羌河。河宽八十米，山上下来的洪水漫过小桥。

刘开河停下车，来到河岸边，看着眼前的洪水犹豫起来，河水淹没了整个路面，水流湍急只能看到河对岸的路口，公路上停靠了几十辆车子等待过河。

那是一条水漫桥，是西北特有的建桥方式。说是一座桥，其实并不是桥，是用水泥打的一段过水路面，车在上面行驶，边疆的人称它为水漫桥。春秋两季，是无水季节，河道里基本干涸，车在水泥路上行驶。夏季一到，山洪流下来，顷刻之间变成一条河，急流的河水漫过水泥路，奔腾着流向戈壁滩，河水一淌就是几天。每次洪水下来，水漫桥下常有被洪水冲下去的车辆，岸边滞留很多车辆不能前行。

洪水不知要流淌多长时间，部队生活物资运输不上去，影响边防战士的生活。汽车涉水过河，也不知河中间路面的水有多深，如果车子抛到水中，车子或被水冲走，那事情就闹大了。

怎么办？

事情摆在刘开河面前，此时刘开河心中只有一个念头，困难再大也要按时完成任务，我给连里下过保证，困难是靠人来克服的，一定想办法克服困难，按时完成这趟运输任务，以前自己不是也遇到这样的情况吗。

刘开河观察一番后，河水流淌的还比较平稳，决定不再等待，今天驾车涉水过河，他"咔"一声推上了变速箱一挡，加上油门，摸索着向对面的路面开去。

"阿达西，快停下，前面危险！"当地的一位维吾尔族老乡见刘开河的车要涉水过河，急忙跑过来劝阻。

刘开河明白维吾尔族老乡的好意，心想，再危险也要过去，边防战士等着这批物资过生活的。刘开河感谢维吾尔族老乡的提醒，还是坚持继续把车开向河中。

一米、两米、五米、十米……车头划开了前面的水，车子在水中乘风破浪，荡起

艰难旅途

了一阵高高的浪花。

岸边一双双眼睛注视着刘开河的车辆,关注着河中车子可能遇到的情况,当刘开河的车子行到河的中间时,突然"突突突"的几声发动机熄火了,再打马达时发动机已没有动静。

刘开河明白,消声器进水了,河水超过了排气管消声器的高度,废气排不出来把发动机憋死了。驾驶员天不怕地不怕,就怕车子过水时趴下,发动机在水中熄火。山上流下来的洪水一涨再涨,没有减弱的迹象。

怎么办,车子停下就会被洪水冲走,停下就是等死。

刘开河心想,决不能在此等待,要想办法将车子开过河去,完成为边防部队运送生活物资的任务。

消声器进水,下去把排气管砸开,让消声器不起作用,废气就可以在水面上排出去,刘开河想出了办法。

刘开河掀开了驾驶室的坐垫,拿出了一把锤子,一把起子,再推门时,车门在水的压力下已经无法打开,刘开河急忙推开右边的车门,离开驾驶室跳到水里,掀开引擎盖,趴在叶子板上一锤一锤使劲砸排气管。

时间一分一秒地过去,发动机的排气管终于被砸出一个洞,洞越来越大,完全可以排放发动机的废气啦。

刘开河收了工具,放下引擎盖进了驾驶室,关好车门打开车钥匙,一脚马达,"轰"的一声发动机重新启动了。

刘开河挂上挡一松离合器,车子"哼哼哼"地又向前驶去。一会儿工夫驶出了河道爬上了公路。岸边未过河的汽车驾驶员眼睛都看直了,伸出大拇指佩服眼前这位军人的机智和勇敢。

刘开河绘声绘色地讲完了那段涉水过河的经历。

"从那次事件后,战友们都说我的经历坎坷,给我起了个外号叫刘坎坷。"

"坎坷、坎坷,就是坎坷,大难不死必有后福。"队长安慰着刘开河。

"不过今天行车我蛮有把握,崭新的解放牌汽车,又有你带队,还有修理专家坐镇,我什么情况都不怕,大家再也不要叫我刘坎坷,要叫我刘顺利吧。"刘开河说着笑了起来。

"好吧,就叫刘顺利,祝我们一路顺利到达目的地。"队长对刘开河祝福着。

刘开河和队长一路行车一路说笑。

"刘师傅,你看前方是什么,一片红色。"坐在副驾驶位置上的队长看到前方一片红云迎着汽车而来。

"啊,不好了!"刘开河也看到了前方出现的大面积红云。刘开河知道情况不妙,这是西北常出现的沙尘暴,每年都会有几次,今天让他们碰到了。

"怎么了刘师傅?"队长是从云南转战到这里来的,没见过沙尘暴这天气。

"队长,那是沙尘暴,快通知车上的同志穿好衣服,做好自我保护。"刘开河给队长出主意。

"大厢上的同志请注意,沙尘暴来了,大家戴好口罩和墨镜,穿好衣服保护好自己……"队长对车上的宣传队员做了预防沙尘暴的安排。

片刻工夫,沙尘暴已到眼前,霎时天昏地暗飞沙走石,气温下降,前方的能见度不超过五米,刘开河打开防雾灯前行。

一个多小时过后,红色的沙尘不见了,戈壁滩上太阳露出了笑脸,大地一片安静。再看前方,原来汽车行驶的车轮痕迹不见了。

"队长,前面有两个车辙,一个偏左一个偏右,我们按哪个行驶?"刘开河问坐在旁边的队长。

"我不是给你讲过吗,能提前赶到梧桐沟,哪条路近走哪条。"队长一门心思想的是早点赶到梧桐沟矿区。

"好的。"刘开河一把方向盘把汽车拐到左边的车辙上加速前进。刘师傅想着翻过这座山,再有两个小时就可以到达目的地。

野人沟遇险

"嘎"的一脚刹车,解放牌汽车在一个沙丘旁停下来。

"刘师傅,车子怎么不走了,要抓紧时间赶路啊!"队长看了一下手表,时针指向下午七点钟,离预计到达梧桐沟的时间还有一个小时。

"车子没油了。"刘开河指了指汽油表上的指针。

"刘师傅,我们到哪里了?这里的地貌好像看到过。"队长按时间计算着行程。

"车子没油了?出发前你不是加满了汽油,还计算过路程,不是说汽油跑到梧桐沟没什么问题吗。"队长听刘开河说车子没油,大吃一惊,不相信眼前发生的事。

"汽车出发时油箱是加满了油,但是中途车子遇到了沙尘暴,顶风行驶发动机费油,车子又多跑了一些路程,所以汽油烧完了。"刘开河讲出了汽车没油的原因。

"我们现在到了哪里?离梧桐沟矿区还有多远?"队长看看天色,又看了看四周。

"走,下去看看。"刘师傅和队长打开车门跳下汽车查看前面的道路。

"队长,你看那是什么?"刘师傅发现前方有一个物体,用手指给队长看。

"像是一辆马车。"队长也看到了那个物体。

"马车,茫茫的戈壁滩千里无人烟,哪来的马车?"二人来到物体跟前一看,果然不假。是一辆马车,马车不远处还躺着几具干尸,尸体旁边散落着一把手枪、一条马鞭。

"这是什么地方,这又是些什么人,他们跑到这里干什么?"一连串问题摆在他们面前。队长忽然想起,进疆动员会上,上级领导介绍当地情况,讲过一九五〇年西北解放时,一股国民党匪徒从青海流窜到新疆,进入大漠,从此不知去向。难道这些人就是他们的一部分,这些人一定是在这里迷了路,没吃没喝最后干死在这里,两个人不寒而栗。

四周茫茫戈壁,不远处堆积着一个个沙丘,沙丘上长满了红柳,很像一代天骄成吉思汗统帅大军横扫欧亚大陆时遗留下的勇士坟墓。再看看车子前方,一行汽车行驶辗出的车辙。

"队长,确切地讲车子现在在哪里我也不知道,按行车时间来算,我们早应到了梧桐沟矿区,在帐篷里喝茶呢。都是那场倒霉的沙尘暴,弄得我们看不清方向,影响了我们的行车。"刘开河一口气讲了一大堆道理,看样子这回刘开河心里真没底,又要坎坷了,说话的声音变软了。

"老贫农过来一下。"队长对着大厢上演出队员喊了一声。

老贫农听到队长的喊声,急忙跳下大厢,来到队长面前。

"队长,有事吗?"老贫农急切地问。

"老贫农,你是红云滩的活地图,你看看我们现在处在什么位置,这里离梧桐沟矿区还有多远,离红云滩指挥部还有多远?"队长给老贫农布置了紧急任务,看样子,队长把走出戈壁的希望寄托在老贫农身上。

老贫农急忙打开地质包,从包里取出罗盘和放大镜,并找出一张红云滩的地图和航空照片,然后对着罗盘辨认一下方向,又仔细观察一下四周的地形地貌,然后摇了摇头。

"你天天在戈壁滩跑地质,这是哪里都不知道,你的专业是怎么学习的。"队长见老贫农摇头,狠狠指责了老贫农。

"队长,现在汽车行驶的是东南方向,车子四周几十公里没有山包和山梁,没有大的沙丘,没有等高线对比,所以不能确定我们所在的确切位置。"老贫农一边接受队长的批评,一边详细给队长解释不能确定地理位置的原因。

"罗盘只能辨别方向,不能确定位置,更不能计算出距离梧桐沟路程。队长,我在大学里听说美国新发明一种新的GPS卫星定位仪,能判断出自己在什么位置,我们有一套就好了,我们大家就能一起走出困境,返回基地。"老贫农一句幽默的话给大家增加了新的话题。

"废话,有GPS卫星定位仪我找你干什么!"

队长听了老贫农的一席话,一下子蒙了,原来还把希望寄托在老贫农身上,现在看来靠井井枯,靠山山倒,彻底的没戏了。不要说队长刚才发火。一次抄近路汽

野人沟遇险

车行驶,时间没有节省多少,还遇到沙尘暴迷失了方向,现在车子又没有汽油,前不能行后不能退,暂不说影响晚上的演出,车上二十八个生命也有危险,看来事情闹大啦。

"队长,赶快给指挥部联系,让指挥部派车救济我们。"老贫农给队长出主意。

"能联系上我还求你吗。你不知道吧,出发时我们演出队没有带电台和其他通信工具,没有电台怎么跟指挥部联系。"队长后悔出发时自己想得不周全,为什么不带部电台备用呢!

车子停在沙丘旁长时间不走,车上的其他队员也感觉出发生了什么事情,还以为发动机出了故障,等排完故障再继续行车,过去乘车时也遇到过汽车抛锚的情况。

"刘师傅,车子还不走吗,再晚了赶到梧桐沟吃黄花菜都凉了。"车上的演出队员催着刘师傅赶快行车。

"同志们别急,现在车子迷路了,正在研究行驶方向。"刘师傅的话让车厢上的同志已经明白了眼前的问题。

"迷路了怎么办?"有的队员一听着急了。

"要不要我们几个走着去,我们也不能在这里等死吧。"车上的演出队员慌乱起来。

队长明白,事情的严重性要比汽车没油大得多,既然大家都知道了,要给大家讲明白,让同志们有一个思想准备,稳定思想情绪,共同渡过难关。

队长、老贫农、刘开河一起爬上了汽车,和大家站在一起。

"同志们,刚才大家也看到了,我们的汽车迷路了,车上的汽油也烧光了,现在梧桐沟在哪里,红云滩离我们还有多远,我们都无法知道,我们没有通信工具,暂时还不能和指挥部取得联系,看样子我们今天不能正常到达演出地点,请大家有个思想准备。"

"今天不能到达,明天能到达吗?"有的演出队员问道。

"我们遇到了困难,大家要保持冷静,做好最坏的思想准备。"队长简明扼要地讲了车子迷路的经过。

"但是,请同志们放心,只要有党在,有我们领导在,我们一定能战胜眼前的困难,把大家安全的带出戈壁滩,回到红云滩指挥部,完成我们的工作任务。"队长作了一番思想动员后,大家的情绪总算稳定下来。

"困难对我们来说是一种考验,同时也是对我们的一种磨炼。党是我们的领导核心,关键时刻共产党员要起模范带头作用,带头经受住生死的考验。在场的共产党员共青团员举起手来。"此时此刻队长想到共产党员的先锋作用。

说完队长先举起了手,吕杰、老贫农、刘开河、莫春云和申雨梦等都举起了手。二十七名演出队员中有6名党员4名团员,队长心中底气硬了。

"现在共产党员下车,召开党员会,成立临时党支部,其他同志原地不动。"队长讲完后第一个跳下汽车,在距离汽车几十米的地方席地而坐。

"同志们,刚才大家都知道了我们当前的困境,为了战胜这次突如其来的困难,把全体同志安全的带出险境,我提议由我和吕杰、老贫农组成临时党支部,全面领导大家战胜困难。现在同意的请举手。"队长讲了成立党支部的目的和组成人选。

6名党员未加思考同时举起了手,临时党支部全票通过。

队长、吕杰、老贫农在红柳丛旁进行了工作分工。队长任支部书记,全盘指挥抢险工作;吕杰为副书记,协助书记工作。老贫农任委员,负责后勤工作,并和大家联系与沟通。

"战胜困难,活着走出去,不能丢下一个人。现在召开全体员工大会。"队长把话讲得很明白。

第一批到达矿区的职工都知道,去年八月份也是这个季节,有一支地质勘探队三名职工,驾驶一辆汽车在返回楼兰时,车子迷路,油箱没有汽油,这三名职工应该在未判断能否走出去的情况下,守在汽车旁边原地待援,保存体力延长生命,但三名队员却偏偏离开汽车寻找生命之道,最终没能走出大漠,干死在大漠之中。

去年发生的事就是一个惨痛教训。今天发生的事情更大,更严重。二十八个人突然失踪,指挥部一定会发现,一定会想办法救援我们。决不能让职工再犯过去

野人沟遇险

的错误,原地待援保存体力。吕杰把自己的这些想法如实地向队长做了汇报。

队长听了吕杰的意见,点头同意。

在车上,大家围坐在一起听队长讲话。

"同志们,今天我们迷路了,我们的汽车也没有汽油了,演出队遇到了前所未有的困难。我们车上二十八个人要团结起来互相帮助。共渡难关走出困境,安全回到各自的工作岗位,大家有信心没有?"

"有!"

演出队的同志听了队长的讲话增强了信心,完全没有了刚才的惊慌。

"下面,请吕杰副书记安排我们的自救措施。"

吕杰站了起来。

"同志们,大家不要惊慌。常言说,没有过不去的火焰山。我们眼前的困难是暂时的,我们的困难要和红军爬雪山过草地相比算不得什么。在那样艰苦的条件下,红军战士不是克服重重困难走了过来,最终到达胜利的终点。"吕杰一番动员给大家吃了一颗定心丸。

"这次迷路事件,说大也大说小也小,在八月炎热的三伏天气,没吃没喝坚守待援,最终走出茫茫戈壁大漠,回到同志们身边,危险确实很大,大家要有一个思想准备。"

"下面我宣布四条措施。"

"第一,一切行动听指挥,没有队长的批准,任何人不能离开车子50米。

第二,不管个人带的,车上准备的开水,吃的食物一律统一保管统一分配;

第三,三人一组就地休息,不得走动,尽量减少体力消耗。

第四,男同志照顾女同志,年龄大的照顾年龄小的,身体好的照顾身体弱的,大家互相照顾共渡难关,决不能丢下一个人。"

为了完成自救任务,下面我们分成三个小组。

一、生活监督组,组长由老贫农负责,统一保管和分发食物。

二、信息传递组,组长由刘开河负责。准备好火把旗子和信号物品,随时准备发出求救信号。

三、救援观察组,组长由莫春云负责,24小时监控空中和四周有无飞机、汽车、灯光出现,随时报告队长,以便释放求救信号。

同志们,下面请按照党支部的要求分头行动,暂时没有任务的同志原地休息,等待救援。"吕杰宣布了应急措施和实施方案。

"大家还有没有补充的?"

"吕杰该想到的都想到了,该讲的都讲了,大家执行就是了。"队长补充了一句。

吕杰在部队进行过野外生存训练,练习在艰苦的条件下,七天七夜在长白山中自我生存,多次死里逃生完成任务,有一定的自救经验。与今天所不同的是长白山有水有植物,戈壁滩中没水没树烈日暴晒,别说七天七夜就是三天三夜坚持也特别困难。

这次听队长讲车子迷路,发动机没有汽油情况相当严重,吕杰的思路并没有慌乱,茫茫一个矿区,直线距离就是几百公里,出发时一直朝着梧桐沟方向行驶,行驶了八个小时,就是方位有点偏差,也应该距离梧桐沟矿区不远了,另外演出队不能按时赶到梧桐沟矿区演出,指挥部不会不发觉。吕杰相信自己的判断。

其实吕杰担心的是另外的一个问题。茫茫的戈壁滩中车子迷路事小,没有食物和水才是大问题。三伏天气,烈日暴晒,体力消耗,如何保证二十八个生命生存下来才是大问题。

刘开河组织了几个年轻人成立了信息小组,带领小伙子在车子四周捡来一根根红柳根,在一个显眼处把红柳架起来,又拿出扳手从油箱里放出一瓶汽油,准备随时点燃求救信号。

"去,把演出队的红旗找来,插到车上。"等着一切做好后刘开河向队长做了汇报,然后找一个阴凉处休息去了。

莫春云找来几位姐妹,组成观察小组。

"大家轮流观察四周,不管天上飞的、地上跑的、空中照的,一样都不能放过,发现情况立即报告。"莫春云把观察小组的任务讲给大家,让大家执行。

老贫农坐在车大厢上,一步不离地守护着那桶水。那是一桶生命之水,关乎着二十八人的生命,没有队长的命令任何人不能动一口。

在太阳的暴晒下,大家一分一秒地熬下去。

演出队蒸发啦

梧桐沟矿区接到指挥部的演出通知,立即着手平整场地搭建演出台子,通知炊事员做好晚餐,迎接演出队的到来。

七点、八点、九点三个小时过去了,没有看到演出队的踪影,十点、十一点、十二点又过去了,还是没有演出队到达的消息。昨天定好的时间,今天为什么没到,难道演出队计划改变了吗?就是计划改变,指挥部也应通知一下吧,向指挥部发个电报问问情况。

"滴、滴、滴"报务员打开发报机,一封电报发向红云滩指挥部。

"现在已经晚上十二点了,演出队的同志还没有到来,是不是演出计划改变,指挥部对演出队另有安排?"

报务员译好了电文,立即送到陈指挥长。

"报告指挥长,梧桐沟矿区询问演出队是不是改变计划,演出队没到梧桐沟矿区。"

"计划不变,你给百灵山矿区联系一下,落实演出队出发的情况,立即向我汇报。"指挥长下达了指示。

一刻钟后,报务员又拿来一份白灵山矿区的回电,电报纸上写着一行大字:演出队已于早八点出发,前往梧桐沟矿区演出,预计演出队已到达梧桐沟。

电报上明明白白地讲演出队已经出发,可演出队却没有到达。整整一天时间,那么汽车和演出队到底跑到哪里去了,二十几个活生生的人,突然蒸发了不成,陈指挥长感觉事情不妙。

"报务员,立即发报和所有的矿区联系,看有没有演出队和汽车的消息。""从即日起,电台二十四小时开启,有演出队的消息立即汇报指挥部。"陈指挥长下达了指挥令。

"是。坚决执行命令!"报务员回到报务室,开通了红云滩会战指挥部所有的电台信号。

"滴、滴、滴"一封封回电都是一句话"没有见到演出队。"

茫茫的戈壁,二十多人的演出队一下子就蒸发了。

演出队在戈壁中蒸发,在矿区会战中已经不是第一次了,去年八月一支地质队的三个人就失踪了。

在指挥部办公室,陈指挥长连夜召开会议,研究对策。陈指挥长一脸严肃,神色庄重。

"同志们,刚才接到报告,我们的演出队失踪了,二十多个演出队员连人带车不知去向,没吃没喝烈日暴晒,情况相当危险,必须立即采取救援措施,找回演出队员。"说完把几份电报摆在参会者面前。

大家听了陈指挥长的话,已大体明白了事情的经过。

"我们根据演出队出发的时间和行车路线,先来分析一下演出队可能迷失的地方,然后派车寻找救援。"

"根据百灵山矿区的通报,演出队今早八点离开百灵山矿区,晚上八点赶到梧桐沟演出。"

从百灵山到梧桐沟,车子有两条路可走。

大家围着红云滩矿区会战的地理图,用红笔圈住红云滩周围的百灵山、尖山、骆驼峰、梧桐沟的位置道路,计算相互之间的距离。从百灵山到梧桐沟如果不走大路,应该走这条路,穿越5号地区。地质分队的专家分析演出队可能出事的地点。

但是三号地区、四号地区也有可能,汽车在那里抛锚,也同样不能到达梧桐沟。地质专家想得很周到,每一种方案想得都很仔细。三个地段同时进行搜救,就是拉网也要把二十几个演出队员找到。

"下面我们分成三个救援小组,每组五人,配备一大一小两台汽车,分别向三号、四号、五号地区搜救。时间就是生命,要抓紧一切时间,不惜一切代价把二十几位阶级兄妹安全的救回来。"

"情况是复杂的,三个小组务必在明天三点钟前,不管寻找的情况如何,赶回指挥部回报,以便采取新的措施。"

"是!"三路救援小组在地质专家的带领下分头出发,一路灯光闪烁,连夜向茫茫的戈壁大漠驶去。

自力更生寻找生机

时间一分一秒地过去。

戈壁滩上烈日炎炎,演出队的男女三三两两的按照领导的要求,在汽车底盘下,在红柳丛旁用衣服被单搭成凉棚,躺在下面休息保存体力。大家每人每天分到一杯水,一块西瓜皮等待指挥部的救兵到来。

时间一分一秒过得那么慢。

"亚迪松过来一下。"在沙包的阴凉处,一个名叫发子的小伙子向不远处的维吾尔族青年打招呼。

发子姓曹,叫曹发子。是一九七六年参加工作的新职工,身材细长头脑灵活,猴精猴精的,大家都叫他侯发子。

沙包另一边躺着一个演出队员姓强,叫强子。俩人都是二十多岁年纪,发子是钻探工,强子是物探工,这次一起同台演出节目。

亚迪松走到发子和强子的身边,"亚克西吗!"亚迪松用不太熟练的汉语向发子和强子打招呼。

"亚迪松,我们已经在这里熬了两天了,没见一个人影和车影子,没吃没喝烈日暴晒蚊虫叮咬,再坚持下去非把我们晒成干尸不可,我们不能再等了。"发子对亚迪松和强子讲了自己的想法。

"不在这里等待,你说该怎么办?"亚迪松和强子问发子。俩人让发子拿主意。

"不管什么办法,反正我们不能在这里干等,等待就是死亡,饿死鬼的样子是很可怕的。"发子把干死戈壁的情景描绘了一番。

"吕书记不是讲没有队长的批准,任何人不能离开车子五十米远吗?大家是一个集体,生在一起演出,死在一起光荣。"看样子强子和亚迪松都做好死的思想准备。

"我给你们讲个故事吧,很久以前,有三个和尚在一座大山里迷了路,师徒三人在山中转来转去就是找不到出山的路,他们没吃没喝,在山上被困三天三夜,一个个饿得头晕眼花奄奄一息。他们多么希望能找到一些食物和水来延长生命,最后走出困境。

"'徒弟们,我们三人不能在这里等死,大家分头找食物和水然后再回到这里,大家一起再寻道路出去。'为首的老和尚说。

"师徒三人分别向不同的方向而去,两个师傅寻了一天什么东西也没有找到,饿着返回了原地,躺在那里等待死亡的来临。

"天黑的时候,小和尚最后回到原地。

"'师傅,我找着了吃的,我找到野果,师傅你吃吧。'小和尚手捧着两个野果递到了师傅的面前。

"师傅接到野果,一股果子的香味馋得肚子咕咕地响。

"'徒儿,你吃了吗?'

"'师傅,我找到果子,就赶快回来孝敬师傅,连闻都没有闻一下。'小和尚艰难地说。

"师傅看看这两个果子,三个人吃,一人一个还不够,一人吃一口挽救不了三人的生命,老和尚把野果又推了给小和尚。

"然后对着另一和尚说:'师弟,看样子我们是走不出去了,这两个果子留给徒弟一个人食用吧,说不定还能挽救他一条生命。'

"老和尚把野果还给了小和尚,最终饿死在荒山里。

"小和尚吃了野果来了精神,最后走出深山,生存下来。"

自力更生寻找生机

"发子,您讲这个故事啥意思,我们听不懂。"

"真是笨,简直比猪八戒还笨。一个东西三人吃不足,一人吃有余嘛!"

发子指着车上的塑料桶:"你们看救命水就剩这些,二十几个人一人再喝一口水就喝完了,也坚持不了多长时间,没有人来救济,二十几个人都得干死,这些水要是少数人使用坚持五天也没问题,这些人就可以活着出去。"

"多数人牺牲少数人活着,那太缺德了吧!"

"你们怎么死脑筋啊,《红灯记》里一句话,人不为己天诛地灭,这种时候我们还是想想自己吧。"

"我们才二十几岁青春年华,还没有娶媳妇,享受过美好生活,就去见阎王多可惜啊。活着总比死了强,趁着我们现在还有点体力,不如我们三个人一起出去探路,寻找一条生路来把大家带出去,也是对演出队做点贡献。"发子说出自己的一些想法。

"我们出去寻路,队长能同意吗?"

"事是死的,人是活的,不会想想办法嘛。"发子在强子和亚迪松耳边小声叽咕了几句,两个人露出了笑容。

"还是发子脑子灵活想得周到,就照你说的办。"

三个人起立一起向队长躺的地方走去。

"队长,救援我们的车子啥时候能到?我们不能在此干等吧,梧桐沟矿区还等着我们演出呢。"发子来到队长面前了解情况。

"救援的车子啥时间到,我也不知道,原地休息耐心等待吧。"队长安慰发子等人。

"干等也不是办法,看看这么多人受罪,我真受不了。队长,我知道一条路,要不我带几个兄弟出去探路找水,把大家救出去。"发子把胸脯拍得"啪啪"响。

队长一愣,今天发子表现反常,平常猴精的他,今天竟自告奋勇为大家去冒险。看样子这批年轻人在关键时刻思想觉悟还是有的,队长改变了以前对发子的印象,投出了赞许的目光。

"发子好样的,什么时候也知道关心集体关心他人了。不过今天不能单独行动,按照党支部的要求原地待援,赶快回去休息。"队长表扬了发子等人,又打消了发子等人出去探路的请求。

"队长,你还信不过我发子嘛!别看我平常吊儿郎当,关键时刻还是真爷们,大家的命比我自己的命重要,只要能救活大家我甘愿冒风险,队长你就让我们去吧!"

"你们的想法可嘉,但不一定成功,还是按照党支部的要求原地待援,回去休息吧。"队长态度坚定。

三个人见队长不肯答应,和队长寒暄一阵后,便离开队长来到了车大厢旁。

"老贫农,刚才队长批准,让我们三个组成小分队出去探路寻找水源,为二十八名阶级弟兄寻找一条生命之路,把二十八名阶级弟兄救出去。"发子给老贫农传达了队长的最新指示。

"会上讲不要单独行动,原地待援保存体力,不要出去路没有找到,你们也回不来了。"老贫农似信非信发子刚才讲的那些话。

在矿区,老贫农对发子事还是有耳闻的,对发子今天的话半信半疑。

"队长就是这样讲的,不信你问问他们两个。还说让你给我们灌一壶水,拿六块西瓜皮把你的罗盘也带上呢!"发子讲的有鼻子有眼。

"是的,队长就是这样讲的,我们可以证明。"强子和亚迪松在一旁帮腔。

"既然是队长的指示,那就执行好了。"老贫农见有这么多人证明,相信了发子的话,打开塑料桶盖子,装了满满一壶水递给发子,又从挎包里取出罗盘轻轻地递给小强。

"这个要好好保管细心使用,不能乱碰。"老贫农一遍又一遍的嘱咐着发子三人生怕弄坏了自己的宝贝似的。

发子、亚迪松和强子三人,背着水壶拿着罗盘,暗露喜色,先后跳下汽车,借着黄昏,向西边茫茫的大漠走去,一会儿消失在大漠之中。

莫春云的观察小组,整整一天的时间没有观察到前来救援的车辆和救援的飞机,却突然发现发子等三人向大漠中走去。原以为三人出去方便一会就回来,不想

自力更生寻找生机

一个多小时的时间过去了,不见发子等三个人的踪影,慌忙将这事报告了队长。

"报告队长,发子、强子和亚迪松三人出走了。"莫春云如实报告发子等三人出走的情况。

"谁让他们单独行动的,大会上吕书记不是讲过没有我的批准任何人不能单独行动吗,出走了多长时间,还有什么情况。"

"听说是你批准的,他们还在老贫农处灌了水,拿了东西和罗盘。"看样子观察组观察的比较详细。

"乱弹琴,我什么时候批准的,把老贫农叫来。"

"老贫农,队长让你过来。"

老贫农离开了塑料桶,跳下汽车来到队长的身边。

"队长有事吗?"

"侯发子三个人在你那里干了些什么?"队长追问道。

"要了一壶水还有几块西瓜皮,拿了我的罗盘说是你批准让他们出去探路的。"

"走了多长时间了?"

"大概一个多小时了。"

"快去把他们追回来,不能凭着一壶水一个罗盘就能走出茫茫大漠的,没有外界的救助是没有生命保障的,最后非干死无疑,后果严重。"队长急了。

吕杰和刘开河听说后赶过来。

"队长,他们还没有走远,我这就去把他们追回来就是了!"

吕杰这两天几乎没吃没喝,演出队给大家分的一杯水和一块西瓜皮都留给了申雨梦,嗓子有点沙哑。

"还是我去吧,事情都是因我引起的,我就是死也要把他们追回来。"刘开河向队长请求,坚决要求找回发子等三人。

"好吧,快去快回。决不能让一个人出问题。"队长同意刘开河的追人请求。

刘开河根据发子行走的方向,沿着他们走的脚印一路疾走,争取早一点赶上发子等三人,奉劝他们返回。

"亚迪松,你是当地人,对地形比较熟悉,知道哪里有水哪里有吃的,哪条路可以通到底坎尔,我们三个的生命全都靠你了。"发子把走出去的希望寄托在亚迪松的身上。

底坎尔是距离矿区最近的一个绿洲。

"这个沙漠无边无际,我也不知道怎样才能到达底坎尔找到绿洲。"亚迪松对找到绿洲心中没有底。

既然出来就不能再回去,三个人按照罗盘指示的方向,向西而行,坑坑洼洼越过一个个沙包和山梁,不知走了多长时间。

"快来看,前面有村庄,我们有救了。"强子最先发现村庄的残墙断壁和一些干死的树木。

"村庄在哪里?"

"村庄就在那里。"强子用手指着给他们二人看。

有村庄就有人,有人就有水就有食物,我们就得救了。三人喜出望外来了精神,加快步伐来到了断墙根前。一看惊呆了,这哪里是有人住的村庄,而是一处古迹,也不知是哪个朝代留下来的建筑,很多房子街道都被流动的沙子掩埋了,只露出房子的梁柱和用芦苇打成的围墙,再往前走这个看似村庄的地方很大,有整齐的街道,有很多建筑物的遗址。他们站在高处一看,这哪是什么村庄,简直就是一座城市,方圆几平方公里,在这个中心位置立有高高的寺塔、寺庙,中间三间大的房子一定是这个城市的最高行政机构的办公地点。

发子三人此时此刻真有点后悔,出发时为什么不把吕杰、老贫农一起带上,吕杰懂得历史,老贫农知识面广,有他们一个人在,也能确定这是个什么地方,这里是一座什么古城,说不定将来我们还可以写书,我们还可以出名。可惜世上没有卖后悔药的,要不然我们就买它一公斤吃下去。

"亚迪松,这是什么地方,是个什么古城。"

"什么古城我也不知道,就是听我爸爸讲过,大漠里有一个楼兰国,有几千年的历史。那里有很多宝物,有很多美女,后来楼兰国被沙漠淹没,我们的祖先搬迁了出来。那里很遥远,可是我们从来没有到过。"亚迪松用生硬的汉语给发子和强子介绍情况。

找找看,这里有没有宝物留给我们,有没有美女给我们做顿饭吃,大家自己给自己鼓劲。

一个大的拱形建筑露出沙丘,三个人走到这个建筑跟前,这个拱形的建筑坍塌了一个大洞,不知是人为破坏还是自然坍塌。

发子、强子和亚迪松走到破洞前,探着身子往洞口一看,里面黑乎乎一片,什么也看不到,外面光线强里面光线暗,发子有点害怕了。

发子从小就不老实经常干点偷鸡摸狗的事,但有时就怕鬼,怕半夜里鬼叫门。

"强子,你下去看看,看洞内有啥宝物可取,不行的话进去休息休息再走。"

"发子,我胆小,平常连走夜路都不敢一个人走,别说下地洞了,要不让亚迪松先下去。"强子把发子的建议又推给了亚迪松。

亚迪松听明白了,他们两个都不愿下去,让他下去,他一听急了。

"不买叨,不买叨。发子下去亚克西!"

发子看他们两个你推我,我推你谁都不愿先下去,眼珠子一转有了主意。

"大家都不愿意打头阵,如果洞内有吃的,有宝物我们可就泡汤了,干脆我们三个打个赌,谁输谁打头进洞,听天由命怎么样!"

"怎么赌法?"强子问。

"我们把自己头上的帽子往前方投,谁丢的最近谁先下去,谁投的中间第二个下去,投的最远的最后下去。"

"这个办法不错,这样做还算公平。"

三个人摘下自己头上的帽子奋力向前投去,结果亚迪松投的最近,强子第二,发子投的最远。

亚迪松极不情愿的钻进洞内,探着头借着外边的阳光一点点地摸索着往前走,里面的空间越来越大,里面的东西慢慢地看清楚了。地下建筑的中心是一个大石棺,棺内躺着一具干尸,身上衣服鲜艳,个子一米六左右,眼睛深深地陷了进去,成了两个大洞,头发皮肤整个身体完整,原来是一个美女,拱形建筑是美女的坟墓。

"强子、发子快进来里面有个美女。"亚迪松在墓里喊。

强子和发子依次钻进到古墓里,观看美女寻找古墓中的宝物。

这里一定有盗墓人光顾过,这个洞是盗墓人挖开的,盗墓人挖开坟墓打开棺材取走了美女身边大量珍宝,打破了美女千年安静的沉睡,看样子当地民间的传说一点不假,那么这是个什么王国呢,这个王国是什么时间被大漠蚕食的,什么时间在人们的视线中消失了,历史上有没有记载。

发子、强子和亚迪松在古墓里折腾了一番,除了一具美女的尸体外,什么宝物也没有发现。

"嗨,千年美女,穷命鬼一个!"

三人从古墓中退了出来。

"强子,做好记录,如果我们三人大难不死,能活着走出大漠,我们一定开车带领大家光顾这里,游玩这座古城,把古城美女的秘密告诉大家,告诉考古工作者,让考古人员发掘研究,写书告诉世人。"发子给强子出主意。

强子拿出纸和笔,在纸上做好了古城和出事地点的方位和距离,三个人这才按原路退出洞口,回到原来进城堡的道路上,忽然看见前方一个人伸着手朝他们走来。

奇怪了,这个古堡里还真有活人存在。

"刚撞见一个死人,又来一个活人,我们今天是不是撞见鬼了。"三人此时真有点害怕。

"侯发子,快给我回去,在这里是走不出去的,单独行动一定会干死的。"对面的幽灵还发出了声音。

"走,过去看看,管他是人是鬼。"三人战战兢兢地迎着幽灵走去,走到跟前一看一下愣住了,前面看到的根本不是什么幽灵,而是一个活人,他们的汽车驾驶员刘开河师傅。

"可追上你们了,可追上你们了,队长让你们赶快回去,这里是走不出去的,指挥部一定会救我们的……"刘开河师傅上气不接下气，说着倒在了沙窝中。

大家上去把刘师傅扶起来，灌了几口水，刘师傅慢慢地恢复过来，详细地把队长的指示告诉了大家。

发子等三人脸一阵发烧自觉惭愧，三人的自私、出走又连累了刘师傅，连累了大家。随即搀扶起刘开河师傅，乘着夜色按照来的路线向回走去，东方发白迎来了又一个黎明。

"队长不好了，出大事了！"队长正和吕杰老贫农一起研究下一步的措施，莫春云慌慌张张地跑过来报告。

"出什么大事了？慢慢说，看把你急成这个样子。"队长问。

"有人开始抢水喝了。"莫春云讲了刚才看到的一幕。

"一滴水就可以救活一条生命，走过去看看，是谁长了个熊心豹子胆，偷喝大家的生命水。"队长、吕杰、老贫农立即来到车上放塑料筒的地方一看。莫春云讲的一点不错，那个搭便车的广东佬抱着水桶在偷喝水。

老贫农气不打一处来，一把上去狠狠地去推广东佬，那个广东佬还死死地抱住塑料桶不放手，口口声声地说，"渴死我了，渴死我了。"

"混蛋东西，你渴我们就不渴吗，全车二十八个人在这里受难就你生命那么重要，别人的生命都不重要。"说着上去一把狠狠地推开了广东佬。

"打死他，打死他，打死这个偷水贼。"同车的其他演出队员听说有人偷水喝勃然大怒，立即围了上来挥拳打向那个商贩广东佬。

广东佬一边护着头，一边打开自己胸前的挎包，掏出一摞一百元一张的人民币。

"我给钱，我给钱，这些钱全给你们。"说着把钱递到大家面前。

"谁要你的臭钱，拿着你的臭钱见鬼去吧。"说着一把把钱打翻，一大摞人民币飞了一地。

"大家不要打了，饶他这一回吧！"队长看到广东佬可怜兮兮的样子，遂起了同情心。

听了队长的话,大家才住了手。

广东佬趴在地上,捡起了自己的钱装进腰包里,又重新回到自己刚才坐的地方低下了头,眼睛的余光仍然不离那个塑料桶。

"老贫农看好剩下的水,再不能发生类似的事情了。"队长下了死命令。

老贫农重新坐在塑料桶前寸步不离,看着塑料桶里剩余不多的生命水。

电波连北京

几个搜救小组陆续回到铁矿会战指挥部,向指挥长做汇报。

"报告指挥长,二号地区没有发现演出队的人员和车辆。"搜救一组组长汇报说。

"报告指挥长,三号地区没有发现演出队的人员和车辆"搜救二组组长向指挥长进行汇报。

"报告指挥长,五号地区仍然没有发现失踪的演出队员和车辆,"搜救三组组长也做了汇报。

在茫茫的戈壁滩中没吃没喝,最多能坚持三四天时间。从演出队出发到现在已经熬过两天两夜的时间了,再找不到演出队员,演出队的人员就有生命危险,指挥长知道事情多严重程度。

给北京发加急电报,陈指挥长下了最后的决心。

地质矿产部:

我铁矿会战指挥部文艺宣传队二十八名职工和车辆在矿区返回梧桐沟矿区途中突遇沙尘暴后失踪,已经两天两夜,请求地矿部领导立即联系飞机救援。

新疆铁矿会战指挥部指挥长:陈仲元

一九七七年八月二十六日

坚守承诺

"滴滴滴"这份加急电报通过电波传到了北京。

会战指挥部会议室里,大家一边开会研究制订新的营救方案,一边等待北京的消息。

时间过得真慢,钟表的时针就像沾在那里一样,一动不动,一个小时过了,又一个小时过去了。

"陈指挥长,地矿部回电了!"报务员拿着新译出来的电文走过来把电文递给指挥长。回电是:

来电获悉红云滩职工遇险,应不惜一切代价组织全力抢救,部领导已通过新疆军区联系空军飞机救援,请做好接待准备,提供详细的红云滩矿区地理图和大概出事地点方位。

地质矿产部

一九七七年八月二十六

坚守承诺

吕杰和申雨梦躺在红柳下,观看着天上的星星又度过了漫长的一夜。在戈壁遇险这已是第三个夜晚了,还没有看到指挥部寻找演出队的救援车、救援飞机。天上群星闪烁,吕杰嘴唇干裂嗓子沙哑,他和申雨梦躺在一块帆布上,两眼望着星空饥肠辘辘。

戈壁滩上的夜晚,细细的风刮走了白日的炎热,天气渐渐地变凉了。申雨梦和吕杰背靠背地躺着,申雨梦衣服单薄身体冰凉,后背不由自主地向吕杰身边靠靠,借助吕杰的体温,申雨梦感到些许温暖,吕杰忙扯扯自己的上衣盖在申雨梦和自己身上。

申雨梦知道吕杰没有睡着,用手推了推吕杰问:

"大哥你在想什么?"

"雨梦,我在想一件事,你不是自称是我肚子里的蛔虫吗?你猜猜看我能想什么!"吕杰卖了个乖。

申雨梦心想,人最珍贵的是生命,在生命的紧急关头无论是谁都应该想自己的亲人。第一个想的应是母亲,人在最痛苦时总是呼叫"我的妈啊!""我的娘呀!"吕杰也不例外。第二个想的是自己的妻子和孩子,此时此刻,吕杰没有结婚,没有妻子和孩子牵挂,当然不会想妻子和孩子。母亲有人照顾,自己也不用操心,最后一定是想自己的恋人。

"大哥,你心里那点花花肠子,我不用怎么想就能猜到。"申雨梦凭着对吕杰的了解,对吕杰想的问题心里清楚。

"说说看,能不能猜到我的心思。"吕杰故意考问雨梦。

"大哥,此时此刻你在想小孟姐姐,你和小孟姐姐感情很深,我猜得没错吧!"申雨梦肯定自己的想法。

"是吗?"吕杰点点头,第一次没有回避自己和小孟的爱情。

"是的,我就是在想她,不过你怎么知道我和小孟的事,是谁告诉你我们的爱情故事。"吕杰追问申雨梦这个消息的来源。

"其实吧,谁也没有告诉我你和小孟事情,你们的爱情故事早在你的行动中表露出来了。你和小孟在小市相处三年,经过了一段曲折漫长的时间考验,你为了和小孟的纯真爱情,还受到纪律处分提前复员,你们经历了离别,彼此还有了承诺。大哥,我说的没错吧!"申雨梦反问为答。

"啊,你怎么了解得这么详细,知道这么多个人秘密。这些感情生活,我向来没有对外人宣扬过。难道你是我肚子里的蛔虫不成,能把我的事情掌握得这么准确。"吕杰听了申雨梦的介绍大吃了一惊。

"大哥,你不要惊慌,我不是有意探听你的秘密,而是无意中闯进了你的感情世界了。"

听了申雨梦的话吕杰更不明白了,自己到地质队后,面对众多姑娘的爱恋,一

坚守承诺

直把握住自己，从没有给任何人讲过自己和小孟的感情生活，这些事情申雨梦是怎么知道的！

"大哥，你忘记了吗？当初我给你洗衣服时候，在你的衣服口袋里意外地发现了孟姐姐写给你的信，我出于好奇心翻看了一遍，我被你们纯真的爱情所感动。后来我到你的宿舍给你洗衣服整理房间时，一直留意你和孟姐姐的书信来往，逐步了解你们更多的爱情故事。"申雨梦滔滔不绝地讲了自己的发现。

"你这个鬼丫头，偷看别人的信件，不尊重别人的隐私。信件是两个人的秘密，私人信件是受法律保护的，你没有资格偷看我们的秘密。"吕杰数落着雨梦。

"大哥，我知道自己这样做是不对的，我也不是故意这样做的，我是你的妹妹，我为哥哥的爱情而骄傲，为你们的感情而祝福，大哥放心吧，我不会成为你们爱情的绊脚石！"申雨梦说得情真意切。

"以后不许再看了，不管谁的信件都不能乱看的。"吕杰似乎已经原谅了申雨梦偷看自己信件的不良行为。

说到孟姑娘，吕杰眼睛都红了，真还像申雨梦讲得那样，此时此刻吕杰满脑子正想着他的小孟。你现在好吗？你的来信我还没有来得及回。

吕杰想到小市三年的军营生活，他和小孟天天见面，军民共建学雷锋小组，共同学习新闻写作，一起练习书法，一起看电影，一同游览平顶山公园，攀登108个台阶。

那一幕幕的情景浮现在吕杰的眼前。

吕杰记起，为了和小孟那段纯真的爱情，他第一次违背了部队首长的意愿，拒绝了和首长介绍的纺织厂女工订婚。以此背了个乱搞男女关系的错误处分，葬送了本来板上钉钉在部队提干的机会，提前退伍复员。

吕杰没有忘记退伍那天在小市火车站分离的情景，火车站台上寒风袭袭，雪花漫舞，小孟姑娘挥手相送的情景。

"小吕，我一定等你，这辈子非你不嫁。"小孟喊着招着手。

"小孟，等我安置好了工作就来接你，和你成亲今生今世再不分离。"吕杰一遍遍回想着对小孟的承诺。

如今,自己的工作已经安置好,但是自己的承诺还没有实现,铁矿会战刚刚开始,会战指挥部没有基地、没有住房,自己还没有实现接她的承诺,小孟,我不会忘记你的,我一定去接你。想着,吕杰进入了梦乡。

军机出动

戈壁的烈日煎熬着遇险的二十八个生命。

"听,什么声音?"莫春云的观察小组,最先听到了空中传来的声音,声音由远至近而来。

莫春云轻轻一喊,打破了戈壁滩上的宁静,躺在车子下面红柳旁边的男男女女,立即坐起来,侧耳细听起来。不用判断就可以想象,的确是一种声音,像是飞机发动机的声音,二十八个人天天盼的声音,一定是解放军的飞机来救援我们的。

一会工夫,发现空中一架飞机由远而近飞来。是一架空军的直升机,朝着遇险的人群飞来。

"报告队长,空中发现一架飞机朝我们飞来。"莫春云第一个把观察到的情况报告队长。

盼星星盼月亮,只盼着空中飞机来。其实队长也听到"嗡嗡"的声音,判断是否是救人飞机飞来了。听到莫春云的报告又往空中查看一下,隐隐约约看到了飞来的飞机。

"通知刘开河的信号小组,准备点燃火把发求救信号。"队长果断的下达了命令。

"刘开河点燃火把,发出求救信号。"刘开河领着两个年轻队员一路小跑来到用红柳架起的信号堆旁,掏出火柴准备点火。

飞机经过遇险队员的上空没有停留匆匆的飞过去了,渐渐地越飞越远,最后消失在人们的视线中。刚才演出队员看到飞机的兴奋心情一霎时又像泄了气的皮球蔫了起来,一个个东倒西歪的又回到刚才躺的地方,两眼继续观察着空中。

十几分钟后刚才飞走的那架飞机又从相反的方向飞了过来,飞机越来越近,飞行高度越来越低,飞行速度越来越慢。当飞机飞临演出队遇险的上空时,还可以看到飞机上喷着八一军徽。

"对,一定是救援我们的飞机,快点燃火把发求救信号。"队长下达到了指令。

刘开河立即点燃了早已准备好的红柳根,三堆大火熊熊燃烧起来,火光指向天空。

飞机在空中盘旋着,飞行员发现了地上的搜救目标,又发现了三堆求救的信号火光,以及了迷路的车辆确定了遇险队员的方位。

"报告调度长,在东经90°22′,北纬43°47′的大漠中发现了寻找的目标,请指示!"飞行员把发现的情况向机场调度室作了汇报。

"选好飞机降落地点,立即降落,实施救援。"调度长果断发出了调度令。

飞机选择一块平坦的戈壁,慢慢地降低高度,飞机伸出轮子慢慢接近地面,最后降落在平坦的戈壁滩上,飞机发出震耳的轰隆声。直升机的机翼旋转着,刮起地面上的沙子,拍打着前来欢呼的人群。

"解放军的飞机救我们来了,我们得救了,我们得救了!"大部分演出队员纷纷从汽车底盘下,从红柳丛旁跑出来,大家拥抱在一起眼泪唰唰地流了出来。

"我们得救了,我们得救了,毛主席万岁!解放军万岁!"不知是谁喊了一句。

飞机上传来飞行员的声音:"地质队员同志们,你们受苦了,我是执行上级的指示前来救援你们脱险,请大家做好登机准备。"大家听后热泪盈眶。

"地质队的同志们,因飞机上的座位有限,二十八个同志不能同时登机,体弱有病的同志先登机送往乌鲁木齐,其他同志不要着急,救援的汽车随后就到。"飞行员用无线报话机向地质队员喊话。

飞机停稳后,飞行员走出驾驶舱来到欢迎的人群中,指挥演出队员登机,队长紧紧握住飞行员的手激动得说不出话来。

"大哥,快醒醒,救援我们的飞机到了,我们得救了。"申雨梦一边喊一边摇晃着昏迷不醒的吕杰,告诉吕杰这个天大的好消息,可是喊了半天吕杰没反应。

"刘开河快过来,把吕杰抬上飞机。"队长督促其他队员把病重的吕杰抬上飞机,大地一片欢腾。

飞机载上吕杰慢慢升空,飞向了远方。

远处又开来两台救援汽车,演出队的队员得救了。

真情流露

吕杰一觉醒来只觉得身体轻松了许多,头有点发沉。正想起床,忽然听到一个悲泣的哭声,又好像有人在喊自己的名字。

"大哥,你快醒醒吧,是我不好连累了你,你是为了我才病成这样的。在危难中你把生命之水都给了我,自己不舍得喝一口,要不你也不能病成这样,到现在还没有醒过来。大哥快醒醒,你不能就这样走啊。"

"大哥,你快醒醒吧,醒来我们一起会战,一起排节目,一起打牌,我们在一起的生活多美好啊!"申雨梦坐在吕杰的病床前,一边拉住吕杰的手,一边给吕杰擦脸。申雨梦一把鼻涕一把泪,一遍一遍地哭诉着,等待吕杰醒来。

吕杰在戈壁滩遇险中待了四天四夜,由于缺水缺食,身体严重脱水,从飞机救援时算起已经昏迷十几个小时。

申雨梦有信心,相信自己哥哥的坚强,哥哥是好人,好人一定不会有问题的,一定会平平安安醒过来的。

吕杰病床前挂着吊瓶,瓶中的液体"嗒嗒嗒"缓缓输送进吕杰的血管里。

吕杰忽然醒了,听到了哭声,想睁开眼看看是谁在哭,但是眼睛涩得很,使劲睁了几下才睁开了眼,一看是申雨梦坐在自己的身边哭泣。

"啊,这是哪里,你在哭什么啊!"吕杰轻声说了一句话。

申雨梦听到声音,知道是大哥醒了过来,破涕为笑,刚才还为大哥昏迷担心呢,现在高兴起来。

真情流露

"大哥我是雨梦啊,你可醒了,你都快把我们给急死了。"

"急什么,我不是好好的嘛。"吕杰说着就要坐起来。

"大哥你现在医院病房,已经昏迷了十几个小时了,你刚醒来别动,手上还在挂着吊针呢。"申雨梦安慰吕杰。

"我一个大活人躺在医院干什么?"吕杰弄不明白申雨梦讲的话的意思,自己没病没灾的泡在医院干什么。会战指挥部里那么多事情要干,住在医院泡病号,吕杰想不明白。

"大哥你忘记了我们在戈壁大漠中遇到沙尘暴迷路的事了,在戈壁大漠中整整困了四天四夜,你和队长还有老贫农一起领导大家原地待援,后来指挥部联系解放军派飞机解救了我们,把我们用飞机送到了医院。"申雨梦讲了这几天发生的事。

吕杰想起来了,我们文艺演出队二十七人,还有一个广东佬,全车二十八人,在去梧桐沟的路上突遇沙尘暴迷了路,车子又没有汽油,大家没吃没喝就靠一桶水,半桶西瓜皮维持大家的生命,坚持了三天三夜,后面的事情记不起来了。

"大家现在都好吗?"吕杰问雨梦。

"大家都好,除你之外没一个病倒的。你是最严重的,昏迷了十几个小时,从上飞机那时起到现在一直昏迷不醒,大家正为你的情况担忧呢!"

申雨梦佩服吕杰,昏迷醒来仍然关心着演出队的同志。

"队长、老贫农、刘开河他们呢?还有那个视钱如命的广东佬?"吕杰把演出队二十七人逐个问个遍,还没有忘记询问一下那个商贩广东佬,那也是一条活生生的生命,虽然吕杰对他的印象一点都不好。

"他们都挺好,身体好的几位都回到矿区工作去了,有几位在医院继续康复。"

"队长和老贫农就住在隔壁,刚才还过来看你。要知道你醒了过来,马上就会赶过来看你,我现在就去喊他们。"说着申雨梦就要到隔壁去喊队长和老贫农。

申雨梦一推门,迎面碰上了队长和老贫农。原来队长听到吕杰的病房里有说话声,知道吕杰醒了过来,急急忙忙地赶过来看望。

队长一见到吕杰,上前一把抓住吕杰的手说:"老朋友,你可醒了,我说马克思是不会收你这个年轻弟子的。"

"队长,你说得对,刚才我真做了个梦,梦到马克思了,你猜马克思见面咋说。"吕杰故意卖关子。

"马克思怎么说?"队长追问到。

"马克思说:吕杰,红云滩铁矿会战还没有完成,四个现代化刚刚开始你跑来干啥,赶快回去,等把四个现代化建成再来。说着把我一把给推了出来,我就醒了。"

"推得好,推得好,大难不死必有后福。"队长等人说完哈哈大笑起来。

新的任务

参加铁矿会战研讨会的人员陆续走进会场,各自找好座位坐下。

"同志们,大家都清楚,我们千里迢迢来到边疆,就是为了探明大铁矿,是为了建设四个现代化而来的。但是,一年工作下来,我们的勘探效果不理想,钻探进尺没完成。现在请大家集思广益,就今后的工作方向发表意见。"指挥部刘书记开始了会议的开场白。

会议沉默了一阵子,看样子大家都在思考着指挥部提出的问题,然后发表自己的意见。

"在红云滩矿区,会战刚开始情况还是很好的。每个钻孔都见到矿层,品位高、矿层厚,现在怎么一下子就没有了!"一个老干部先开了第一炮。

"我们的意见是以红云滩矿区为中心,增加钻机,向四周密集打孔,矿体不就找到了嘛! 这样两万五千米的钻探任务也可以顺利完成。"另一个老地质放了第二炮。

"增加钻机向四周打钻,这个主意不错,既可以完成钻探任务,也可能找到矿体的新走向!"旁边几位机长附和着。

增加钻机,以红云滩地区主矿体为中心向四周扩展的建议,一时成了会议的主要声音。

新的任务

老贫农抬起了头,提了提精神。看得出由于几晚上的熬夜,身体疲倦还没有完全恢复过来。

"各位领导,当前会战形势不够理想,我的心情也和大家一样着急。探明大铁矿,提交亿吨地质储量是我们主要目标。但是,我不同意在未判明矿体走向的情况下盲目增加钻机打孔,这样钻机上的越多,钻探进尺越多,我们的损失越大,工作越被动。"老贫农上来先讲了几句。

"一个年轻人懂得什么,不增加钻机,两万五千米的钻探任务能完成吗,不钻探能找到新的矿体吗,完不成任务职工的工资奖金从哪里来?"几个机长听了老贫农的话,一连几个问题向老贫农发难,看样子大家对老贫农的话还不理解。

这次会上,老贫农是张新面孔,一个刚毕业不久的大学生,参加工作没几年,见过几个铁矿。在众多的老地质面前,哪有你讲话的份!大家虽然没说出来,但看得出对这个年轻人的话不屑一顾,谁也不清楚老贫农是指挥部指名参加会议的。

生产总结会的消息已发布多时,在红云滩地区进行会战以来,会战成果远不如刚进疆时那样乐观,探明的地质储量、矿体大小,与勘探初期的所望相差甚远,指挥部领导很着急。

老贫农是指挥部最早通知参会的代表之一。这次会议,也是老贫农参加的第一次重要会议。当接到会议的通知时,老贫农的心情激动了好一阵子,这说明自己向指挥部打的报告受到指挥部领导的重视,要不然的话,这么一个重要的会议,哪有自己的一席之地。参加会议的都是各单位的领导,会战单位的精英。指挥部点名让名不见经传的老贫农参加,并做重点发言,可见指挥部领导对老贫农的重视。

老贫农用了几个晚上的时间撰写发言提纲,准备会议材料,自己的建议一定要在会上表达清楚。

老贫农走进了会场,在主席台的侧面坐下,由于几个晚上夜战,眼睛布满血丝,身体有点疲倦。

"两万五千米的钻探任务的提法本身就不妥当!"看样子老贫农今天是有备而来,做好了放炮的思想准备。

"两万五千米的任务有啥不妥当?"几个老地质从座位上跳起来。主持会议的刘书记摆了摆手,示意这几位干部坐下,不要激动。然后指着老贫农说:"谭忠诚,接着讲下去。"

刘书记的话给老贫农吃了颗定心丸,使老贫农增强了信心。他看了看在座的各位同事,这才重新开始了自己的发言。

"我们进行的铁矿会战,抽调大量的人力物力是要探明铁矿的规模,探出超亿吨的地质储量,为建设四个现代化服务。因此钻探是手段,控制铁矿储量是目的。我们要用科学的理论来指导,不是光靠盲目钻探扩大地质成果。现在矿体不明,我们钻探的进尺越多,工作越重复,对国家浪费越大。工作越被动。"会场上安静下来,"不增加钻机,那你说该怎么办!"大家在等他的下文。

老贫农稍停顿一下便接着往下讲。

"地质找矿作为一门科学,必须优先选靶区才能避免盲目,才能以小的代价获取最大的地质成果。"老贫农开始了自己的讲解。

"我的看法是要加强地质研究,科学判明铁矿走向,减少红云滩地区的钻探力量,在红云滩以外布孔寻求突破。"老贫农讲了自己的主要观点又讲了具体的建议。

"这样既可以增加地质储量,又可以完成钻探任务。"

"到红云滩以外找铁矿,到哪里布孔位。"有的同志对此提出新的问题。

"各位同事,大家不要着急,这正是我今天要谈的主要问题。最近我查阅了有关红云滩地区的地质资料,从航空照片上来看,红云滩地区有大面积磁场,从理论来讲这里一定有特大铁矿,地质储量不可估量。但是,大家都知道找矿是一门地质科学,有没有大的矿体,是由各方面的因素决定的。红云滩地区是火山岩喷发形成的,铁矿的储藏也是一窝一窝的,地质上称为鸡窝矿,相互之间没有特定联系。这一点一九五八年中苏联合勘探队就在这里验证过,我们不能重复做工作。因此,我们不能抱有在一个矿体上向外扩展,再把几个矿体连起来形成一个大铁矿,抱个金娃娃的幻想。"老贫农把自己的对红云滩地区的地质研究介绍给大家,并把一张地质资料图展现在大家面前。

"好,接着讲。"看样子刘书记对老贫农的发言有了兴趣。

"根据红云滩地区的地质情况,我建议在加强红云滩主矿体研究的情况下,减少这里的钻探力量,把重心转移到S地区。我们把眼光放远点,在红云滩以外找铁矿,把一窝窝矿都找到,积小矿为大矿,最终完成东疆会战任务,详细建议我已经在报告中提出,请大家审阅。"老贫农讲完松了一口气。

吕杰也参加了生产研讨会,就坐在老贫农的旁边,吕杰学的是机械专业,对地质找矿知识知之甚少,但听了老贫农的发言不住点头,时不时伸出大拇指。

"我支持老贫农建议,我们要加强地质科学研究,要科学找矿,不能一棵树上吊死,到外围找矿积少成多。"吕杰话语不多,但很有分量,关键时刻对老贫农是一种鼓舞。

"大家还有什么意见或建议,没有的话,我马上给指挥部打报告,制订下一步会战工作方案。"刘书记见再没有反对意见,对会议拍了板。

指挥部的红头文件下得真快,三天后指挥部下达了会战工作重心转移方案和新的任命书。

为了加强铁矿会战工作进度,决定在S地区进行勘探,特抽调钻机四台,并配有地质、物探、槽探、汽车专业队伍组成新的地质分队。任命吕杰为书记,谭忠诚为分队长组成分队领导班子,开展工作。

谁也没有想到吕杰和老贫农成了搭档,更没有想到刘坎坷、申雨梦也调到这个分队,四个患难与共的战友又在一起工作了。

再战骆驼峰

吕杰接到这个任命,没有高兴起来,更多的是感到了无形的压力。职务变了,肩上的担子重了,责任大了。夜深了,吕杰陷入了沉思。

参加红云滩铁矿会战,自己的职责是按照指挥部的要求,组织车辆、物资、人员和水送到矿区各个矿点。以后的工作就不同了,作为分队书记,就要独当一面,全盘考虑分队的一切工作。钻探、物探、地质、后勤和职工的思想政治工作,吕杰一遍又一遍思考着。

帐篷的门"咣"的一声被推开,老贫农走进来。

"吕杰,这么晚还没有休息,在想啥呢!"

"队长同志,你不是也没有休息吗,看样子你有事吧!"吕杰回应了老贫农,并第一次称老贫农为队长。但是,就是不说,吕杰也知道老贫农今晚的来意。

"睡不着,想你了呀。"老贫农打了个哈哈。

"睡不着也要睡,马上就要进入新探区了,很多工作要做,想睡个懒觉也没时间了。快说,找我有什么事!"吕杰点到了主题。

"今后你我就是捆在一起的两个蚂蚱,谁也离不开谁,希望老兄多支持。"老贫农说出了深夜来访的目的。

"你是队长,我是书记,你当主帅我做后勤,给你敲敲边鼓,主要工作全靠你了。"吕杰说的干脆利落。

"你是书记,我是队长,一切听党指挥,彼此不分你我,怎么能是敲边鼓呢。再说了,我们可是生死考验的战友,今后多担责任发挥正能量,不能自减压力啊。"老贫农想到戈壁遇险的情景,动起了感情。

吕杰和老贫农既是朋友又是生死战友,一席话虽不多,但句句都讲到对方的心里:"我们要像往常一样团结一致,共同完成找矿任务,抱个金娃娃来!"两双大手紧紧地握在一起。

经过一段时间的准备,开赴新区的人员、物质、设备、车辆准备就绪。

"出发。"谭队长的一声令下,车队一路浩浩荡荡地向新区块开去。队长坐在前车开路,书记坐在后车压阵,一前一后向前方行驶。十几辆汽车过去,车轮荡起一道道黄色尘土,半天消退不去。

汽车沿着简易公路行驶,谈笑之间几个小时过去了,没有村庄,没有绿洲,甚至鸟儿也不见了踪影。茫茫的戈壁滩一眼望不到边,戈壁滩上的骆驼刺、大石头忽隐忽现。

再战骆驼峰

吕杰忽然吟起唐朝大诗人王之涣的凉州词：黄河远在白云间，一片孤城万仞山，羌笛何须怨杨柳，春风不度玉门关。

古人的描绘不就是今天这里的真实写照嘛！

车辆全速行驶前进，突然道路的左前方，出现一座陵园，茫茫的荒滩上，哪位烈士醉卧沙场，长眠在此？坐在吕杰身边的申雨梦用手指了前方问："大哥，你看，那是什么，一个方方的院子，还有石碑，像个烈士陵园。"

"雨梦，你说对了，那的确就是一处烈士陵园，埋藏着一位著名解放军将领和他的战友。"吕杰查看矿点时来过这里，对这个烈士陵园已有初步了解。

"大哥，你就讲讲这些烈士的英勇故事，让我们受受教育。"申雨梦恳求吕杰。

身临其境，参观烈士陵园，提高士气，这最好的教育形式。

"好！通知前面的车辆，停车休息，参观烈士陵园。"吕杰下达了停车命令，十几台车"嘎"的一声，靠着路边停下来。吕杰、老贫农、申雨梦、刘开河等跳下车来，一起来到烈士陵园。

烈士纪念碑前，吕杰讲了烈士的英勇故事。

"同志们，这里掩埋着当年红军西路军和解放军进军新疆牺牲的多位革命烈士，其中一位解放军的高级将领，在这里遭到国民党乌斯满的袭击壮烈牺牲。"吕杰指着烈士纪念碑给大家介绍。

吕杰把当年红军西路军西征为打通国际通道，最后血洒祁连山兵败河西走廊，李先念将军带领剩余800英勇红军将士路过于此到达新疆，一九五〇年，王震将军率10万解放大军进军新疆，解放军师长参加剿匪工作，返回哈密途中，遭到土匪乌斯满的伏击壮烈牺牲的故事，绘声绘色地讲给大家听。

稍后又说："同志们，大家要认真参观，不忘烈士遗志，保卫边疆，建设边疆。"吕杰想借机把思想教育和参观陵园结合起来，提高对大家的教育效果。

"雨梦，通知大家，参观完毕，党团员在烈士纪念碑前宣誓，上一堂党课。"把烈士陵园变成党课教育基地，吕杰想得周全。

片刻，党、团员和领导干部，来到了烈士纪念碑前一字站立。吕杰带头，共产党员、共青团员举起拳头宣誓:"继承烈士遗志,不怕吃苦,不怕困难,开发边疆,建设边疆,为实现四个现代化找出大铁矿。不达目的,决不罢休!"茫茫的戈壁滩上,地质队员铿锵有力的宣誓声音,久久回荡在戈壁的上空。

车队继续前行,天空中刮起一阵风,公路两边的骆驼刺被刮得来回摆动,好像在说,"欢迎你们,远来的地质队员们。"又好像是烈士陵园里的烈士在说,"谢谢你们,辛勤的地质队员来看望我们,让我们在此不再寂寞。"

天公作美,四季狂风肆虐的百里风区,今天却没有刮风,算是给地质队员天大的面子。

通过几百公里的行驶,汽车翻过山梁穿过山沟,中午时分,吕杰一行到达了骆驼峰探区。前来打前站的炊事班、地质组的职工,像见到久别的亲人一样,汽车一停立即围了上来问长问短。炊事班的同志为了迎接大家的到来,做好了热气腾腾的饭菜。

大家用了餐,吕杰和谭队长立即组织人卸车搭帐篷,安家落户。

清一色的军用帐篷,长方形格局,有门窗可开可关,每顶帐篷可住六人。队长亲临现场安排,地质、钻探、后勤、办公室依次排开搭建。

吕杰和谭队长是搭帐篷的老手。平整地面,组装龙骨,用螺栓链接固定。帐篷分两层结构,一层是毛毡里面,悬挂在龙骨的下面;一层是帆布,蒙在帐篷龙骨外面,防止日晒雨淋。帐篷四周加固好,安装上电灯,安好门窗,做好这一切,这便是地质队员的新家。

吕杰来到钻探组,看见发子在一边发呆一边说:"发子,就你年轻,加油干啊!不能事事让老职工冲在前面。"发子挨了书记批评,一溜烟跑了,拿起扳手干了起来。半天时间过去,十几顶帐篷立了起来,落成了一个新家。

夜深了,由于旅途的疲劳,吕杰早早地进入了梦乡。半夜里忽然感觉越睡越冷,好像在荒野里宿营一般。帐篷的顶部,风刮的啪啪响,像大海里的波涛拍打着海岸。早上起来一看大吃一惊,昨天搭起的十几顶帐篷,有一半被掀了顶,帐篷顶不知被大风刮到何处。

再战骆驼峰

刘开河开车顺风寻找,跑了十几公里这才把帐篷顶找回来,初来乍到就迎来了第一次大自然的考验。

风沙太大,锅里刮进了沙土,饭菜里都有砂粒。硌得大家牙疼,落户的第一天就遇到了困难。怎么办,我们刚刚向烈士宣誓,不怕吃苦,不怕困难,为国家找大矿,这点困难算得上什么。

困难像弹簧,你弱它就强。

"同志们,失败是成功之母,接着来。"吕杰、老贫农、申雨梦、刘开河、发子,大家一齐上阵,冒着呼呼的寒风,把几顶损坏的帐篷重新搭起,用黄土固定。

老天故意和地质队员作对,第二天一夜工夫,帐篷又被掀顶,刮得好远好远。

看着刮得七零八落的帐篷,强子灰心地说:"队长,咱们还是退回去吧,这里不适合勘探作业。"平时吊儿郎当的发子也借坡下驴:"队长我们装车回基地,先住几天,等风季过去再回来勘探。"

"乱弹琴,遇到困难就当逃兵,不是咱大庆式企业的作风,我们要越是困难越向前!"吕杰批评了强子和发子的错误想法。

面对大风带来的困难,说归说,但总要想个解决办法,总不能让职工在外受冻挨饿。

"老贫农,你是西北人,西北人有什么解决办法。"吕杰把问题留给了队长。

谭队长想了一下,忽然一拍脑袋说:"你看这样好不好,选择避风的地方,降低帐篷的高度,这样风就刮不走了。"

"队长,想法不错,说具体点。"吕杰对谭队长的方案感兴趣。

"我们家乡人住窑洞,新疆人挖地窝子,冬暖夏凉;我们把地窝子和帐篷结合起来,先挖地窝子,再把帐篷搭在地窝子里,一半地上,一半地下,防风保暖两不误。"谭队长详细讲解了自己的方案。

这办法不错,既合理又实用。

领导有了主意,职工来了精神。大家分头到后勤库房领来了十字镐和铁锹,按帐篷的大小挖一米五深的地窝子,五人一组开始施工。

两天过后,十几个地窝子挖成了,把原来的帐篷往地窝子里一支,刚刚露出帐篷顶部。再把大厢板盖在上面,一个完整的家就落成了。

"大哥,快到我们帐篷看看,帐篷赶上了城里的五星级宾馆了。"申雨梦等一帮年轻人跑过来拉着吕杰就走。

掀开帐篷的门走进帐篷,完全没有了波浪拍岸的声音,炉子里炭火正旺,暖和舒适。

"有宾馆就要有舞厅,今晚来一场舞会庆祝一下。"有个安居的新家,大家的悲观情绪一扫而光,发子急忙准备音响设备,帐篷内充满了欢笑声。

世界上的事开头难,头三脚难踢,吕杰、老贫农头三脚踢得不错,分队的工作陆续开展起来。

"报告队长,两台钻机设备,因山坡太陡汽车开不上去,无法安装,请求支援。"三八钻机的机长跑了过来。

"汽车开不上还有人呀,人抬肩扛是我们的光荣传统。"老贫农说完忽然想起,这是三八钻机,除了机长、指导员外清一色女娃,身体单薄扛不动,特殊情况。

"通知后勤和办公室所有人,一起支援三八钻机搬家。"队长下达了命令。

井场上,师傅已打好水泥基础,大家扛的扛抬的抬,很快就把几吨重的钻杆、井架搬上了山坡。前拉后推地把发电机、绞盘拉上山冈,师傅迅速安装,做好开钻准备。

"轰"的一声,山坡上机器轰鸣,电灯闪烁,钻机旋转,探区热闹起来了。

吕杰、老贫农松了一口气。

"报告队长,5号机钻到100米深度发现矿层,铁矿厚度在3米左右。""报告,8号机在钻进到120米时发现铁矿,矿层厚度正在跟进中。"报话机传来5号机的喜讯。

分队好事连连。

"取好岩心,派车送基地化验室鉴定品位。"队长迅速做出安排。一会儿炊事班长跑过来,在吕杰面前耳语了一阵子,看样子不是什么好事。

难忘的时刻

"书记,送水的车辆一直未到,水窖里的水不多了。"炊事班长非常着急。

"水闸门上锁,专人管理,通知大家,每人每天一升水,直到罐车送来水为止。"吕杰做事果断从不拖泥带水。

报务员发报询问水车情况。

水车迟迟不到,一定有情况。原来送水的车辆再返回基地的途中遇到大风、寒流、汽车无法行驶,司机刘鑫和洪亮为保护发动机、水箱不被冻坏,出驾驶室放水时被大风刮走迷路,会战指挥部和当地群众顺风在几公里外救回,因此影响了水的供应。指挥部另安排车辆连夜出发送水,直到第二天送水灌车才到。

吃水解决了,风害消除了,钻探成果超出地质组的预想,骆驼峰探出了一个中型铁矿,那是后话。

难忘的时刻

"好消息,好消息。"申雨梦手拿一张报纸一蹦一跳地跑来,推开了吕杰住的帐篷。

"什么事让你高兴成这样,像吃了蜂蜜一样甜得合不拢嘴。"吕杰看着申雨梦高兴的样子问道。

"今年大学重新开办全国恢复高考,我们又可以上大学了,你说这不是一条好消息吗?"申雨梦说着把一张报纸放在吕杰的面前,指了指报纸上的一条消息给吕杰看。

"啊!是这事呀,确实是个好消息,大好消息,值得庆贺!"吕杰一遍又一遍地重复着。

其实,这条消息吕杰在指挥部会议室已经看到,正准备把这个消息转告给申雨梦和其他同志,但考虑到申雨梦刚刚下夜班正在休息,才没有贸然行动,没想到申雨梦的消息也来得那么快。

"大哥,恢复全国统一高考,你有什么打算,你不是还有一个大学梦没有实现吗？这次可是个机会。"申雨梦问吕杰。

"妹子，我还没有考虑好，全国恢复高考对我们这些知识青年来说是个大好的机会，千错万错不能错过，我们一定要抓住，不能放过这个机会！"

"大哥，我也是这样想的。我们一起参加统一高考吧，一起上大学将来你到哪里，我就跟到哪里，一起工作形影不离，好吗？"申雨梦述说着自己今后的打算。

"你就是你，我就是我，你考大学我支持，学好本领将来像老贫农一样为红云滩铁矿做出贡献，至于我嘛还没有考虑好。"

"你还在犹豫什么，上大学不是你梦寐以求的事吗，那么好的文化基础，那么高的才华不去上学才是脑子进水了。"申雨梦第一次批评了自己的大哥。

"雨梦，你知道吗，我已经离开学校十几年时间，过去学的东西早就忘完了，现在突然再拿起来，有点困难。再说我今年已经二十七岁了，考上大学再上个三年五载，已经是个三十多岁的老光棍了，到那时哪还有好姑娘嫁给我，怕连个媳妇也讨不上了。"吕杰谈了自己的想法，给申雨梦刚刚的热情泼了一瓢冷水。

申雨梦才不是这样想的，偌大一个世界，堂堂的一个美男子还能没有姑娘相爱。

"男到三十一朵花，女到三十豆腐渣。大哥你放心，没有别的好姑娘不是还有我吗，在生死的关头我不是早成你的媳妇了。"看样子申雨梦话里有话，只是没有戳透那层纸罢了，申雨梦对着吕杰笑笑。

"好，有你做后盾今年我就赌一把，范进六十岁参加京试，金榜题名，看来我现在还不算老，我们一起参加考试，一起实现大学梦吧。"

吕杰弯腰从床底下拉出自己的小箱子，掏出钥匙打开了锁，从里面拿出一摞油印资料。

"这都是高中的数理化、文科复习资料，你拿去认真复习吧，祝你马到成功，梦想成真。"吕杰说着把资料递到申雨梦手里。

"大哥真坏，你在骗我。原来你早有考大学的思想准备，怕我知道了和你竞争，偷偷地自己复习功课。是金子总要发光的，我知道你有理想、有抱负，你不会长期

难忘的时刻

埋没在这里的。"申雨梦始终相信吕杰是有作为的。

"什么金子，我只是红云滩铁矿的一块普通矿石，在这个矿区才有用，我这辈子最喜欢的还是红云滩矿区，喜欢自己的汽车修理工作，只要红云滩矿区在，我一辈子都不愿离开。"吕杰讲的是心里话。

"大哥，我的想法和你有点不一样，我这辈子好像为你所生，为你所活，你考大学我也考大学，陪伴你一起飞翔，不然的话你高高飞走了，我看都看不到你了。"申雨梦也讲出了自己的心里话。

如果你选择留在矿区不去上大学，我也不去考试。就是参加考试被录取了我也不去读书，和你一起铁矿会战，美好的生活也是一种享受。申雨梦心中自有自己的想法，只是不愿意直接讲明罢了。

"好，我们赶快抓紧时间复习功课，有问题找老贫农帮助解决，下个月考场上见！"吕杰接受了申雨梦一起考学的请求，申雨梦拿着复习资料，高高兴兴一蹦一跳地走出了吕杰的帐篷。

准考证是在考前5天发到吕杰手上的，当时收费10元钱。

"吕杰你早啊！"刚到考场，后边传来女孩的声音。

"东方欲晓，莫道君行早，你们不是来得更早嘛！"吕杰回头一看车队的肖霞、肖燕姐妹俩和一位男青年一同来到考场。

"一个好汉三个帮，一个篱笆三个桩，红云滩矿区的大才子来了，红花绿叶，我们也要凑凑热闹帮衬一下吧。"肖霞接过了吕杰的话头。

"姑娘就像花一样，你们才是红花呢，我今天当你们的绿叶，祝你们高考成功梦想成真！"吕杰见到他们也很兴奋。

"加油！"

"加油！"

高考的时间是7月15日至17日，共进行三天，语文、数学、政治、历史、外语、物理六门功课，每门满分100分，共计600分。7月15日一大早，吕杰、雨梦、肖霞、肖燕等手握准考证和钢笔，信心百倍地先后走进考场，考场设在学校礼堂。

第一场考的是语文,考试试卷早已摆好在桌上,只见五十多张桌子整齐地排列,教室前后各放着一个排球裁判坐的那种高脚椅子,两名监考人员分坐在上面,另有数名监考人员在下面流动巡视,考场的氛围严肃令人生畏。

今年的作文题《难忘的时刻》,吕杰暗暗自喜,这个题目对于自己来说并不困难,完全是一篇记叙文的写法,字数要求800字以上,文章写得生动就可以了。吕杰经历的难忘时刻太多了,但眼前的时刻更是终生难忘,吕杰未加思索提起笔来唰唰写起来,一千字的文章半个小时完成。

吕杰的文章是:

难忘的时刻

今天,当我驱车来到高考地点吐鲁番县,高高兴兴走进考场,参加全国统一的高考考试时,心里有说不出的高兴。坐在桌前翻开考试试卷,一道高考作文试题展现在眼前,今年高考的题目是"难忘的时刻",我眼睛突然一亮,今天参加全国恢复高考考试的时刻,不就是一个难忘的时刻吗!

参加高考,是我梦想已久的事。一九六六年,当我以优异的成绩读完初中和高中,我同全国千千万万中学毕业生一样上山下乡,回到了自己的家乡当了农民。每天向贫下中农学习,接受贫下中农的再教育,和贫下中农一起日出而作,日落而息,这样的生活一干就是几年。后来部队到当地征兵,经大队推荐检查身体合格,公社革委会审批,我被批准入伍,当了一名光荣的中国人民解放军战士,站岗放哨保卫祖国边疆。一九七六年,我服役期满,退伍来到地质队当了一名地质工人,和三千地质健儿一起战斗在东疆铁矿矿区。在漫长的十年岁月里,我不管是当农民,面朝黄土背朝天;当军人站岗放哨;当地质工人,为祖国寻找宝藏,我都没有放弃青年时代的梦想。总盼望有一天全国恢复高考,自己参加高考,成为一名名副其实的大学生。学好知识报效祖国,为此我进行不懈的努力。我在农村劳动之余,在部队训练间隙,在地质队茫茫戈壁的艰苦条件下,点燃着小煤油灯,拿着手电筒,复习高中学习过的课程,温习过去学习过的知识,和母校的老师同学们进行学习交流,等待着

梦想成真

将来有一天全国高考的到来,走向考场,接受祖国的挑选。

我慢慢地等啊等,盼啊盼,树上的枝叶绿了变黄,黄了又变绿,绿了又变黄,反反复复重复了多次,这样的日子我一等就是十个春夏秋冬,今天七月,终于柳暗花明又一村,等来这难忘的日子,国家决定大学重新开办,全国恢复高考。

我填写着试卷思绪万千,"文化大革命"结束了,建设四个现代化号角吹响了,全国恢复统一高考考试,多年的学子在此接受祖国的挑选,是一件多么振奋人心的大喜事啊!今天,我有幸参加全国恢复高考后第一次大学考试,是一个值得纪念的时刻,也是件值得骄傲的事。不管这次考试的成绩如何,能不能实现自己最终的大学梦想,走进大学殿堂,参加高考的此时此刻,都将永远留在我的心中,使我久久不能忘怀。

吕杰打完底稿,又把文章抄写一遍,时间用了45分钟,看看没有什么遗漏,交了试卷走出考场。

吕杰很兴奋,今天的考试真过瘾,文章写得也很满意,几分钟后,申雨梦、肖霞、肖燕等高高兴兴地走出考场,大家共同握手,等待下场考试。

梦想成真

8月下旬高考的分数下达了,六门功课吕杰总成绩560分,申雨梦总成绩450分、肖燕508分、肖霞440分。很快大学录取分数线下来了,吕杰和肖燕都在大学录取之列。

"好消息,吕杰考上大学了,吕杰考上大学了!"指挥部政工干事手拿录取通知书,一边报告着消息一边快步朝吕杰住的帐篷走去。

刚刚来到吕杰住的帐篷外边,迎面碰上从帐篷里走出来的老贫农。

"吕杰考上大学了,是被哪所大学录取的,快拿来看看!"老贫农上前一把抢走了吕杰的大学通知书。

老贫农对吕杰被大学录取一点都不感到意外。凭他对吕杰的了解,吕杰扎实的文化基础,优秀的写作水平,平时刻苦学习的劲头,在矿区找不到第二个人。他的某些功课对现有的大学生来说有过之而无不及。

身在帐篷里的吕杰和申雨梦也听到了外边的喊叫声,急急忙忙走出来看究竟。

"啊,中国地质大学石油地质系,全国重点大学,真了不起!"老贫农看完录取通知书后无限感慨地说。

"一点不差,是中国地质大学的,全国重点大学。"政工干事重复了一遍,政工干事看到吕杰从帐篷里走出来,一把握住吕杰的手。

"吕杰同志,祝贺你成为全国恢复高考后会战指挥部的第一个大学生,你是我们红云滩的骄傲,是我们工人阶级的骄傲。"

"谢谢!我今天考上大学全靠党的培养,指挥部的培养。"吕杰谦虚地说。

"少扯淡,什么党培养的结果,红云滩指挥部培养的结果,说到底,不靠天不靠地,全靠自己帮自己,都是你自己努力的结果,矿区一千多个青年职工指挥部没有培养吗?"政工干事讲得明明白白。

"机会面前人人平等,机会给了你,抓住靠自己。"老贫农对此深有同感。

申雨梦看到吕杰录取通知书的一刹那,心中就像打碎的一个五味瓶,百感交集。她真心祝福大哥哥梦想成真,以后飞得更高更远,越远越好。同时她也不希望大哥离开自己。她知道凭自己的水平和成绩,是不能被大学录取的,就是被大学录取,也不能和吕杰在一个院校读书,实现共同的梦想,因为她和吕杰根本就不在一个知识面上,就是自己到大学学习三年,也赶不上大哥现在的知识水平。

申雨梦一下扑到吕杰的怀里,嘴里喃喃地说:"大哥祝贺你,梦想成真、前途无量。"说着两行热泪滚落下来。

吕杰急忙掏出手绢擦干了申雨梦脸上的泪水,拍着雨梦的肩膀说:"小妹妹,哥哥上大学你不高兴吗?不然的话哥哥就不去了。"吕杰跟申雨梦开玩笑。

"大哥,不许你那么说。你上大学我高兴还来不及,是高兴落泪的。"说着破涕为笑,大家重新回到帐篷内欢笑一堂。

梦想成真

"程干事,就这一份录取通知吗,有没有雨梦的通知书?"吕杰关心着雨梦的录取结果。

现在就接到一份,听说会战指挥部就两个上了录取分数线,另一个是副指挥长的女儿,她的录取通知书还没有到。

吕杰明白了,按照申雨梦考试后评估的分数情况,申雨梦考试的成绩应在450分左右,录取分数线最低在490分,申雨梦可能这次落榜了,吕杰不好意思正面给申雨梦讲。

"申雨梦,你的通知书可能很快就到,拿到后我们一起下山一起出发。"吕杰安慰雨梦。

"大哥,你不要安慰我了,我肚子里喝了多少墨水我知道,考了400多分已是我最好的发挥了,这辈子看样子是不能和你一起展翅高飞了,下辈子再和你一起学习,实现大学梦想。"申雨梦面对众人说出自己的心里话。

"申雨梦不要泄气,以后还有机会,复习功课参加明年的高考。"老贫农鼓励申雨梦。

"申雨梦,通知刘开河、莫春兰星期天到火焰山酒店聚餐,为吕杰送行。"老贫农提议道。

"太好了,一言为定。"申雨梦拍手叫快。

吕杰、刘开河、申雨梦、莫春云、老贫农请了假,相继来到火焰山酒店,在一个雅间坐下,窗台下电风扇呼呼地旋转着,扇出一股股凉风,一点也没有凉爽感觉。

大家依次坐下,主位坐着吕杰,右边是申雨梦,左边刘开河,对面坐了莫春云和老贫农。

"老板娘,有什么特色菜速速报来!"刘开河一进酒店就嚷开了。

"特色菜多得很,你自己选吧。"老板娘指着菜单给刘开河看。

刘开河在东疆开车多年,走南闯北见多识广,点的菜和酒都别有一番风味。

"天上的龙肉地上的驴肉来一盘;新鲜牛肚来一盘;手抓羊肉来一盘;红柳串羊肉二十个。"刘开河一口气点了四个好吃的肉菜。

"同志,喝什么酒?"老板娘问道。

"英雄本色——伊力特。"刘开河不假思索。

从心里讲,刘开河对吕杰上大学的选择是有保留意见的。他和吕杰是最好的朋友,从楼兰招待所认识那天起就在一起工作,并成了无话不谈的好朋友,在矿区多次帮助自己化险为夷渡过难关,刘开河从心眼里佩服这位老乡和战友。关键时刻,总是为自己排忧解难,感情难得,胜似亲兄弟。

刘开河知道,吕杰文化程度高能写会说,是矿区的名人,指挥部重点培养对象。不到两年时间就由班长、主任升到了指导员,再经过一段的培养,很可能担任更重要的职务。为什么非要去上大学不可,回来不就是和老贫农一样当一个地质队员嘛。条条大路通罗马,非走上大学那条路嘛!但是,既然吕杰选择了这条路,一定自有他选择的道理。

吕杰也喜欢刘开河中原人的直爽性格,佩服刘开河吃苦耐劳的精神,从个人感情来讲一点也不愿意离开他们。但是,感情归感情,事实是事实,吕杰大学是考上了,马上就去学校报到。

刘开河一杯杯倒满酒,放在各自的门前,然后端起一杯酒自告奋勇的发表祝酒词。

"吕杰兄,今天是你考上大学的大喜日子,我们五湖四海的兄弟姐妹们相聚在一起为你送行,祝你梦想成真,一路顺风,更上一层楼,让我先敬你一杯。"说着自己站起来把酒杯端在吕杰面前。刘开河今天的行动打破了以往喝酒的套路,老贫农弄不明白刘开河葫芦里到底卖的什么药。为吕杰送行大家一起祝贺才行,现在一杯酒还没有干,刘开河为什么先干了一杯酒呢!

"刘师傅,今天是为吕杰送行大家还没有讲话一杯酒未喝,为什么你先干酒呢,这是什么套路?"老贫农对刘开河今天定的套路提出意见。

"今天情况特殊,喝酒有新的酒令。"刘开河回答说。

"什么酒令,说出来听听,有道理才能听你的,不然的话还得按我们过去的规矩办。"老贫农在申雨梦和莫春云的支持下和刘开河打起了嘴仗。

"好,我就讲讲新酒令吧,讲得好喝我的酒,讲得不好滴酒不沾。"刘开河一本正经地说。

"我和吕杰是老乡同事也是老战友,吕杰是红云滩矿区的大才子,修理技术专家是个英雄,所以我特地拿一瓶英雄本色招待他,大家说对不对。"刘开河征求大家的意见。

"对,吕杰是红云滩的英雄要喝英雄本色。"大家表示赞同。

"第二,吃红柳枝烤羊肉串,我们遇难时在红柳丛下度过难忘的四天四夜,红柳丛挽救了我们的生命,让他吃了红柳枝烤羊肉,走到哪里都不能忘记戈壁滩上的红柳,不忘我们过去的艰难岁月。你们说我点的菜对不对?"刘开河一连讲出了一大串道理。

雨梦、老贫农、莫春云互相看一眼。秀才遇到兵有理讲不清,刘开河这个丘八出身大兵,啥时间学会讲这些大道理。

"好,让吕杰喝你的第一杯酒。"大家同意了刘开河的新酒令。

吕杰和刘开河端起酒杯一碰,然后一口气把酒喝了个底朝天。随手拿起红柳枝烤羊肉一人一串递给大家。

申雨梦这时端起了第二杯酒,站到吕杰面前,对着吕杰含情脉脉。

"董郎,自从我们槐荫树下配婚以来,还没有喝交杯酒呢,今天让我们喝一杯交杯酒吧!"说着挽起吕杰的胳膊两个人同时喝干了酒杯中的酒。

申雨梦引用的天仙配故事敬酒恰如其分,大家鼓起掌来。

坐在对面的莫春云也行动起来,她帮吕杰满上了酒,端起自己的酒杯,来到吕杰面前,有话要说。吕杰闹不明白莫春云大姐又能讲出什么话题劝自己喝酒。

"吕杰同志,人类生活很精彩,但自然界的生活也很精彩,让我们异类在一起干一杯享受大自然的美好吧。"说着就要和吕杰干杯。

"莫春云,什么异类干一杯。"大家不明白,你们好好的人类不当,偏要当一个异类更是摸不着头脑。

"吕杰是个英雄,是沙漠中的雄鹰,我是云南的孔雀,现在孔雀和雄鹰干一杯不是异类在干杯吗？两个干了酒一同飞回大自然无忧无虑飞翔不是更好嘛。"莫春云的解释也让大家刮目相看，大家无不为莫春云讲出深奥的知识所感动。

"老夫子，你还有什么要讲的，统统讲出来，我把酒都喝掉，不然的话我就开始向你们敬酒了。"吕杰不等老贫农开口，自己先将了老贫农一军。

"吕杰，你是从农村长大的青年，一路走来当了军人、当了领导，现在又成了大学生。但是，你不要忘记你是贫下中的后代，现在老贫农敬后代一杯酒，把酒杯端起来。"随后老贫农唱起来：

"临行喝我一碗酒
浑身是胆雄赳赳
学得一身好本领
建设四化争风流。"

一轮酒下来，吕杰连喝了四杯酒下肚，在酒精的作用下吕杰脸有点发红，心中发烧。吕杰知道该自己讲话了，他站起来抓起酒瓶挨个把酒一杯杯倒满。

"感谢四位兄弟姐妹的深情厚谊，感谢几年来对我工作支持和生活的照顾，我吕杰今后无论走到哪里，无论干什么工作都不会忘记大家，有福同享有难同当。生为同命鸟，死为国献身，奋战红云滩，进军塔里木。来，让我为理想、为友谊、为未来共同干杯！"五个酒杯碰在一起发出了"呼"的一声响。

"喝酒也不通知我们一声，真不够朋友！"车队董队长说着推门进来喊了一声。

"队长，对不起。我们一时疏忽，来先干一杯，我们给你赔个不是。"刘开河见董队长进来，一边让队长坐下，一边拿杯子倒满了酒，递给队长。

"吕杰上大学，这不但是红云滩的骄傲，同时也是我们汽车队的骄傲，我们复转军人的骄傲，怎么能无声无息地走呢，车队准备了欢送会为你送行。"车队长董耀祖邀请吕杰参加明天的欢送会。

"耀祖，主要是考虑你的工作忙，不便打扰。"吕杰一遍遍解释。

梦想成真

"再忙也不差这一天,明天8点楼兰酒楼为你送行,不见不散。"董耀祖喝了三杯酒,约好明天欢送会,提前退席忙工作去了。

酒逢知己千杯少,酒后真情话儿多。刘开河、老贫农、吕杰喝得高兴,接连下来两瓶白酒见了底。

申雨梦目光迷离:"别干,再喝一口好吗?"

"为什么?"

"壶里乾坤大,杯中日月长。杯子里的酒没了,宴会就要结束,我可不想让它尽快结束。"

大家又饮了一口。

吕杰叹了一口气说:"天下没有不散的宴席!"

申雨梦固执地反驳:"有,就是有不散的宴席,我的宴席永远不散。"这话的意思只有申雨梦自己知道。

"吕杰,我们都是一起会战的老同志,将来你大学毕业担任更高的职务可不能忘记我们。"

"说到哪里去了,有福同享有难同当,我是背信忘义那种人吗?"

"雨梦,宿舍箱子里有高中课程的复习材料,留给你要好好复习,来年再参加高考,我在北京地大等你。"吕杰说着把箱子的钥匙递给了申雨梦。

"大哥,你走了,小妹妹也没有什么好送的,只有这个信封和里面的东西送给你,这是小妹妹的一颗心,千言万语都在里面,不过你要单独看单独享受。"说着把一个牛皮信封递给了吕杰。

"谢谢小妹妹,谢谢小妹妹,谢谢小妹多年的生活照顾。"

夜深人静时,吕杰躺在床上,翻来覆去再也不能入眠。说心里话,他离不开这块热土,离不开东疆戈壁,离不开红云滩。这里是他的转折点,这里有他的事业,有五湖四海的兄弟姐妹,有大家的情谊,有自己修理的车辆,还有……申雨梦的爱恋。

申雨梦不是还送给自己东西嘛,并嘱咐自己没人的时候打开看,现在夜深人静正是时候。

吕杰爬起床,找出申雨梦送给的牛皮信封,用剪刀剪开牛皮信封的口,用手一掏里面有一封信,还有一块洁白手绢,吕杰借着床头柜上的灯光把信读下去。

我亲爱的吕杰:

请允许我第一次以这个称呼给你写信,一表我心中的爱恋。过去两年来,我们一直以兄妹相称,我一直把你当成自己的大哥,亲哥哥,你喊我小妹妹,你在我的内心深处,我们已经不是纯粹的兄妹关系、兄妹感情,而是一对难舍难分的恋人关系。

亲爱的吕杰,从楼兰招待所认识你那天起,我们便结下了缘分。那次相遇是上天的安排,让我有幸结识你这位品学兼优的大哥。开始,我天真无邪敬重你,把你当成自己的亲哥哥,有事没事地往你那里跑,在你那里学到了很多东西,渐渐地我发现我对哥哥有了感情,而且深深地爱上了你,爱的又是那么深。但是,我知道大哥心无杂念,一直把我当成亲妹妹看待,履行着大哥的关怀和责任。我有心但不敢越雷池半步,我不理解对于我伸出爱的橄榄枝,大哥纹丝不动,我背地里笑话大哥是个木头人,要不就是身体有毛病。当我看了你和孟姐姐的通信后,信中的甜言蜜语点点滴滴深深地打动了我,哥哥是一个有情有义的男人,哥哥心中的友谊,哥哥对爱情的执着,对爱情的专一使我更加敬重不已。亲爱的吕杰,看了你和孟姐姐的信,知道了世界上还有真实的爱情诗篇。这些,不但没有打退我对你爱的步伐让我止步,反而更加催动了一个少女的心,这辈子要爱就爱哥哥这样的男人,把一切都交给哥哥这样的男人。

亲爱的吕杰,对于我的良苦用心,你心有领会,就是不做出任何表白。在生死关头,你把生命之水留给我,把死的危险留给自己,差一点葬送了自己宝贵的生命。我一生一世都忘不了你,更希望你可以拥有更加美好的明天。

吕杰读完了申雨梦的信,看了申雨梦送给自己的绢帕,忽然明白了申雨梦多次表达的心意,这个天底下最漂亮的姑娘,又是个多情多义的女孩,这辈子谁娶她做媳妇是谁的福分。申雨梦啊申雨梦,真对不起,原谅我的无知,这辈子我是不能给你这个爱情,这是因为我心中已经装着一个和你一样有情有义,一样优秀漂亮的女孩,申雨梦妹妹,请原谅我吧!人只要有缘,下辈子还会相遇的。

打起背包又出发

转眼之间吕杰结束了四年大学,两年研究生的生活,以优异的成绩毕业。

"吕杰,你毕业后的去向有何想法,是留校任教继续进行矿藏的理论研究,还是回边疆基层单位工作。"吕杰的研究生导师拿着一张毕业生申请分配表交给吕杰,征求吕杰对毕业后的工作安排意见。

在中国地质大学吕杰学习刻苦,理论水平扎实,又有多年生产第一线的工作经验,在导师的指导下已经写出了几篇有价值的论文,取得了研究成果。地大的导师从心眼里喜欢这位年青弟子。希望他毕业后能留在自己的身边和自己一起进行理论研究,再经过几年的历练,定会出更多的理论成果,照这样下去这位年轻人今后前途无量,几天前导师就暗示过吕杰考虑毕业分配问题。

吕杰接过导师送来的毕业生分配表,几乎未加思索就刷刷地填写起来。其实吕杰对毕业后的去向早有考虑,他军人出身来自矿区,他喜欢红云滩,他喜欢矿区的人。但是,他更了解国民经济的发展需要大铁矿大油田,广阔的西北戈壁沙漠才是他的用武之地。

吕杰提起笔来在个人志愿的一栏里写道:我的第一志愿是边疆;第二志愿是边疆;第三志愿时还是边疆,填完后将申请表恭恭敬敬地递给了导师。

导师一看愣了一下,吕杰的志愿完全出乎他的意料之外。

"吕杰,你再考虑一下我的建议,是走是留现在决定还来得及!"导师再次挽留吕杰。

"导师,谢谢你的一片好意,我的去向已定,我一定回到我战斗的地方红云滩矿区,如果我工作有困难,我会再回来请教老师的。"吕杰的态度坚决。

"好吧。"

导师无可奈何,地质大学将少一位有前途学者。

吕杰到地大办公室办理了离校手续和小孟一起离开了北京。

吕杰和小孟在楼兰火车站下了火车,又改乘汽车来到会战指挥部基地,想看看自己的老战友,看看自己的车间,看看自己战斗过的地方,还有就是看看自己的小妹妹申雨梦,一晃五年过去了,她过得好吗?有没有爱情的结晶,他关心着这位姑娘,显然走的几年中还保持着一些通讯联系。

吕杰携着夫人小孟来到基地,通过大门一边走一边问,来到了申雨梦住的小院。用手轻轻地一推申雨梦家的大门,门被推开了,原来大门是虚掩着的。

这里是个五十多平方米的院子,三间坐北朝南的平房是用土块砌起来的,房子门前栽种着葡萄树,葡萄树枝爬满架子,一串串透明的马奶子葡萄像一串珍珠一样垂下来,葡萄架下的阴凉处一个小孩子在玩耍。

"小朋友你好,这是雨梦的家吗?"吕杰亲切地来到小朋友跟前给小朋友打招呼。

"是啊,是我家,你怎么知道我妈妈的名字?"那个小朋友见到外人一点也不陌生,反问吕杰。

"我和你妈是好朋友,我不但知道你妈妈的名字,还知道你的名字,你的名字叫雨果对吗?"吕杰亲热地抚摸着雨果的小脑袋说。

"对,我叫雨果。"小朋友很爽快地说。

"雨果吃糖。"

孟贤随手打开带来的提包,拿出一袋牛奶糖塞到雨果的怀里,然后又把一颗剥好牛奶糖放在雨果的嘴里。

"谢谢阿姨!谢谢阿姨!"

雨果高兴极了,自己从记事那天起从没有见过妈妈买过这么多的糖,这么多好吃的糖,雨果抱着一袋子奶糖朝屋里跑去。

"妈妈快来,有个伯伯找你。"雨果大声地喊。

"雨果,哪个伯伯找我,请他在外边先坐会。"申雨梦在屋里回答。

"妈妈,来的伯伯我没见过,还有一位漂亮的阿姨,你快出来吧!"

申雨梦正在屋里忙着收拾东西这才停了手中的活计走了出来。

申雨梦一看,一下愣住了。眼前站的竟是自己的大哥,竟是自己天天想夜夜盼的大哥。"大哥,你是从天上掉下来的,还是从地下冒出来的,我不是在做梦吧!"上前一步抱住大哥,也没顾及小孟的感受。

"大哥,都快想死我了,分开五年时间,今天回来也不打个招呼,我让强子到车站接你。"

"难道回家看看妹妹也要打招呼,那样的话可就见外了。"两个人手拉手说个不停。

吕杰忽然想起后面站着的夫人小孟,一本正经指着申雨梦介绍说:"他叫申雨梦,我的妹妹,以前我给你说过的。"然后又指了指孟贤,对申雨梦讲:"她是……"

没等吕杰讲完,申雨梦一把捂住吕杰的嘴说:"大哥不用介绍了,我知道了她就是孟贤,哥哥的媳妇,我的孟姐姐,对吧!"小孟走过来两个人手拉手进到了房间。

客厅里堆摆着大大小小的几个箱子,堆着一件件行李像是要搬家,一片乱七八糟的样子。

申雨梦搬来两把椅子放在吕杰和小梦的跟前。

"大哥坐吧,家里正收拾东西乱七八糟的。"让吕杰和小孟坐下。

"雨梦,基地的房子不是建好了吗?现在收拾东西干什么!来,我来帮你。"说着就要动手。

"其实也没有什么事,我们一批人又要调新单位了,后天就要搬家报到,你如果晚来三天,在楼兰这个地方就见不到我们了。"说着一脸自豪的样子。

"调到哪里,离这里远不远?"吕杰好奇地问道。

"大哥,你走这几年地质事业发展很快,红云滩铁矿会战胜利结束,探明地质储量超过亿吨,后面就是大规模开采啦。"

"好,我们就等着这一天,四个现代化就等着这一天。"吕杰高兴极了。

"为了四个现代化建设的需要,地矿部在塔里木进行一个石油地质大会战,会战的规模比当年红云滩的规模还大,参加人员更多。这次会战从全国抽调一大批石油地质队伍参加,还从我们红箭地质队抽调50名干部和技术骨干、抽调两部钻机,前几天设备已经运走,我们人员后天就出发啦。"申雨梦讲得活灵活现。

"太好了,太好了。"吕杰高兴得一拍大腿就要跳起来。

申雨梦抓起桌子上的电话机,拨通了地质队办公室的电话,

"喂,强子吗?你快回来家里有急事。"

"有什么事这么急,开完会再回不行吗?"强子在电话里回答。

"我们的老领导吕杰大哥大学毕业回来了,你快去通知刘队长、谭总、莫主任和其他朋友,晚上在楼兰酒店吃饭,我们给大哥接风洗尘。"申雨梦把晚上的事安排得滴水不漏。

吕杰听着这几个领导觉得有点耳熟,就问:"他们都是些什么人,都是自家兄妹何必劳师动众让你花费。"

"哪是什么领导啊,都是你的老朋友。谭总就是老贫农,现在是我们地质队的副总工;刘队长就是刘开河现在的汽车队队长,天天打听你的消息;莫主任就是那位跳孔雀舞的莫大姐,现在是化验室的主任。这些人都是前去参加塔里木会战的人选,老贫农是带队的干部,要是他们听说你回来了,还不知高兴成啥样子的。"

"那两台钻机去呢?"吕杰问得很详细。

"就是强子和我呀,我们的三八钻机现在换成大钻,鸟枪换大炮了。"说完又说,"大哥看我高兴的,忘了给你介绍了,强子就是我们在红云滩遇险时,被刘开河追回来的那个青年小伙子,现在是我们的机长,也是我的丈夫,我是指导员。你走后的第二年,我又参加了高考,这次成绩离录取分数线差15分又没能走成,没有实现自己的大学梦想。后来我就再没参加大学考试,读函授,第二年我和强子结婚,后来生了雨果,这些我都写信告诉你了。"

"啊,这几年你们变化真大,一个个都当上基层干部了,真是三日不见当刮目相看,红云滩出人才。祝贺你们的进步,祝贺你们取得好成绩!"吕杰说的是掏心窝子话。

打起背包又出发

吕杰、孟贤、申雨梦和雨果来到楼兰酒店时，老贫农、刘开河等人已等候多时，他们从会场出来直奔酒店，迎接矿区大才子的归来。

老贫农、刘开河一见吕杰上前握住吕杰的手，紧紧地握着。

"老战友，几年不见还是老样子，只是多了一副眼镜罢了，这会儿像个知识分子了。"刘开河仔细端详着吕杰。

"说的什么话，吕杰兄本来就是知识分子，现在更有学者教授的派头罢了。"老贫农纠正道。

"对，对。"

"吕杰，她是谁？你从哪里拐骗来这么漂亮的女子……"刘开河看了吕杰身后漂亮的女人开玩笑。

"怎么能是拐骗来的女子，是她自愿来的，不信你问她嘛。"吕杰把话传递身给后的女子。

"我姓孟，叫孟贤，是你嫂子，原装原配的，吕杰没有给你讲过吗？"小孟自我介绍说。

"讲过，好像是讲过，大嫂好！"刘开河想起来了，吕杰离开地质队时，讲过和小孟姑娘的爱情故事。

"这回不怀疑了吧，难道你哥在这里还有一个嫂子不成！"孟贤看了看申雨梦笑了笑，看样子她对吕杰和申雨梦的事也有耳闻。

大家笑了起来。

这次为吕杰接风洗尘，大家选了一个大圆桌子坐下。

吕杰打开酒瓶子，亲自把酒一杯杯满上，放在每个人的面前，吕杰端起酒杯大有强龙压主的意思。

"五湖四海的兄弟姐妹今天我很高兴，借雨梦妹妹的酒，为大家送行，祝大家挺进塔里木一路顺利，马到成功，为我国的石油地质事业再创辉煌，大家共同干一杯！"吕杰提议道。

"慢，今天你是客人，我们都是主人，俗话说强龙不压地头蛇，今天的开场白轮不到你,还是由谭工主持吧。"刘开河把欢迎词交给了老贫农。

老贫农端起了酒。

"首先欢迎老领导的到来,我们为老领导老朋友接风洗尘先干一杯,然后是我们最早参加红云滩铁矿会战的五湖四海的兄弟姐妹,今天再次相会欢聚一堂,大家再干一杯;最后才是吕杰兄为即将出征塔里木的同行送行干杯,大家说好不好。"老贫农早已想好了祝酒词。

"知识分子就是知识分子,还是老贫农肚子里的墨水多,讲的祝酒词也是一套一套的。"客随主便,今天就按老贫农说的做吧,吕杰同意老贫农安排。

"呼、呼……"吕杰、刘开河、老贫农、申雨梦、莫春云和强子连干了三杯酒。

"吕杰,你这次毕业回来有什么打算,还走不走,能不能留下和我们一起参加塔里木石油会战!"大家都想知道吕杰毕业后的去向问题。

"你们都是地矿部的千里马,我一个刚毕业的学生哪能和你们在一起,到时候怕帮不了你们的忙,反拖了你们的后腿不好。"

"有千里马必有伯乐,先有伯乐而后有千里马,我们是千里马,你以前是我们的领导是我们的伯乐,我们哪能离开你呀,离开你千里马也跑不动了。"大家从心眼里想和吕杰在一起工作。

吕杰也有这种想法,也离不开过去的兄弟姐妹,不然的话也不会千里迢迢回到边疆工作。

"那好吧,如果你们不嫌弃的话,我就跟你们一起到塔里木去进行石油会战。"吕杰说着打开上衣口袋,从上衣口袋里掏出一张毕业分配通知单,和一张孟贤的工作调令,把通知书和调令摆在大家的面前。

通知书上明白地写着:

此分配吕杰同学前去新疆塔里木石油会战指挥部工作,请接洽!

中国地质大学

一九八〇年八月十日

打起背包又出发

"天哪,巧家娘打巧,巧到底了,哪有这么巧的事,吕杰也分配到塔里木了,我们又可以在一起工作了,又可以在一起演出了,到时候我们还是你的部下,大家想起了那年在戈壁滩遇险的事。

"来,为进军塔里木干杯!"

"干杯!"

"今天这杯酒是你们欢迎我呢,还是我欢送你们呢?"吕杰问道。

"彼此彼此,二者皆有吧。"

"来,大家共同干杯,一醉方休!"

谭忠诚、刘队长、莫主任、吕杰、申雨梦和强子全都站了起来,"呼"的一声酒杯见了底。

"我们唱个歌吧。"申雨梦提议。

"好,你起个头吧。"老贫农应道。

"毛主席的战士最听党的话
哪里需要哪里去
哪里艰苦那安家,
祖国要我守边卡,
扛起枪杆我就走,
打起背包就出发!"

"五湖四海的兄弟姐妹出发吧。"

"出发,塔里木见!"

旧地重游

"嘎"的一脚刹车,一辆黑色轿车停在了矿山的大门口,车子停稳后,驾驶员走出驾驶室来到车子的右边打开了车门。

"局长,红云滩铁矿到了。"驾驶员提醒坐在车上的局长。

坐在轿车前排的那位学者年约五旬,一双大眼睛炯炯有神,他就是西北地质矿产局的局长吕杰,马上就到退休的年龄。车子后排坐着一老一少母女俩,是他的夫人和女儿。母亲五十多岁年纪,姑娘看样子二十岁左右,俩人好像一个模子刻出来的一样,面带笑容,姑娘一双会说话的眼睛,身后甩着两条黝黑发亮的大辫子。

吕杰和母女二人先后下车。

吕杰身披风衣,背着双手向附近的山包走去,母女俩和驾驶员跟随其后。吕杰手搭凉棚向前瞭望,自己过去熟悉的红色岩体不见了,被挖掘出来的铁矿石像小山一样堆积着。一口口立井的卷扬机正吊着铁矿石运出矿井。货场上一辆辆运输车,在传送带下装满矿石驶下山去。

矿山入口处一个特制的大门格外引人醒目。大门两边写着:战风沙斗严寒地质健儿逞英豪;继传统学科学四化建设立新功,上面的横批是:欢迎四方来宾。

"爸爸,这就是红云滩吗?"站在吕杰身边的姑娘甩着两条大辫子,用手指着大门问。

姑娘叫吕静,是吕局长的独生女儿,今年地质大学博士研究生毕业,正在作《红云滩矿区开采前景》的博士论文。

"静静,这就是红云滩铁矿,就是你博士论文要研究的地方,也是当年红云滩会战的主战场,这地下蕴藏着丰富的优质铁矿石。"吕局长指了指前面一座山包说。

"妈妈,爸爸说的对吗?听说你们那一代人,当年为红云滩铁矿会战吃了很多苦,遭了不少罪,有的还差一点失去了宝贵的生命。"

"是的。听你爸说当年红云滩铁矿会战确实条件艰苦,茫茫的戈壁荒无人烟,

旧地重游

风刮石头跑,满山不长草,吃水、用水都要从几百公里的地方拉来。当时年轻人有理想、有抱负、有热情,意志坚强,对工作对生活充满希望。"妈妈对静静谈着自己的感受。

"妈妈,你就讲讲当时年轻人工作和生活,讲讲发生在他们身上的故事吧。"静静拉着妈妈的手说道。

"这些故事,你要去问爸爸。当年红云滩铁矿会战是他亲身经历的事情,红云滩矿区就像个天然的地质大舞台,你父亲是这个舞台上的演员,而且是一个主要演员,我当时只是舞台下面的一名观众,并且离这里很远很远。在这个舞台上,我和他们比起来最多也只能算一个配角吧!"孟贤回忆起过去,对当年发生的事情做了一个比喻。

"哈哈哈,夫人你的比喻很恰当,当年红云滩地区就是一个大舞台,是地质工人施展本领奉献青春的大舞台,三千多地质职工就是三千多个演员,在这个不毛之地的大舞台上尽情表演,上演多少精彩的人生故事。"吕杰对夫人刚才的比喻进行了赞赏。

"吕杰啊,你当时是演员,很多精彩的人生故事就发生在我们这一代人身上,你既是亲身经历者,又是亲自指挥者。忘记过去就意味着背叛,今天你就给静静讲讲吧,也让孩子了解一下地质队员过去,长长见识!"孟贤把介绍铁矿会战的事委婉的推给了局长大人。

无论从哪方面讲,铁矿会战浪漫的故事也应由爸爸来讲,爸爸才是铁矿会战的主人翁。面对静静的要求,再看看眼前的红云滩矿区,一幕幕会战的往事浮现在眼前。

在吕杰的记忆深处,1976年发生的事情特别多,事件显得格外清晰。

1976年是国家命运的转折年,也是他人生的转折年。

1976年是个多事之年,这一年中国发生了很多大事情,每一件事情都好像能使地球停止转动几百次,但事情过后,地球仍以它的自然规律照常转动,一圈也没有减少。

在吕杰的记忆中,这一年国家的大事多,地质行业的大事也多。

同年四月,华国锋总理上任抓经济建设,提出十年内建设十个大庆式油田,建设十个鞍钢式钢铁企业,红云滩地质会战拉开序幕。

五月红箭队1000名地质职工千里迢迢来到边疆,红云滩铁矿会战开始,红箭队当月进疆、当月开钻、当月出钻探成果。

八月会战指挥部二十七名地质职工在戈壁中失踪,此事震动了整个地矿部系统。

十二月会战指挥部完成了两个两万五,钻探进尺两万五千米,建房面积两万五千平方米。

吕杰算是明白了,1976年对于国家是一个伟大转折点,国家走向正轨,迈出了通向四个现代化的征途。1976年自己也是个转折点,这年他结束了多年的军人生涯,转向地质行业。从这一天起吕杰和一批转业军人、青年步入红云滩,开始了铁矿会战浪漫的地质生活。

多年后吕杰从领导岗位退休,他开始总结反思自己的人生,他明白自己在地质石油探矿工作中取得的成绩,离不开当年参军当兵的军营生活历练,是部队的培养为自己的人生开启了辉煌之路,他常常沉浸在对往事的美好回忆中,闲暇之余创作了一首《七十年代老兵歌》,以抒发对自己当兵生涯的怀恋:

七十年代穿军装,当兵入伍离家乡。
亲人敲锣又打鼓,笑声装进火车上。

义务服役要三年,最苦还是新兵连。
立正稍息操正步,刺杀射击和投弹。

训练成绩顶呱呱,新兵下到建制连。
领章帽徽都佩戴,这才算是战斗员。

旧地重游

部队职务都带长,没长放屁都不响。
见到老兵叫班长,班长要喊老班长。

进门出入打报告,批准进来报首长。
新兵立正喊班长,那种感觉也真爽。

新兵干活不怕脏,晚上要站二班岗。
躺进被窝刚入眠,班长叫起要换岗。

离家年纪都不大,新兵蛋子最想家。
写信一封又一封,信纸上面泪哗哗。

手握钢枪照张相,高高兴兴寄回家。
这好那好啥都好,句句安慰爸和妈。

等到老兵退了伍,咱当班长接着唬。
保持距离有威信,再现周瑜大都督。

军歌声声唱不停,转眼就要离军营。
胸前佩上大红花,再不计较有摩擦。

转眼过去几十年,往事历历又浮现。
有了QQ和微信,就像战友在眼前。

原本此生难相见,如今天天都见面。

红云浪漫

莫说年纪都偏大,尽量少说风凉话。

你打字来我语音,说轻说重别较真。
内容格调不攀比,调侃嘻嘻笑开心。

战友胜似亲兄弟,互帮互助都乐意。
部队是个大熔炉,百炼成钢都不俗。

如今携手看夕阳,希望战友身健康。
一旦祖国有召唤,再佩盔甲保国防。

二〇一三年七月十三日

后 记

二十世纪七十年代,那是一个火红的年代,那场被称为史无前例的无产阶级"文化大革命"还在进行之中。工业学大庆,农业学大寨,全国人民学习解放军。中国人民解放军在全国人民的心目中具有很高的威信,成千上万的适龄青年,以参军为荣,应征入伍投身国防,当一次兵骄傲一阵子,不当兵后悔一辈子。我想到了自己的青年时代,想到了自己那段难忘的军人经历,想到了当年的部队老战友。回到家里,我打开了电脑,在网上搜索一下当年的老部队"中国人民解放军陆军第六十四野战军"的信息,回忆当年发生在部队的一些往事。

我点开网页,输入了"中国人民解放军陆军第六十四野战军"的字样,这是一支战功卓著的英勇部队,是井冈山老红军的根底,一九零师是全军第一个机械化师,一九一师五七一团是由毛主席领导的秋收起义时的特务连组成,一九一师五七二团是广西百色起义的老部队发展壮大的。这支英勇的部队创建了井冈山革命根据地、广西百色革命根据地,经过了爬雪山过草地万里长征的考验,抗日战争中英勇作战屡建奇功。在杨成武将军的指挥下,黄土岭战役一举打死日本"石将之花"阿部规秀中将;解放战争中,组建陆军第六十四野战军,先后参加新保安战役、清风店战役、太原战役,歼灭傅作义的王牌三十五军,迫使傅作义接受改编和平解放北平;一九五〇年跨过鸭绿江入朝作战,把美帝国主义赶回三八线以南,朝鲜战争结束后回国镇守祖国东北边疆,一九八九年该部裁编,并入了其他部队。

看着看着,网上突然出现了一行大字,一九一师五七二团召开庆祝广西百色起义八十周年座谈会,一九一师领导前往丹东火车站迎接前来参加会议的老同志。在车站迎接的领导中,一个熟悉的名字——王保明映入了我的眼帘。王保明曾是我在部队时的战友、老师、兄长,一九六八年入伍,早年听说他还在部队工作,军衔已升到将军,因时间长久相隔遥远,失去联系。我拿起鼠标往下推,以图探索关于这支老部队、老领导的点点信息。功夫不负有心人,果然网页上又出现了一张座谈会的照片,原五七二团团党委的合影,照片中间坐的一位就是王保明,我的战友、老师、兄长,千真万确。真是踏破铁鞋无觅处,得来全不费工夫。老师那熟悉的声音、和蔼的面孔,身先士卒的事迹一件件浮现在眼前……

那是一九七一年一月,我穿上了军装从中原大地启程,登上了北去的军列,前往祖国东北边疆。那列火车是铁路运送货物的货车,车厢没有门窗,车内没有座位,车门只能开一个小缝,才能看到外部晃动的世界。这种车厢人们称它为闷罐子车厢,车上坐着我们三十多名新兵,大家三三两两地坐在自己的背包上,听新兵连长讲部队的故事,晚上打开背包在稻草上睡觉。

火车不分昼夜轰隆隆地向前奔驶着,越过了高山,穿过了平原,跨过了四省一市。一月五日夜间终于在一个车站停下,停靠在一个大的火车站台,站台上的大牌

后 记

子写着"丹东市火车站"几个大字。丹东市是一个著名的城市,在上中学地理课时就知道这个地名。丹东市在辽宁省的东南部,与朝鲜人民共和国新义州隔江相望,鸭绿江上架设着一座铁桥,鸭绿江大桥连接着中朝人民用鲜血凝成的战斗友谊。下了火车在新兵连长带领下,我们一行二十个新兵来到丹东市锦江饭店,在那里用了晚餐。前来迎接的部队司务长给每个新兵分发了军大衣,大家穿上军大衣背上背包,登上了解放牌汽车。外边漆黑一团,气温降到零下十几度,汽车沿着临海公路,趁着茫茫的夜色,冒着寒冷向军营驶去。

凌晨三点多钟,车子"嘎"的一声停靠在一座营房前。

"新兵同志们,请下车,咱们的军营到了!"随着新兵连长的一声呼喊,待车子停稳后二十个新兵先后跳下了汽车,在老兵的带领下排队走进了部队营房,营房内烧好了大炕,铺好了褥子,房间内热气腾腾,部队的老兵为迎接这批新兵的到来提前准备,欢迎新战友的到来。

后来我才知道,我们入伍的部队是中国人民解放军三二二五部队农场,驻地辽宁省丹东市东沟县北井子公社盖家坝大队。

我们的连长叫……名字已经记不清了,指导员姓魏,副指导员叫王佩春,也就是接我们入伍的新兵连长。场部是张副厂长,戴副政委,还有一个革命老前辈叫老韩。听说他是一位老革命,军部高炮团团长,曾参加过抗日战争、解放战争、抗美援朝战争,立过战功,"文革"中因历史上有过变节问题被清查出来,下放到农场劳动改造,和养猪班战士在一起劳动。

这里是一个大农场,方圆十几公里都是稻田,抗美援朝时这里曾经是志愿军的飞机场,志愿军的飞机从这里起飞,飞往前线打击美国侵略者。连队的宿舍是飞行员的宿舍,不远处一个个圆包是作战飞机的机库,俗名叫"鸡窝",这个机场在抗美援朝时立过战功。通过三个月的新兵军事训练,我们下到连队,分配到农场场部。场部班是一个公务班,人称八大员。上有通讯员、保管员、卫生员、放映员、出纳员、新闻报道员。我分配到农场通讯报道组,报道组长叫王保明,就是我的老师。从那天开始我便和王保明老师一起写新闻报道朝夕相处,在王保明老师的指导下走上了写作之路。一九七一年九月十三日,林彪叛逃事件发生后,部队转入战备状态,军部农场移交,农场的战士再分配,王保明老师分配到一九一师五七二团这个英勇部队,从此一天天成长起来,最终当上了将军。我随场部领导一起回到本溪市小市军后勤部服役,一九七六年转业到地矿部,参加地矿部组织的石油地质会战,转战新疆各地直至退休。

中国几千年的文化哺育着千千万万的灵魂,绽放出千万朵绚丽的花朵,创造出现代的精神文明,我仿佛看到天地间浩然正气,正向我微笑,向我述说。人们常说:"小说是作家编出来的,诗歌是诗人想出来的,而散文则是人们真实生活的感受。"对于这些我有同感。我热爱生活、走南闯北、从东到西,我热爱创作,特别是将生活经历的碎片拼凑成生命运动的规律编成故事讲给大家,意在说明我的存在并非一文不值,活着并不光为的是酒肉饭饱,死了也不是为了永垂不朽,生命的意义在于对周边事物或周边发生的一切感受和反应,世界养育了我们,我们同样也要回报世界。

青少年时代我就热爱文学,读过很多世界著名小说、诗歌、散文,但是,我特别喜欢小说、散文的创作,每篇小说写着不同时期不同人生的道路,饱含着不同的人生情感。四十年来文学感动了我,我和创作结下了缘分,我经常沉浸在文学的世界里,无论是白天或黑夜,成功与失败,写作成了我业余的第一爱好,文学创作成了我的欢乐。我热爱大漠,因为大漠浩瀚,我热爱石油,因为石油给人幸福,我热爱石油人,因为石油人的奉献精神,于是我拿起手中的笔,用简单的文字将他们描绘出来,抒发他们的思想和感情,尽管我的这些作品不尽达意,可是我心里特别兴奋,别有一番滋味在心头。

穿过荒凉的大漠,历练精彩的人生。一个人一生走一条路很艰难也很孤独,但是在这条路上我有幸遇到了两位贵人,一位是我的老师——王保明,他是我的尊师又是我的战友,在部队他给我工作上指导,文学创作上引路,帮助我在部队步步成长;又有幸遇到一位从乡村到城市,从平原到大漠,从相识到相知的知音,是她用她那并不宽阔的肩膀,一直用心陪伴我支持我,她是古老中原文化熏陶出来的现代女

后 记

性,三十多年来吃苦耐劳,她帮助我、理解我,给我动力、给我激情,和我走过一段人生困境,攀过一座座蔽日高山。人都讲缘分,是共同的志向使我们走到一起,是文学的东西使我们浪漫一生,我的一些文章其实都是为她所写,反映的也是那一代女性的胸怀,曾几何时我发表的文章,她第一个表示祝贺,表现的甚至比我还兴奋,她是我的知音,也是我的读者,更是我的伴侣。

我这一生很平凡,不是为吃饱饭而写作,因为我有我的工作和事业,同时也不是为写作而写作,因为我不是专业作家,而是一个地地道道土生土长的业余文学爱好者,除了我的石油专业外,写作成了我的精神食粮和净化心灵的圣水,这部《红云浪漫》长篇小说,是我多年参加地质找矿的积累,写作是我的追求,希望能在瞬息万变的社会留下描写地质找矿人生活动的只言片语,但愿荒漠矿区遍地黄花分外香。

本书在写作过程中,得到了西北石油局退休办、西北油田分公司油气运销部、西北石油局雅克拉采气厂等有关单位领导的关怀和支持,在此表示衷心感谢。

李太学

二〇一九年十月于北京